KB036753

해볼 건 다 해봤고,
이제 나로 삽니다

해볼 건 다 해봤고, 이제 나로 삽니다

펴 낸 날 | 2021년 2월 1일 초판 1쇄

지은이 | 메건 다움 외
엮은이 | 린지 미드
옮긴이 | 김현수
펴낸이 | 이태권

책임편집 | 최선경
책임미술 | 양보은
펴 낸 곳 | 소담출판사
　　　　　서울특별시 성북구 성북로5길 12 소담빌딩 301호 (우)02880
　　　　　전화 | 02-745-8566　　팩스 | 02-747-3238
　　　　　등록번호 | 1979년 11월 14일 제2-42호
　　　　　e-mail | sodambooks@naver.com
　　　　　홈페이지 | www.dreamsodam.co.kr

ISBN　　　979-11-6027-191-1　03840

이 도서의 국립중앙도서관 출판시도서목록(CIP)은 서지정보유통지원시스템 홈페이지
(http://seoji.nl.go.kr)와 국가자료공동목록시스템(http://www.nl.go.kr/kolisnet)에서
이용하실 수 있습니다.(CIP제어번호: CIP2020053994)

해볼 건 다 해봤고,

15인의 여성 작가들이 말하는 특별한 마흔의 이야기

이제 나로 삽니다

메건 다움 외 지음 | 린지 미드 엮음 | 김현수 옮김

소담출판사

차례

코트니의 집에서 해변으로 이어지는, 곧 무너져 내릴 것 같은 낡은 목재 계단에 나는 앉아 있었다. 마서즈 빈야드의 동쪽 끝자락에 붙어 있는 작은 섬, 채퍼퀴딕으로 해가 넘어가며 하늘이 찬란한 빛깔로 변하는 걸 지켜보는 중이었다. 하늘은 주황색과 분홍색을 완벽하게 섞은 빛깔로 소용돌이쳤다. 해가 더 깊이 넘어갈수록 날은 더 쌀쌀해졌고 나는 파타고니아 플리스 재킷을 더 바짝 여몄다. 어느덧 하늘의 색깔들이 희미해지자 나는 환상적인 풍경 위에 지어 올린 통 유리창으로 된 집으로 걸음을 옮겼다.

바다 쪽으로 난 커다란 창 안으로 내 절친한 벗들이 둘러앉은 모습이 보였고, 활기찬 목소리와 웃음소리가 들려왔다. 어서 아

늑한 거실로 들어오라고 나를 부르는 소리였다. 내가 무거운 유
리문을 밀고 콘크리트 바닥을 막 밟았을 때 앨리슨의 목소리가
들렸다. "지난 십 년이 지금까진 내게 최고의 시간이었던 것 같
아." 나는 조용히 친구들 곁으로 다가가 퀸시 옆에 끼어 앉았다.
오븐에서 익어가는 연어 요리의 소스 때문에 거실에는 생강과
간장 향이 감돌았다. 코트니는 훌륭한 요리사였다. 이번 주말 회
동의 마지막 날인 사흘째로 접어들었을 땐, 코트니가 대학 졸업
후 도쿄에서 보낸 시간이 그녀의 요리 취향에 지대한 영향을 끼
쳤음을 알 수 있었다.

　두 다리를 접어 올리자 청바지 아래로 발의 냉기가 느껴졌다.
나는 소파 위에 편하게 널브러진 나의 절친들을 둘러보았다. 벌
써 일곱 번째로 접어든 올해의 이 동창 모임에는 여섯 명이 모였
다. 이제 연례행사가 된 이 모임은 2010년에 앨리슨과 캐서린이
처음 시작했고 그때부터 매년 9월 말이면 우리는 플로리다, 로
드아일랜드, 혹은 타호 호수의 집으로 모여들었다. 내게 신성불
가침한 의식이 된 이 모임에 나는 단 한 번도 빠지지 않았다.

　"적어도 지금까진 사십 대가 제일 좋은 것 같아. 솔직히 그럴
줄은 몰랐는데, 진짜 그래." 앨리슨이 얘기하는 동안 어둑한 불
빛 아래 나는 열여덟에 프린스턴에서 만난 이후 줄곧 알고 지내

온 친숙한 얼굴들을 둘러보았다. 사십 대 초반에 들어선 지금, 우리는 공식적으로 '인생의 절반 이상을 함께한 친구들'이 됐다.

몇몇 친구들이 고개를 끄덕였다. "나는 마흔이 정말 늙은 나이라고 생각했거든. 내가 어릴 때 우리 부모 나이가 마흔이었잖아. 그런데 이제 내가 그 나이가 됐는데 의외로 진짜 괜찮은 것 같아." 나의 맞은편에 앉아있던 코트니가 말했다.

"난 우리 아버지가 마흔이 되던 날이 생생히 기억나." 내가 끼어들었다. "엄마가 아버지한테 서핑보드를 선물했어. 뒷마당에서 파티를 열었는데 힐러리랑 내가 손님들을 맞이했어. 엄마가 서핑보드를 배경으로 아버지와 우리 둘의 사진을 찍어준 것도 기억나."

어디까지가 실제 내 기억이고 어디부터가 내가 수도 없이 본 사진에 의한 기억인지 헷갈릴 때가 종종 있다. 정확히는 모르겠지만 아마도 어린 시절 내내 아버지가 사진을 붙이고 만년필로 꼼꼼히 설명을 적어둔 앨범을 자주 보아왔기 때문이리라. 하지만 아버지의 마흔 번째 생신은 정말 생생하게 기억하고 있다. 이제 와 생각해보면 그때 나는 이미 마흔이 상징적인 의미가 있는 나이라 느꼈던 모양이다. 내가 어릴 적에 아버지는 콧수염을 기르셨는데 그 얼굴로 손님들을 향해 웃고 계시던 모습, 그리고 벽에 기대어 세워둔 서핑 보드의 모습을 또렷이 떠올릴 수 있다.

"그리고 대학 동창들을 만나면 느끼는 그런 거 있잖아." 퀸시가 말했다. "우리는 그 친구를 예전 그 모습으로 기억하는데 사실은 다들 그때의 그 사람이 아닌 거잖아." 코트니가 일어서서 침실로 돌아갔고 나는 가만히 웃으며 한마디 거들었다.

"나는 최근에 직장에서 비슷한 걸 느꼈어. 제이미를 만났는데, 세상에 이젠 부장급이 돼서 고층 빌딩 회의실로 딱 들어오는데, 예전에 그 친구가 술 먹고 바에 엎어져 있던 생각만 나는 거 있지." 공감의 웃음이 이어졌고 레오노라가 몸을 쑥 내밀었다.

"린지가 다시 뽑아준 옛날 사진들을 보고 있으면 특히 그런 느낌이 많이 들지."

"예전엔 사진 현상하려면 스물네 시간씩 기다려야 했던 거 생각나? 진짜로 운이 좋으면 한 시간밖에 안 걸릴 때도 있었지만." 내가 웃으며 불쑥 말했다.

"그럼! 그리고 그때의 사진들을 볼 때면 이제 진짜 모두 어른이 됐구나, 실감이 나더라."

코트니는 8×10 사이즈의 액자를 들고 다시 나타났다.

"이거 기억나?" 코트니는 액자를 들어 보이며 말했다. 나는 일어서서 코트니가 들고 있는 액자를 들여다봤다. 아주 잘 알고 있는 사진이었다. 대학 졸업 직후, 프린스턴 동창회의 P-레이드라는 행진에 참여했을 때 여럿이 모여 찍은 것이었다. 우리는 프린스턴 대학 재킷을 입고, 우리 뒤쪽의 박스에 들어있던 미지근한 김빠진 맥주를 마시고 있었다.

당연한 얘기지만, 우리는 정말 젊어 보이고 뻔뻔할 정도로 자신만만해 보인다. 그때, 빛나고 확실한 미래가 보장된 것 같던 느낌이 지금도 생생하다. 나도 대학 때 P-레이드 행사에서 찍은 비슷한 사진들을 정말 많이 갖고 있다. 머리는 너무 길고, 맥주를 마셔서 얼굴은 부어 있고, 인간에게는 어울리지 않을 정도로 헐렁한 청바지와 오버사이즈 플라넬 셔츠를 입고 야구 모자를 쓰고 있다. 때로는 빨간색 일회용 컵을 들고 있는데, 그 컵에는 싸구려 맥주나 보드카 혹은 되는대로 아무거나 섞어 만든 술이 차 있다. 체크무늬와 플라스틱 일회용 컵의 날들은 바로 어제처럼 느껴지기도 하고 다른 생처럼 아득하게 느껴지기도 한다.

그 시절엔 무슨 이야기든 했다 하면 날이 새는 줄 몰랐다. 미래가 눈앞에 활짝 열려 있었고 때론 미래를 그려보기도 했지만, 그당시 우리가 살고 있는 일상의 자잘한 문제들로 고민하기도 했다. 우리는 어떤 남자애가 어떤 여자애한테 관심이 있는지, 하우스 파티에 누가 누구를 데리고 가는지, 할 일 없는 토요일 오후엔 대체 어디에 가서 햇볕을 쬐며 누워 있을 것인지(우리를 고심하게 했던 이 딜레마의 흔적은 지금도 나의 피부에 남아 있다)에 대해 지겹도록 토론했다. 우리는 성적과 학교생활에 대해서도 안 하는 얘기가 없었고, 내가 친한 친구들의 졸업 논문 주제를 알고 있다는 것은 친밀함의 특별한 표시라고 생각하곤 했다.

졸업 후, 우리는 사방으로 흩어졌다. 대부분은 뉴욕, 샌프란시스코, 보스턴으로 갔고, 그곳에서 때로는 혼자, 때로는 함께 작은 아파트를 구해 들어갔으며, 비즈니스 정장을 입고, 하이힐을 신었다. 그리고 우리의 투박한 첫 휴대폰으로 일과 여행에 대한 이야기를 나눴고, 엑셀에 대한 질문을 주고받았고, 술에 취한 때면 근심을 나누기도 했다. 나는 퀸시와 나눴던 대화를 지금도 생생하게 기억한다. 나는 비컨힐에 구한 첫 번째 아파트의 손바닥만 한 화장실에서 경영 컨설턴트로 입사한 첫 직장의 출장 준비를 하던 중이었고, 퀸시는 어떤 남자(이제는 십사 년째 함께 살고 있는 현 남편)와 전날 밤 나눈 첫 키스 이야기로 나를 즐겁게 해주었다. 세월이 지남에 따라 우리는 누구와 결혼을 하게 될지, 아이는 낳을지 말지, 우리는 어떤 사람으로 성장할지에 대해 생각하기 시작했다.

사십 대가 된 지금, 우리는 십여 년 전에 고민했던 질문들에 대한 답을 얻게 됐다. 그건 물론 멋진 일이기도 하고 슬픈 일이기도 하다. 왜냐하면 해답을 얻음과 동시에 열려 있던 문들이 닫혀 버렸기 때문이다. 지금 우리의 걱정거리는 완전히 다른 것들이다. 이 모임의 친구들은 거의 자식이 있기 때문에 우리는 아이들 이야기, 아이들 걱정을 많이 한다. 연로해지시는 부모님의 건강도 늘 걱정이다. 얼굴에 늘어가는 주름을 걱정하고, 이 나이에 탈보트°와 하아, 심지어 치코스°의 옷에 관심이 가도 과연 괜찮은 건지 걱정한다. (이 옷 너무 펑퍼짐한 거 아닐까?) 우리는 결혼생활과 커리어, 그리고 배우자의 커리어를 걱정한다. 질문의 무게도 더욱 무거워졌고, 삶과 죽음의 문제들로 어두워지기도 했다. 애석하게도 본인이 이른 나이에 암에 걸린다거나 부모의 투병 과정을 함께 겪으며 피할 수 없는 죽음에 대해 생각하게 됐기 때문이다.

물론 우리가 마흔이 되면서 하루아침에 모든 질문들이 바뀐 건 아니다. 그러나 내가 아는 여자들이 대부분 인생의 과도기를 거치는 도중 마흔이라는 지점에 도달한 것은 사실이다. 우리가 마음속 더 복잡한 문제들의 무게를 인식하면서 오히려 해방감을

° 미국 여성 의류 브랜드_옮긴이
° 미국 여성 의류 브랜드로 주로 중년 여성들을 타깃으로 한다_옮긴이

느꼈다는 것도 흥미로운 점이다. 이제 작은 문제들에는 신경을 덜 쓰게 됐다(주름살과 리넨 바지는 빼고).

나는 우리 모임에서 제일 먼저 아기를 낳은 축에 속하기 때문에 우리 애들이 나이가 가장 많은 편이다. 그레이스는 열다섯이 다 돼가고 휘트가 열둘이 되면서, 나는 나에게 미치는 아이들의 시선에 새로운 무게를 느낀다. 육아라는 격랑 속의 배에서 겨우 중심 잡는 요령을 터득한 순간, 우리 애들과 집에서 함께 지낼 날들이 얼마 남지 않았음을 느낀다. 내겐 아이들의 롤 모델이 되고 싶다는 욕구가 있다는 걸 본능적으로 알고, 그 영향으로 삼십 대와는 다른 방식으로 생각하고 행동하게 된다.

지금 빠른 속도로 어두워지고 있는 채퍼퀴딕의 이 공간에서 나를 둘러싸고 앉아있는 친구들도 비슷한 과정을 겪으리라. 이 친구들 중엔 다섯 살에서부터 열네 살 사이의 자식을 키우고 있는 친구들도 있고, 석사 학위를 가진 친구, 종일 직장에 매여 있는 친구, 파트타임 직업을 가진 친구, 이혼한 친구, 부모가 편찮으시거나 세상을 떠난 친구들도 있다. 우리는 미국 전역의 다양한 도시에서 살았다. 각자의 자리에서 다양한 형태의 가정을 꾸리고 있고, 여러 가지 다른 선택들을 했지만 나이는 모두 같다.

나는 사십 대가 가장 좋다는 앨리슨의 말이 참 좋다. 나도 똑같이 느끼기 때문이다. 삶의 이 시점은 마치 긴 날숨처럼 느껴진다. 때로는 너무 지치고 감당하기 어렵다고 느끼기도 한다. 그건 부정할 수 없는 사실이다. 내 삶에 그 어느 때보다도 할 일이 많은 것 같고, 너무나 많은 사람들이 나를 필요로 하기 때문이다. 하지만 사십 대에 접어든 지금, 앞으로 다가올 일들이 여전히 걱정이고 절대 다시 오지 않을 날들에 슬픔을 느낄지라도 우리는 지금 이대로를 감사하게 여길 거라 생각한다.

이 년 전, 마흔이 됐을 때 나는 사십 대를 '인생이라는 대장정의 가장 뜨겁고 꽉 찬 심장부'라고 표현했는데 지금은 더더욱 그렇게 느낀다. 나는 한 번도 내 생일을 좋아한 적 없고, 같은 이유로 새해가 오는 것 역시 좋아하지 않았다. 똑딱똑딱 시계 소리를, 시간의 거침없는 흐름을 굳이 상기하고 싶지 않기 때문이다. 그럼에도 마흔이 된다는 것은 뜻밖에도 내게 많은 생각을 하게 했고, 올해 그리고 지난 몇 년간 친구들과 주고받은 대화로 미루어 볼 때 내 친구들에게도 그랬던 것 같다.

바로 그 특별한 생일은 진정 평범한 나의 삶을 있는 그대로 인식하고 사랑하고 감사해야 한다는 새롭고 다급한 욕구를 일깨웠다. 마흔이 되던 날, 나는 일찍 일어나 남편과 한 시간 반을 운전해서 캠프에 참가한 아이들을 데리러 갔다. 그리고 집에 와서 커다란 여행 가방 두 개에 들어있던 빨래를 했다. 장을 보러 다녀왔고, 우리는 식탁에 둘러앉아 저녁을 먹었다. 그리고 후식을 먹을 때는 친정엄마가 깜짝 방문을 하셨다. 나는 내가 이 세상에서 가장 복이 많은 사람이라 느꼈다. 내 삶의 모든 순간들이 얼마나 신성한 것인지 인식하고 나니 가장 별 볼 일 없는 일상마저도 빛이 나는 것 같았다.

그날 이후, 나의 삶은 내가 마흔이 되기 전과 다를 바 없이 이어졌다. 좌절하고 진 빠지는 일들의 연속. 하지만 이제는 그 바탕에 견고한 기쁨이 내 삶을 받치고 있다. 새로운 느낌이다. 사십 대가 된 후 첫 몇 년이 평탄했던 건 아니다. 건강 문제로 놀라기도 했고, 일적으로 큰 변화를 겪기도 했다. 그러나 내가 딱히 마음 수련이 잘 돼 있는 사람도 아니건만 놀랍게도 나 자신이 예전보다 차분해졌음을 느낀다. 예전 같았으면 나를 뒤흔들었을 변화에도 그다지 심하게 동요하지 않는다. 정확한 이유는 잘 모르겠다. 왜냐하면 여러 방면으로 위험 부담이 올라갔으면 올라갔지 내려가진 않았기 때문이다. 하지만 이제는 세월이란 것이 대체로 인생의 굴곡을 펴준다는 걸 알기에 사사로운 문제들에 예전처럼 질겁하진 않게 됐다.

내가 아는 여성들은 저마다 조금씩 다른 형편으로 사십 대에 들어서셨다(그럴 만큼 운이 좋은 이들은 말이다). 결혼을 했거나 하지 않았거나, 일이 있거나 없거나, 부모님이 살아계시거나 편찮으시거나 돌아가셨거나. 이런 (꽤나 드라마틱할 수 있는) 차이에도 불구하고 중년이란 나이에 도달한다는 것만으로도 비슷한 감정을 느낄 수 있다는 사실이 참 놀랍다. 한 사람의 성인으로서 누리는 모든 미덕과 겪어야 하는 모든 상실은 놀라울 정도로 보편적이다. 우리는 모두 절대 일어날 수 없는 일이 있다는 것, 그리고 그것이 무엇인지를 인식하고 인정하게 됐다. 그때의 인정이란 완전한 포용에서부터 전적인 거부에 이르기까지 다양한 양상을 보인다. 앞으로 우리에게 다가올 날들에는 그림자가 드리워져 있기도 하다. 우리의 이런저런 경험 주변에 죽음이 서성이고 있고, 앞으로 살아갈 날이 지금껏 살아온 날보다 많지 않음을 우리는 인식하고 있다. 마흔이 되면 대관람차의 꼭대기에 앉아 있는 기분이 든다. 경관이 정말 끝내주게 느껴지는 이유는 우리가 얼마나 금방 내려가게 될지 알기 때문이기도 하다.

마흔으로 접어든다는 것은 나를 돌아보는 동시에 영감을 받을 수 있는 기회를 얻는 것이다. 그래서 그 두 가지로 충만한 이야기들을 소개하는 마음이 무척 흥분되고 설렌다.

이 책은 삶의 모든 면면을 알아가고 즐기며 살아가는 여성들의 이야기를 담고 있다. 모두 제각기 다양한 배경을 가지고 있지만 이들은 이구동성으로 한목소리를 내고 있다. 사십 대는 과거의 시간에 대한 대가를 치르고 그에 따른 지혜를 얻게 된 나이, 감사와 상실을 아는 나이이며, 그들에게 말을 걸어오는 목소리들만큼이나 다양하고 강력한 감정들로 채색되는 나이이기도 하다. 사십 대, 혹은 그 이상의 이 여성들은 지금 삶의 전성기를 살아가고 있다. 이 글들은 죽어가는 불빛의 반영이 아니라 역사 속에서 당당한 성인으로 이 순간을 살아간다는 것의 의미를 목청껏 기념하는 외침이다.

이 책에 실린 에세이의 대부분은 X세대로 자란 여성들이 쓴 것으로 이 세대가 경험하는 중년에 대한 강렬한 논문으로 읽히기도 한다. 우리는 지치기도, 행복하기도, 정신없이 바쁘게 살고 있기도 하다. 그리고 우리 세대가 늘 듣고 자란 '우리는 뭐든 할 수 있다.'는 강력한 메시지로 우리가 얻은 기회와 바로 그것 때문에 치른 대가들을 가늠해보려 애쓰는 중이기도 하다.

이혼 이후 삶의 장점에 대한 사색에서부터 우정에 대한 향수, 그리고 언제나 우리를 억누르는 질문, "이젠 뭘 해야 하지?"에 이르기까지 여기 실린 글들은 다이내믹하고 다양한 만화경 같기도 하지만 그 안에서 일관되게 흐르는 주제를 찾을 수 있다. 무엇이 중요하고 중요하지 않은가를 명확하게 볼 수 있는 새로운 눈과 있는 그대로의 우리 삶에 더 깊숙이 몸을 담그며 사는 태도, 그리고 너무나 상투적이지만 가장 참된 진실인 '시간은 쏜살과 같다'는 사실이 주는 슬픔과 기쁨, 바로 그것이다.

린지 미드

1

사는 건 똑같은데 집세만 올랐지

메건 다움

뉴욕의 초여름, 금요일 저녁 8시. 나는 매킨토시 컴퓨터 불빛을 받아 빛나는 얼굴로 책상 앞에 앉아 있다. 책상 위에는 내가 보낸 한 시간, 하루, 일주일, 그리고 계절의 잔해들이 놓여 있다. 슈퍼마켓에서 사 온 작은 포장 용기 속에는 나의 저녁인 초밥이 들어있고, 오후에 마시다 놓아둔 머그잔에는 커피가 남아 있다. 책, 공책, 수표책도 보이고, 펜, 립밤, 머리끈, 우표, 짝짝이 귀걸이, 그리고 교통카드가 굴러다닌다. 이유는 알 수 없으나 종이 냅킨은 백 개도 넘는 것 같다. 그리고 컴퓨터 모뎀 불빛은 점점 사그라지는 심장 박동처럼 불규칙하게 깜빡거리고 있다. 환히 빛나는 스크린에 띄워 둔 몇 개의 워드 문서들은 나의 관심을 차지하기 위한 서로의 적수가 되지 못한다. 나는 언제나, 번번이 이메일로 정신이 팔리기 때문이다.

때는 1997년이다. 때는 2017년이다. 아니, 아무래도 상관없다. 둘 다이니까. 스무 해가 지나는 동안 내 인생은 진짜로 360도를 돌아 원점으로 돌아왔다. 사람들은 180도를 의미할 때 종종 360도라고 잘못 말하곤 한다. 실제론 반원을 그렸다는 얘기를 하고 싶은 건데 완전히 한 바퀴를 돈 원으로 표현하는 거다. 이건 이상하게도 인간들이 흔히 저지르는 오류이다. 인간을 지구처럼 축을 중심으로 돌린다는 개념 자체를 잘 파악하지 못해서 그런 것도 같다. 하지만 나의 경우에는 진짜로 360도였다. 마흔일곱의 나의 삶은 스물일곱의 삶과 섬뜩할 정도로 똑같았으니까.

어떻게 여기로 돌아왔냐고? 이십여 년 전, 나는 뉴욕에서 와이오밍 주의 미드웨스트라는 마을로, 그다음에 다시 캘리포니아로 이사했다. 그리고 캘리포니아에서 아마도 내 평생 '정착'이란 것의 가장 근사치에 도달했으니, 즉, 결혼을 했다는 얘기다. 이 년 전쯤 나는 그 결혼에 종지부를 찍고, 차에 올라 말 그대로 내가 걸어온 인생을 역방향으로 가로질렀다. 서쪽에서 동쪽으로 차를 몰고 내가 시작한 바로 그 지점에 안착할 때까지 시간을 거슬러 올라갔다. 내가 이십 대에 살던 곳과 아주 비슷한, 여기저기 흠집이 난 맨해튼의 낡고 오래된 건물에서 홀로 책상 앞에 앉아 동네 슈퍼에서 사 온 초밥을 먹으며 (그렇다, 그것도 불금에) 벌써 마감 기한을 일주일이나 넘겨버린 작문 과제를 끝내보겠다고 무진장 애를 쓰고 있었다.

몇 가지 차이가 있긴 하나 그래 봐야 미미한 것들이다. 지금은 1997년이 아니라 2017년이므로 나는 매킨토시 쿼드라 650이 아닌 맥북 에어 랩톱으로 글을 쓰고 있다. 모뎀은 전화선을 연결해서 쓰는 방식이 아니라 무선 연결인 관계로 이메일은 시도 때도 없이 불쑥불쑥 들어오고, 그로 인해 화면상에서 야기되는 산만함과 일의 지연 정도는 옛날의 나로선 상상도 할 수 없는 경지에 이르렀다. 그 덕분에 2017년도의 내가 가진 집중력 지속 시간은 1997년의 30퍼센트 정도에 그칠 것이라 추정된다. 그와는 반대로 당시의 집세는 지금의 30퍼센트밖에 되지 않았다.

사는 건 똑같은데 집세만 올랐네? 이걸 마흔다섯 이후의 내 인생 모토로 삼아도 될 것 같다. 제법 긴 세월 동안 나도 아주 다른 삶을 살았다. 흔히들 성인의 삶으로 인식되는 그런 삶, 남편과 집 담보 대출과 정기적인 관리가 필요한 마당이 있는 삶. 이런 삶도 장점은 많다. 우선 첫째로 동반자로 간택할 만한 사람을 찾았다는 것 자체가 행운이다. 그뿐만 아니라 고되고 판에 박힌 일상이란 톱니바퀴를 커플 생활의 혜택으로 살짝 기름칠하면 훨씬 수월하게 돌아간다는 점도 절대 빼놓을 수 없다. 나의 짐을 나누어 져줄 누군가가 나타나기 전까지는 모임이나 약속 장소마다 직접 운전을 하고 가는 게 얼마나 고달픈 일인지 깨닫지 못한다. (와인 한 잔 더 하자고요? 좋죠!) 주방 꼭대기 선반에 얼마나 많은 음식이 쌓여 있는지도 알 도리가 없다. 누군가가 당신을 위해 그걸 내려주지 않는다면 말이다. 나의 경우엔 그 누군가가 그걸 내려 요리까지 해주었지.

그러나 아무리 1997년의 어린 나라도 이런 멤버십 혜택이 종신 계약은 아닐 거라 짐작했을 것이다. 1997년의 나는 제법 정확한 의심마저 품었던 것 같다. 그런 혜택들이 꽤 심각한 가면 증후군°을 유발하고, 정말 슬프게도 예전의 삶으로 서서히 돌아가게 만들 수도 있을 거라고. 하지만 그때의 내가 미처 알지 못했던 것은 그 귀환이 패배라기보다는 귀향에 가깝다는 사실이었다. 내 이십 대의 삶이, 내가 한때의 지나가는 시절이라 확신했던 그 삶이, 실은 유일한 나의 삶이었음을 그때는 알지 못했다.

° 자신의 성공이 본인의 노력이 아니라 순전히 운이라 생각하며 지금껏 다른 사람들을 속여 왔다고 자책하며 불안해하는 심리_옮긴이

그렇다고 이 삶을 내 인생의 정점이라든가, 아직까지도 어느 정도는 내가 원한다고 믿게끔 프로그래밍 되어 있는 삶이라 착각해서는 안 된다. 나는 지금 내 상황의 설정값에 대해 말하고 있는 거다. 한동안 다른 유형의 사람인 척 보란 듯이 살아내기까지 한 내가 결국은 어쩔 수 없이 다시 돌아갈 수밖에 없는 나의 한 버전. 그건 마치 욕실에 놓인 체중계의 실존주의적 숫자와 같다. 당신이 무슨 짓을 해도 결국은 당신을 지배하는 그 숫자. 어쩌다가 그 숫자를 살짝 넘겨서 떠다니기도 하고 그 바로 밑을 기어가듯 지나는 날들도 있지만 결국은 다시 선명하게 나타나곤 하는 그 숫자.

나는 오랜 시간 내 상황의 설정값에 저항해보려고 부단히도 노력해왔다. 남자친구, 룸메이트와 함께 살기도 했고, 물론 남편과도 살아보았다. 책상을 깔끔하게 유지하려는 시도도 해보았다. 그리고 혼자 싱크대 앞에 서서 — 나의 경우에는 책상에서 — 끼니를 때우는 짠한 솔로 인생보다 장기간 동반자와 함께 사는 사람들이 더 건강하고, 더 장수한다는 연구 결과를 신뢰한 적도 있다. 끝까지 그렇게 살아보려고 노력도 해보았다. 하지만 나는 언제나 다시 제자리로 돌아가곤 한다. 좋든 싫든 이런 삶이 나에게는 잘 맞는다. 나는 혼자 사는 게 정말 좋다. 내가 먹고 싶은 것을, 먹고 싶은 때에, 먹고 싶은 곳에서 먹는 게 좋다. 나는 내가 원할 때 자고 내가 원할 때 나가 사람들을 만나고, 어느 날 갑자기 훌쩍 여행을 떠나도 그로 인해 크게 영향받을 사람이 없는 게 좋다. 전화를 붙들고 친구들과 몇 시간씩 수다를 떨어도 옆방에서 누가 엿듣고(나만의 상상일지도 모르지만), 낄낄거리며 남의 뒷담화나 하고 별것 아닌 일에 '열폭' 한다고 비난할 사람이 없는 게 좋다. 나는 혼자서 파티를 여는 것도 좋아한다. 아침 창가에 서서 (내가 이제는 집세를 더 많이 낸다는 얘기, 아까 했지요?) 허드슨 강에 떠다니는 바지선들을 내다보며 하루의 첫 커피를 마시는 것도 좋다.

이십 대에도 나는 그 모든 것들을 좋아했다. 유일한 차이라면 그때는 내가 그것들을 얼마나 좋아하는지 몰랐다는 것뿐. 아, 또 하나, 그때 우리 집 창밖으로 보이는 풍경은 벽돌담뿐이었다는 것도.

당연한 얘기일 수도 있겠지만 내 삶이 바뀌지 않은 — 전부는 아닐지 몰라도 가장 큰 — 이유는 내가 부모가 되지 않았기 때문이다. 아이들은 인생의 가장 확실한 시간 기록원이다. 그래서 아이가 없는 경우에는 나에게 내장된 (신체의 다른 기관들과 마찬가지로 노화에 따라 신뢰도는 떨어질 수밖에 없겠지만) 시계에 맞춰 살 수 있다. 그런 이유로 (다른 이유들도 몇 가지 더 있겠지만 그런 걸 누가 다 일일이 세고 있으리오) 나는 대부분의 사십 대 여성들과는 확연히 다른 삶을 살아가고 있다. 사십 대 여성들은 대개 미래의 주역인 다음 세대들과 개인적인 공간을 공유하므로 본인의 과거와 현재를 깔끔하게 구분하는 데에 전혀 어려움이 없다. 내가 아이를 낳았어도 마찬가지였을 거라 생각한다. 그러니까 나도 엄마가 되면 좀 달라지길 바란다는 얘기다. 솔직히 마트에서 파는 초밥을 머리핀이 굴러다니는 책상에 놓고 먹는 삶이 자라나는 아이에게 적절한 삶은 아니니까. 며칠씩 집 밖으로 나가지 않아도 일상에 전혀 지장이 없는 삶의 패턴 역시 마찬가지이겠고. 내가 이십 대에 은둔자 정도의 수준이었다면 지금은 진정 집 밖으로 못 나가는 병이 있는 사람 같은 느낌이다. 이제는 음식이나 옷, 혹은 렌즈 세척액이 필요해도 직접 나가 살 필요가 없어졌기 때문이다. 그냥 '구매하기'를 클릭하고 집에서 배송을 기다리면 되니까. 필요한 게 생길 때마다 네 블록을 걸어 편의점에 가서 사 오던 시절에 비하면 삶의 질이 엄청나게 개선됐다고 할 수 있겠다.

디지털 시대가 나의 쇼핑 습관에 엄청난 영향을 미쳤으나 나의 사교 생활 — 적어도 연애 방면에 있어서 — 은 놀라울 정도로 변화가 없다. 1997년의 나와 2017년의 나의 데이트 패턴은 완전히 똑같다. 간헐적이고, 열정도 없고, 계속 투덜대거나 요즘 말로는 안물안궁(잘 모르시는 분을 위해 설명해 드리자면 '안 물어봤고, 안 궁금해.'라는 뜻으로 평소엔 나도 거의 안 쓰는 표현이다)의 태도를 오락가락하는 식이다. 1997년에는 데이트를 할 수 있는 방법이 딱 두 가지였다. 1번, 제삼자가 나서서 두 사람을 엮어준다. 2번, 우연히 누군가를 만나고, 전화번호를 교환하고, 그 번호를 통해 진짜 목소리를 써서 데이트를 신청하고 수락한다. 이 번거로운 절차 때문에 데이트로 해석될 만한 상황까지 가는 일이 쉬운 일은 아니었다. 적어도 내가 속해 있는 사회적 집단의 이성애자 여성에겐 그랬다. 그 집단은 대개 남자의 수가 상대적으로 매우 적었고, 그 결과 여자에게 적극적으로 데이트 신청할 마음이 없는 남자의 수는 상대적으로 매우 많았기 때문이다. 추정컨대 나의 이십 대를 통틀어 제대로 된 데이트는 열 번도 안 해 본 것 같다. 그러니까 남자가 나에게 전화를 걸고, 나를 불러내 플라토닉하지 않은 구실 아래 밥을 산 경우 말이다. 지금 돌이켜보면 그 남자들은 정말 엄청나게 용감한 남자들이었던 것 같다. 전화를 통한 수고로움을 불사해야 했던 것 때문만이 아니고, 지금과 마찬가지로 데이트라는 일련의 이벤트 자체에 대해 불만 많고 비관적인 태도로 일관하는 나라는 인간과 마주 앉아있어야 했기 때문이다.

인터넷 사이트에서 사람들을 짝지어주는 이 시대에는 본인이 용기를 끌어모으고 잣이고 할 필요가 없는 경우, 에너지만 충만하다면 일주일에 일곱 번 혹은 그보다 두 배 더 자주 데이트를 할 수 있다. 그러니까, 그렇다고 들었다. 나는 스마트폰에 데이트 어플을 다운받은 다음 한 번 데이트를 하면 삭제해버리기 때문에 솔직히 잘 모른다. 내가 뉴욕으로 복귀한 첫 두 해 동안, 나는 'OK 큐피드'라는 데이트 사이트에 세 번 가입했다가 세 번 탈퇴했고, 총 세 번 데이트를 했다. 남자들에겐 아무 문제가 없었지만 왜 그런지 그들을 또 볼만큼 감흥이 일지 않았다. 그들은 재미있고, 똑똑했고, 이야깃거리도 내가 이십 대에 만났던 남자들보다 이십 년 내지 삼십 년은 더 할 수 있을 만큼 많았다. 그럼에도 불구하고 나의 아파트가 주는 위안이나 내 친구들의 친숙함과는 상대가 안 됐다. 그들 중 누구와도 함께 집으로 가는 모습이 그려지지 않았다. 아마도 내가 혼자 집으로 돌아가는 걸 제일 좋아한다는 점도 부분적으로 작용했지 싶다.

만약 나의 이런 얘기가 중년 여인의 시들해진 욕구처럼 들린다면 그건 전혀 아니라고 분명히 말할 수 있다. 나는 이십 대에도 이런 식이었으니까. 당시 나는 일부러 한시적인 관계를 찾았고 장거리 연애를 선호했다. 나는 어딘가 이질적인 남자, 그러니까 내가 이국적이라고 표현하는 부류의 남자에게 약했고, 책을 잘 읽지 않는 남자나 심란한 정치적 신념을 가진 남자가 좋았다. 그중에서도 단연 최고는 아주 멀리 살아서 오직 전화기 너머 목소리로만 존재하거나 아주 가끔 찾아오는 남자였다. 나는 내가 남자친구를 원한다고 생각했고 그들이 결국 어쩔 수 없이 남자친구 노릇을 포기하면 종종 좌절하기도 했지만 지금 와서 돌아보면 나는 그런 관계 자체를 결코 원하지 않았음을 잘 알겠다. 나는 일시적인 것, 영구적이지 않은 것이 주는 안전함을 원했다. 배를 타고 여행을 떠나기는 하나 그 나들이의 가장 달콤한 즐거움은 결국엔 모항으로 귀환하는 것, 내가 원하는 연애는 바로 그런 것이었다.

이혼했을 때 나는 나의 성인기라는 두서없는 연극의 3막에 접어들었다고 생각했다. 그리고 이십 대에는 미처 쏘아보지도 못했던 출발의 신호탄을 마침내 쏘아 올리고, 초조하지만 날렵한 한 마리의 가젤처럼 눈부시게 아름답고 잠재력 충만한 미래를 향해 달려 나갈 수 있을 거라 생각했다. 등 뒤로 바람이 나를 밀어주고, 얼굴로도 바람이 가만히 불어와 나의 머리카락이 멋지게 나부낄 거라고. 내 생각이 완전히 틀린 것은 아니었다. 어떤 객관적인 기준에서 봐도 나는 지금 예전보다 잘살고 있다. 커리어 면에서도 제대로 자리를 잡았고, 경제적으로도 안정적이고, 패션도 아주 살짝 나아졌다. 그러나 모든 게 좋으면 좋을수록, 내가 지금보다 딱 십 년만 어렸다면 내가 지금 가진 것이 무엇이든 그 시장 가치가 지금보다 기하급수적으로 높이 올라가지 않았을까 하는 생각이 나를 괴롭혔다. 합당한 경제적 대가와 진정한 성취감을 돌려주는 커리어, 그런대로 괜찮은 결혼/재앙이 아닌 이혼을 이미 다 겪은 경험치, 너무 비싸지만 그만한 가치가 있는 아파트, 새로운 혹은 오랜, 다양한 친구들을 갖춘 서른일곱의 여자? 환상이죠! 미래는 눈부시게 밝고, 현재는 앞으로 나아가는 추진력이 최대치로 발동하는 시기 아닌가. 그런데 똑같은 조건을 갖춘 마흔일곱 살이라면? 에……, 그건 좀…….

　내가 쉰일곱이 되면 같은 논리로 과거를 돌아보며, 감사할 줄 모르는 마흔일곱의 나를 한 대 때려주고 싶을 거라는 거, 안다. 하지만 당분간은 이 인지 부조화로 깜짝깜짝 놀라게 될 것 같다. 나는 이십 년도 더 이전에 내가 다녔던 대학원 과정에서 학생들을 가르치고 있다. 아마도 육십 대로 접어든 동료 교수님들 중에는 나의 학생 시절에 교수님이었던 분들도 몇 분 계신다. 이건 정말 멋진 일이다. 성취감과 친밀감을 동시에 선사해주는 환경이랄까. 그보다 좀 덜 멋진 일은, 내가 학생이었을 당시엔 그 교수님들이 늙어 보였다는 사실을 받아들여야 한다는 점이다. 만약 누군가 내게 그분들의 나이를 물었다면 나는 잠깐 생각해본 다음(예전에는 한 번도 그런 걸 생각해본 적이 없었다) 아마도 육십 대쯤 되셨을 거라 생각했을 것 같다(당시의 내겐 엄청 늙은 나이). 그분들이 당시에 지금 내 나이셨다는 걸 이제는 알고 있다.

그렇다면 나의 제자들도 나를 육십 대라고 생각할까? 너무 엉뚱한 생각으로 들릴 수도 있겠지만, 이십 대의 사고 체계를 감안한다면, 충격적이기는 하나 전혀 일리 없는 얘기는 아니다. 자, 예를 들어 당신이 스물다섯이라고 해보자. 그러면 어른들의 세계란 젊은 사람과 늙은 사람이 존재하는 아주 단순한 구조로 양분된다. 젊은 사람이란 마흔보다 어린 사람, 늙은 사람은 예순보다 나이 든 사람. 그 사이에는 아무도 없다. 사십 대와 오십 대는 존재하지도 않는다. 사십 대와 오십 대는 이십 대와 삼십 대에 시작한 일(육아, 경력 쌓기 등 그게 무엇이든 간에)을 유지해나가는 것만이 유일한 목표인, 잃어버린 시간일 뿐이다. 그리고 무언가를 그저 유지한다는 사실은 너무나 간과하기 쉽고, 정말 섹시하지 않고, 암만 해봤자 눈에 잘 띄지 않는 일이기에 스물다섯 대학원생이 마흔일곱 먹은 교수를 보고 무의식적으로 어르신 연배일 거라 추정하는 것은 충분히 가능한 일이다.

생각만 해도 몸서리쳐지는 일이다. 하지만 그것 역시 내가 나이를 얼마나 많이 먹었는지 체감하게 해주는, 끊임없이 날아드는 잔 펀치들 중 하나일 뿐이다. 마흔일곱이란 나이는 스물다섯 살짜리 자식을 둔 엄마라고 해도 전혀 이상할 게 없는 나이다. 참 아이러니한 것이 만약 진짜 그랬다면 오히려 지금보다 젊어 보였을 거다. 아이 때문에라도 지금 상태로는 전혀 관심도 없고 알지도 못하는 대중문화에 빠삭할 테니까. 그런 걸 알 필요도 없고 관심을 가질 필요도 없다는 게 대개는 아주 마음이 편하고 좋다. 요즘 유행하는 노래들에 유일하게 노출되는 시간은 그룹 피트니스 수업 때인데, 그런 음악을 강제로 듣고 있어야 하는 상황은 엉덩이를 탄력 있게 만들기 위해 감수해야 하는 고문과 맞먹는 청각적 고통이다. 발레 바를 잡고 끝도 없이 스쿼트를 하는 것이 육체의 젊음이라는 환상을 품게 해준다면, 카일리 미노그 음악을 쾅쾅 울려대는 것이 정신에 똑같은 역할을 해주지 않을까. 카일리 미노그를 쓴 건 그저 가정일 뿐이다. 왜냐하면 실은 피트니스 수업 때 흘러나오는 노래들의 제목을 전혀 모르기 때문이다. 그리고 나는 카일리 미노그의 노래와 믹서기 소리 중에 하나를 골라 들어야 한다는 선택권이 주어진다면 분명 믹서 소리를 선택할 사람이기 때문이다.

내가 이런 사람이란 게 자랑은 아니다. 솔직히 좀 무섭다. 나이 먹는 것과 죽음의 상관관계를 감안할 때, 요즘 노래를 견딜 수 없다는 선언은 죽음으로 가는 첫 번째 관문을 통과한 것일 수도 있기 때문이다.

이런저런 생각들은 나를 다시 강이 내려다보이는 나의 아파트 창가로 데려온다. 나는 1997년에 듣던 노래와 똑같은 노래를 들으며 창밖을 내다보고 있다. 요즘 내 모습의 큰 그림은 슬픔과 어리둥절함, 그리고 이상한 일이지만 정말 신나는 체념과 포용이 뒤섞인 모습일 것이다. 하지만 지금의 이 찰나적인 순간은 내게 완벽에 가깝게 느껴진다. 내겐 나의 뇌에 양식을 채워주면서 동시에 마트 초밥을 사 먹을 수 있게 해주는 직업이 있다. 거의 반백 년의 가치가 있는 친구들이 있다. 이런 걸 이십 대에 갖기란 산술적으로 아예 불가능한 일이다. 이 친구들은 이 지구상의 거의 모든 시간대에 분포하고 있고, 몇 년씩 못 보고 살아도 언제든 나를 일으켜주거나 깔깔 웃게 해주거나 적어도 인간의 본성에 대해 완전히 다른 관점에서 생각해볼 수 있는 가십을 던져준다. 나는 내 능력보다 비싼 집세를 내고 있지만 어찌어찌 밀리지 않고 꼬박꼬박 내고 있다. 내 책상은 이십 년 전과 마찬가지로 종이

냅킨들과 머리핀들로 어질러져 있지만, 마감 기한을 넘기는 일은 없다. 그러니까, 그, 저, 놓친 것들 몇 개만 빼고.

1997년의 나는 지금의 나에 만족할 거라 생각한다. 이 모습이 서른일곱의 내가 아니라 마흔일곱의 나라는 걸 똑똑히 말해주기 전까진 말이다.

"이게 우리가 이룰 수 있는 전부인가요?"라고 그녀는 물을지도 모른다.

"십 년 후에 다시 물어보세요."라고 나는 대답할지도 모르겠다.

하지만 사실 나는 답을 이미 알고 있다. 이게 우리가 할 수 있는 전부, 맞다. 나는 내가 이룰 수 있는 만큼을 이루어냈다. 내가 언제까지고 이 아파트에 혹은 이 도시에 산다는 보장은 없다. 언제까지나 혼자 살지 않을 수도 있다. 언젠가는 초밥이 물릴지도 모른다. 하지만 본능적으로 나는 언제나 금요일 저녁 여덟 시가 되면, 혼자 지저분한 내 책상 앞에 앉아 있을 거라 느낀다. 내가 무엇을 하고 살아가건 내 삶의 추는 다시 이곳으로 돌아올 것이다. 실망스러운 결과일지 모르겠으나 그렇게 되게 되어 있다. 세상 모든 것엔 설정값이 있다. 물론, 집세는 예외다. 집세는 언제나 오르게 돼 있다.

메건 다움　　　　　　　　MEGHAN DAUM

최근작 『언스피커블The Unspeakable: And Other Subjects of
Discussion』을 비롯해 네 권의 저서가 있으며 『나는 아이 없이
살기로 했다: 아이 없는 삶을 선택한 작가 16인의 이야기』의
편집자이기도 하다. 오랜 시간 《로스앤젤레스 타임스》의 칼럼
니스트로 일해 왔으며 현재는 《뉴욕타임스 북 리뷰》에 칼럼을
쓰고 있다.

2

소울메이트,
옷으로 쓰는 우리의 연대기

캐서린 뉴먼

1972년

나는 청 나팔바지, 그리고 모자에 인조털이 달린 물려받은 파카를 입고 있고, 내 친구는 빨간색과 흰색 체크무늬 바지에, 내가 엄청 탐내는 빨간색 고급 코트를 입고 있다. 우리는 네 살이고, 유치원에서 나와 버스 정류장 앞에서 두 손을 꼭 잡고 서 있다. 같은 유치원의 사퍼 선생님 반에 다니며, 스티커를 함께 모으고, YMCA로 같이 수영하러 다닌다. 그리고 오빠가 하나씩 있는데 그 둘도 동갑에 우리처럼 절친이다. 이런 내용이 '나의 친구'라는 제목의 스크랩북 속 그림 아래, 사퍼 선생님의 글씨로 적혀 있다. 나는 다 알고 있는 얘기지만.

1975년

우린 가장자리에 술이 달린 스카프에 샤워커튼 고리를 주렁주렁 꿰매 달아 머리에 두르고, 분홍색 립스틱을 발랐다. 그곳은 다름 아닌 뉴욕인지라 높은 빌딩을 하나만 잘 골라 들어가면 한 건물에서 베갯잇 하나 가득 초콜릿, 막대사탕 같은 것들을 채워 나올 수 있다. 효율적인 한탕이다. 우리는 '트릭 오어 트릿Trick or treat!'이라 외치고, 너흰 대체 무슨 코스튬을 입은 것이냐는 피할 수 없는 질문에 함께 외친다. "집시잖아요!"

1978년

우리는 얼굴에 계란을 바르고 있다. 아니, 흰자만 바른 것 같다. 친구 언니의 《세븐틴》 잡지에 실린, 모공을 조여 주는 마스크 레시피를 보고 실습 중이다. 그때 우리의 피부는 잡티 하나 없었건만. 우리는 '고래를 구해요Save the Whale!' 배지를 달고, 줄무늬 스니커즈를 신고, 본벨 화장품에서 출시한 케이크 향, 그리고 소다 향 립밤을 줄에 달아 목에 달랑달랑 걸고 있다. 비틀즈의 레드 앨범이 친구 부모님의 레코드플레이어에서 돌아가고, 우리는 보들보들한 하얀색 카펫 위에 등을 대고 누워 뜻도 모르는 가사를 따라 부르고 있다. '노르웨이의 숲'(그게 뭐지?), 그리고 엘리노어 루즈벨트°와 정말 헷갈렸던 '엘리노어 릭비' 같은 노래들.
(우리 가족이 다 함께 영부인에 대한 스페셜 다큐를 볼 때 나는 '왜 저
여자는 문 옆의 유리병에 얼굴을 집어넣고 있나요?°라고 물었고, 부모
님은 당연히 애가 무슨 소리를 하나 영문을 모르셨다.) 시크하게도 내
친구는 존과 조지 중에 누가 더 좋은지 결정을 못 하겠다고 했고,
촌스럽게도 나는 폴이 제일 좋았다.

1980년

나는 무지개 멜빵을 하고, 무릎 보호대를 차고, 반짝거리는 빨
간 바퀴가 달린 롤러스케이트를 신고 있다. 앞머리를 내리고 머
리는 땋았다. 앞니 두 개가 모습을 드러내길 거부하고 안쪽으로
삐뚜로 올라온 바람에 웃으면 어딘가 모자라 보인다. 나는 내 가
슴만큼이나 평평하게 짠 조끼를 입고 있고, 『레오가 해냈어요』
라는 그림책을 읽고 또 읽는다. 검은 머리를 길게 기른 내 친구는
가운데 가르마를 갈랐다. 친구는 『앵무새 죽이기』를 읽고 있고,
짙은 빛깔의 스웨터 아래에서 무언가가 봉긋 피어나고 있다.

°　미국 32대 대통령 프랭클린 루즈벨트의 영부인_옮긴이
°　비틀즈가 부른 '엘리노어 릭비'의 노랫말_옮긴이

1981년

바르미츠바°에 갈 때, 우린 아주 얇은 골지의 카키그린 코듀로이 바지에 하얀색 레이스 블라우스를 입고, 통굽 샌들을 신었다. (친구는 커피색 스타킹을 신었고, 나는, (한숨), 하얀색 무릎 양말을 신고 있다.) 평상시엔 어디서 훔쳐 온 『우리의 몸, 우리 스스로Our Bodies, Ourselves』°을 끼고 친구의 이층 침대에 누워서 놀곤 했다. 교정기를 달고, 빈티지 티셔츠를 입은 모습이다. 나는 별 모양 핀이나 리본으로 엮어 만든 핀을 머리에 꽂고 있고, 바르면 색이 변하는 블루 로즈라는 립글로스도 발랐다. 친구는 폼 나는 디자이너 진을 입고 있지만, 우리 부모님은 그런 옷을 허락 안 해주시므로 나는 평범한 리바이스 청바지를 입었다. "이거 네가 그랬지?" 문 앞에서 흰색과 파란색 줄무늬에 악어 그림 상표가 붙은 티셔츠°를 입고 콧수염을 아무렇게나 기른 친구의 잘생긴 오빠가 녹음기를 들고 서 있다. 화난 모습마저 너무 멋지다. 오빠가 재생 버

° 유대교에서 13세에 치르는 소년, 소녀 성인식_옮긴이

。 비영리단체에서 성 정체성, 임신, 피임법, 폐경 등 여성의 성과 건강에 관한 다양한 정보를 담아 출간한 책_옮긴이

。 악어 그림 로고를 썼던 라코스테는 80년대 미국에서 젊음의 상징과 같았다_옮긴이

튼을 누르자 정말 듣기 좋은 오빠의 히브리어 읊조리는 소리가 잠깐 흘러나오더니 친구가 뮤지컬 〈애니〉의 주제가를 목청껏 뽑는 소리가 나온다. 과도한 비브라토. "내가 히브리 성서 연습하는 테이프에 네 노래를 녹음해버린 거야?" 오빠가 따지고, 친구는 대답한다. "아닌데."

1983년

우리는 발목에 지퍼가 달린 청바지를 입고 있다. 아마도? 베네통 스웨터를 입고 있다. 아닌가? 뭘 입었든 그 위로 다 토해버렸기 때문에 사실 잘 모르겠다. 친구 부모님의 저녁 모임에서 슬쩍 훔쳐 온 보드카를 둘이 다 마셨다. 친구가 비틀비틀 다섯 블록이나 걸어 나를 집에 데려다줬다. 나중에 내가 너는 어떻게 집에 돌아갔냐고 묻자 자기도 잘 모르겠단다. 우리는 부모님께 바이러스성 장염에 걸렸다고 말하고 — 맑은 보드카 용액만 어마어마하게 토하게 하는 바이러스가 있다면 — 부모님은 속아 넘어가주신다.

1986년

우리는 그룹 R.E.M.의 티셔츠를 입고 빈티지 라인석 액세서리를 하고 마돈나 스타일의 머리띠를 머리에 둘렀다. 향수도 뿌리고 시커먼 아이라이너를 그야말로 눈알에 대고 그리다시피 바짝 붙여 그렸다. 아빠가 입던 옛날 재킷을 걸치고 소매는 둘둘 말아 올렸다. 키스마크 같은 불타는 연애의 흔적이나 피임 스폰지 같은 것도 몸에 지니고 있다. 그리고 남자친구 얘기, 섹스 얘기를 나누며 서로를 집에 바래다준다. 우리의 피부는 마치 복숭아를 원료로 맞춤 제작한 것처럼 탱탱하고 생기 있다.

1989년

사진 속에서 친구는 레이밴 선글라스를 끼고, 검은색 미니스커트, 그리고 예일 대학 스웨트 셔츠를 입고 있다. 그녀의 짙은 단발머리는 마치 이탈리아 영화배우 같은 얼굴을 감싸고 있다. 친구는 오렌지를 반으로 갈라 붉은 보석 같은 속살을 카메라를 향해 보여주고 있고, 그 뒤로 성당의 거대한 돔이 보인다. 외국에서 학기를 보내던 시절의 사진들은 전부 이렇게 이탈리아의 캐리커처 같다. 프레스코화, 키안티°, 리소토와 이탈리아제 스쿠터인 베스파, 그리고 사진만 찍으려고 하면 기어이 끼어드는 사람

° 이탈리아 투스카니 지방에서 생산되는 와인_옮긴이

처럼 언제나 모두의 어깨 너머로 보이는 두오모 성당. 우리는 생의 최고의 날들을 보내고 있지만 힘든 나날들이기도 하다. 우린 때로 비데 물로 속옷을 빨아 입기도 하고 때때로 향수병을 앓기도 하고 혼란에 빠지기도 하며 남자들은 걸핏하면 우리에게 휘파람을 휙휙 불어댄다.

1990년

우리는 각기 다른 주에서 학사모를 쓰고 졸업가운을 입었다. 친구는 동쪽에 남았고 나는 서쪽으로 이주했다. 우리는 리바이스 501 청바지를 입고, 정치적인 문구가 들어간 티셔츠(침묵=죽음) 아래에는 검은색 레이스 속옷을 입고 있다. 나는 대부분 자전거 헬멧을 쓰고 있다. 아직 운전을 배우지 못했기 때문이다. 전철을 타고 다니는 친구는 앞으로도 운전을 배울 일이 없을 것 같다.

1994년

뉴욕에 사는 친구는 닥터마틴 신발을 신고 유명한 브랜드의 짧고 하늘하늘한 원피스를 입고 있다. 캘리포니아에 사는 나는 싸구려 군화를 신고 중고 가게에서 산 짧고 하늘하늘한 원피스를 입었다. 친구의 편지엔 이렇게 적혀 있다. "내가 하고 싶었던 일을 하고 살고 있는 건지 잘 모르겠어." 그건, 나도 마찬가지다.

1996년

난 여전히 캘리포니아 산타크루스에 살고 있다. 은색 슬리퍼에 멜빵 반바지를 입고 그 속엔 아직도 청소년 코너에서 판매하는 레이스 러닝셔츠를 입고 있다. 친구도 여전히 뉴욕이다. 친구는 검은색 가죽 롱부츠를 신고 짙은 색 캐시미어 스웨터와 색이 잘 어울리는 클리니크 립스틱을 바른 모습이다. 우린 둘 다 안경을 쓰기 시작했고 진주 귀걸이를 했다. 나와 내 남자친구는 대학원에 다니는 중이고 매일 밤 퍼져서 TV를 본다. 친구는 다큐멘터리 영화를 제작 중이고 금융계 종사자와 데이트 중이며 소호의 레스토랑에서 저녁을 먹는다. 우리는 서로의 삶을 부러워한다. 우리는 둘이 같은 삶을 살아가면 얼마나 좋을까 생각한다.

2001년

나는 동부로 돌아왔다. 검은색 레깅스에, 발이 편한 검정 구두를 신고, 버스 손잡이 같은 은색 귀걸이를 하고, 차르르 떨어지는 연두색 드레스를 입고 있다. 친구는 하얀색 새틴 메리 제인 구두를 신고, 가느다란 어깨끈에 길게 바닥까지 내려오는 하얀색 드레스를 입고 있다. 그런데 등에 달려 있던 단추 50개가 그만 다 떨어져 버렸다. 재단사가 직접 달았다는데 제대로 달지 않은 모양이다. 나는 친구를 앞에 세워놓고, 바늘로 친구의 몸을 찌르지 않으려고 최선을 다하며 단추를 다시 달고 있다. 친구는 내 앞에 서서 울다가 웃다가 정신이 없다. 나중에 내가 건배사를 할 때, 나는 이만하면 친구가 나와 결혼해줘야 하는 거 아니냐고 말하고, 다행히도 나의 농담에 모두가 웃어준다.

2003년

친구는 내가 입던 검은색 임부복을 입었다. 그 옷은 친구의 첫 아이를 감싸고 있다. 나는 골반에 내 아이를 걸치고 끈이 십 센티미터는 늘어나는 베이지색 수유용 브라를 착용하고 있다. 그리고 등에 멘 아기 띠 안엔 줄무늬 옷을 입은 거대한 아기가 또 하나 들어 있다. 친구는 모유가 줄줄 새는 나의 거대한 가슴을 가리키며 말한다. "진짜 장난 아니다." 나는 말한다. "지금 웃지? 조금만 기다려 봐."

2005년

친구는 내가 떠 준 목도리를 메지 않는다. 내가 완성하지 못했기 때문이다. 친구는 이렇게 말해준다. "진짜로 목도리를 끝까지 뜨는 사람이 어디 있어?" 우리는 플란넬 파자마를 입고 유리병에 레드 와인을 따라 마시고, 구겨질 대로 구겨진 봉지의 유기농 치토스를 집어 먹으며 속삭이고 있다. 옆방에 한 부대의 아가들이 잠들어 있기 때문이다. 다크서클이 우리 눈 밑에 얼마나 두툼하고 큰 주머니를 만들었는지 만약 가출하기로 맘만 먹는다면 그 안에 짐을 싸도 될 지경이다. "〈미완의 목도리 프로젝트〉라는 페이크 다큐멘터리를 만들어야겠어." 친구가 생각에 잠겨 혼잣말하듯 말한다. "누군가 반만 뜨다 만 목도리들을 전부 다 모아보는 거야……." 친구는 진짜로 영화를 만드는 사람이지만 지금은 그냥 생각나는 대로 아무 말이나 지껄이는 중이다. 아마도 우리는 〈미완의 대화 프로젝트〉라는 다큐를 찍어야 할 것 같다. 그런 다큐는, 발 달린 파자마를 계속 잡아당기고, 포도를 먹다가 목에 걸리는 아기들을 돌보며, 정신은 아이들에게 팔린 채 두서없이 떠드는 우리들의 모습을 그대로 찍으면 된다.

2007년

우리는 참을성이 바다나는 걸 느끼며 억지로 좋은 척 웃는 얼굴을 하고 있다. 함께 호텔 방을 쓰고 있는데, 아기는 울어대고 잠이 깬 큰애들은 기분이 안 좋고, 우리는 서로 '저런 건 참 저렇게 안 하면 좋겠는데.'라는 생각을 속으로 하고 있기 때문이다. 몇 년이 흐른 후, 이때를 후회하게 될 거란 걸, 아직 난 모르고 있다. 우리는 하얀 호텔 목욕 가운을 입고 머리는 말아 올렸다. 보온병에는 와인을 가득 채우고 아기 모니터를 챙겨 들고 야외 온수풀로 갈 계획이기 때문이다. 별빛 아래에서 물에 몸을 푹 담그면 모든 게 다 괜찮아지리라.

2011년

메인주의 해변, 아이들은 모래와 바닷물, 그리고 흘린 아이스크림을 몸에 묻히고 놀고 있다. 내 친구의 머리카락은 본인의 머리카락이고 몸도 건강하다. 나처럼 헐렁한 탱키니를 입고 있는 건, 이 나이에 지극히 자연스러운 아줌마 뱃살을 감추기 위함이지 소변 주머니나 항암 치료를 위한 케모포트, 그리고 여러 차례 수술을 받고 생긴 수술 자국 같은 것을 숨기기 위함이 아니다. 친구는 이런 것들을 용케 모두 피했다. 그때만 해도 우리는 이 사실에 감사할 생각조차 하지 못했다.

2013년

병이 차도를 보이고 있다고 볼 순 없지만 친구의 머리가 다시 자라기 시작했다. 의도한 건 아니었지만 은빛으로 변해가는 짧은 쇼트커트 머리가 됐다. 파란색과 흰색 줄무늬 보트넥 티에 발목 길이의 크롭 진을 입은 친구에게 나는 말한다. "너, 〈네 멋대로 해라〉의 진 세버그° 같아." 나는 친구에게서 눈을 뗄 수 없다. 어찌나 작아 보이는지 내 주머니에 쏙 집어넣고 지켜줘야 할 것만 같다. 친구는 팝콘 사업을 시작했고, 집 안은 온통 버터, 설탕, 버번위스키, 바닐라, 그리고 옥수수 향으로 가득하다. 건강한 내 몸이 마치 거대한 거인처럼 거추장스럽고 죄스럽게만 느껴지는 나는, 하얀 앞치마를 두르고 친구의 부엌을 쿵쾅거리며 돌아다니고 있다.

2015년 2월

나는 사흘째 똑같은 회색 원피스 잠옷을 입고 있다. 친구는 허

° 쇼트커트 열풍을 일으킬 정도로 쇼트커트가 잘 어울렸던 여배우_옮긴이

48

벅지까지 올라오는 의료용 압박 스타킹을 신고, 폴리 재질이 섞인 환자복에 정맥 주사를 꽂고 있다. 극도로 추위를 느끼는 친구는 두툼한 보라색 모직 숄과 와플 무늬로 짠 담요를 따뜻하게 덥혀서 두르고 있다. 우리는 친구의 호스피스 병실 침대에 함께 누워 있다. 나는 마치 흉곽에 비단뱀을 감은 것처럼, 얼굴에 비닐봉지를 뒤집어쓴 것처럼 숨이 막히고, 내가 일주일 뒤에 입게 될 검은 치마처럼 슬픔을 온몸에 감고 있다. 친구의 손톱엔 파란색 매니큐어가 칠해져 있다. 친구가 수박이 먹고 싶다고, 초콜릿이 먹고 싶다고, 그다음엔 화려하게 꾸미고 싶다고 했을 때 내가 코니 아일랜드의 편의점에 뛰어가 사 온 색이다. 손톱에 파란 매니큐어를 발라주려고 집어 든 친구의 손가락은 뼈만 앙상하다. 나는 겨울 부츠를 신고 있다. 얼음이 수시로 필요한데 제빙기는 복도 저 끝에 있고, 양말만 신은 채 고요한 호스피스 병동을 조용히 걸어 다니는 느낌이 너무 이상하기 때문이다. 우리는 함께, 대서양을 가로지르며 미끄러지는 구름을 바라보고, 하늘을 뒤덮은 진눈깨비를 바라보고, 바다로 잠기는 태양을 바라본다. "날 좀 납치해줘." 친구가 말한다. 그러면 나는, "어디로 갈까?" 묻고, 친구는 "아무 데나."하고 잠들어버린다. 난감할 정도로 젊디젊은 음악 치료사가 발소리를 죽이고 들어와 기타를 치며 '어크로스 더 유니버스Across the Universe'를 부른다. 하늘에서 내려온 천사처럼.

2015년 6월

"지상 최고의 중고 옷가게 같네." 나는 말한다. "모든 게 공짜고, 예쁘고, 내 사이즈야. 하지만 눈물 없인 볼 수가 없네." 친구의 여동생, 조카, 시누이, 의붓딸, 그리고 나는 속옷 바람으로 친구의 옷장에 들어가 앉아 코듀로이 바지와 여름 스커트를, 민소매 셔츠와 스웨터를 입어보고 있다. 마치 내 옷처럼 친숙하지만 친구의 체취가 그대로 느껴지는 옷들이다. 나는 친구의 아들들에게 줄 옷들은 따로 빼놓는다. 비틀즈 티셔츠, 친구의 예일대 스웨트 셔츠, 그리고 보석류 전부. 기다란 비닐 백 안에 보관된 친구의 웨딩드레스는 차마 쳐다볼 수가 없다. 나는 웨딩드레스가 눈에 띄지 않도록 친구의 빨간 겨울 코트를 그 앞으로 밀어서 붙여놓는다. "아무것도 갖고 싶지 않아." 모두가 차례로 말한다. 아마도 죽은 사람의 옷이라는 게 영 기분이 이상한 모양이다. 하지만 나는 아니다. 나는 전부 다 갖고 싶다.

요즘 나는 친구의 줄무늬 튜닉을 입고 출근한다. 친구의 아주 오래된 잠옷을 입고 잠자리에 든다. 친구의 비싼 요가 바지와 내가 탐내던 어그 부츠를 신고, 친구의 열한 번째 생일에 내가 만들어 준 달랑달랑하는 하트 귀걸이를 하고 다닌다. "정말 개 옷을 입고 행복해?" 다른 친구가 묻는다. 행복하다. 그런데 행복은 적당한 단어가 아니다. 나는 소매 속에 내 마음을 담아 입고 있고, 상실로 짠 조각보처럼 추억들을 입고 있다. 웃기는 소리를 잘하는 나의 다정한 십 대 딸은 실크 스크린으로 티셔츠에 이렇게 글씨를 찍어주겠다 한다. "절친이 난소암으로 죽고, 내게 남은 건 이따위 티셔츠뿐."

아, 하지만 그뿐이 아니다. 친구는 내게 훨씬 더 많은 걸 남겨주고 갔다.

캐서린 뉴먼   CATHERINE NEWMAN

『비극적인 행복, 버디를 기다리며Catastrophic Happiness and Waiting for Birdy』와 초등학생을 위한 소설 『원 믹스드 업 나이트One Mixed-Up Night』의 저자이며, 블로그 '벤&버디 Ben&Birdy'를 운영한다. 월간지 《리얼 심플》의 에티켓 칼럼니스트이며 《뉴욕타임스》, 《O》, 《오프라 매거진》, 《보스턴 글로브》를 비롯한 여러 간행물에 정기적으로 글을 기고하고 있다. 매사추세츠주 애머스트에서 가족과 함께 살고 있다.

3

경기는 후반전이 끝날 때까지

베로니카 체임버스

나는 단 한 번도 스포츠에 빠삭한 쿨한 여자아이였던 적이 없다. 하지만 지금까지 살아오면서 터득한 게 몇 가지 있다. 브루클린에서 자란 나는 몇십 년간 닉스 농구팀을 응원해왔다. 그리고 어쩌다 한 번씩 가히 입장권의 성배라 할 수 있는 매디슨 스퀘어 가든의 코트사이드 티켓을 받기도 했다. 할리우드의 어디 못지 않게 유명 인사들을 많이 구경할 수 있는 곳이 바로 그런 자리다. 세 번의 여름 동안 WNBA의 시즌 티켓을 손에 넣은 적도 있는데, 정말 끝내주게 멋진 여성 파워를 경험했다. 그러다가 미식축구 팬과 결혼하면서 미식축구 경기장이 내 삶에 들어오게 됐다. 솔직히 말하자면, 미식축구는 아직도 잘 모르겠다. 하지만 우리 딸이 아기였을 때 남편이 한 손엔 맥주를 다른 한 손으론 아기를 안고 소파에 앉아, 그 둘의 얼굴이 TV 화면의 빛을 받아 환해진 모습을 보던 순간을 나는 가장 소중한 기억 중 하나로 간직하고 있다. 우리 딸은 마치 코믹한 거울의 이미지처럼 남편의 맥주병과 거의 똑같은 각도로 우유병을 기울여 잡고 앉아 완전히 도취된 얼굴로 경기를 보고 있었다.

요즘 우리가 엄청나게 열정을 쏟아붓고 있는 종목은 축구다. 월드컵 기간에는 특히 더 달아오른다. 지난번 월드컵 기간 동안에는 모든 점심 미팅을 거대한 TV가 구비돼 있는 라틴 레스토랑으로 잡았다. 월드컵을 시청할 땐 마치 세계 일주 티켓을 선물 받은 것 같은 기분이 들어 정말 좋다. 매 경기마다 나는 가상의 비행기에 타고 내린다. 영국 팀을 응원할 땐 잉글랜드에 있다가 카메룬으로 넘어가 붉은색, 황금색, 초록색 국기를 흔든다. 프랑스대 스페인은 언제나 팽팽한 줄다리기다. 두 나라의 약점을 다 알면서도 나는 두 나라 모두 좋아한다. 축구 경기는 진짜 재미있다. 일단 따라가기 쉽고, 아주 조금만 투자하면 이렇게나 강렬하고 신바람 나는 몇 주를 선물 받을 수 있다.

스포츠 팬 비슷한 것이 되면서 배운 교훈을 나는 사십 대에 필요한 기술과 행동에, 정말 거의 매일 적용하며 살아가고 있다. 스포츠에는 전반전과 후반전이 있다. 그러므로 무슨 수를 써도 전반전에서는 승리할 수 없다. 승리는 후반전의 마지막 몇 초에 이르러서야 결정된다. 그래서 마흔이 됐을 때 나는 좀 새롭게 살아보기로 했다. 모든 걸 좀 내려놓기로 결심한 것이다. 사십 대의 초반부 절반은 좀 편안하게 살아보기로. 다리 스트레칭 하는 데에 시간도 좀 쓰고, 할 수 있다면 한 골이나 두 골 정도 넣기도 할 테지만 그보다는 시간을 두고 내게 정말 중요한 것이 무엇인지 생각해보고 싶었다. 가장 개인적인 삶에서 내게 승리란 무슨 의미이고, 어떻게 해야 도달할 수 있을까?

아주 완곡하게 표현해서 이런 태도는 그간의 나와는 참 다른 모습이다. 어느 만화에서 '분더킨트Wunderkind°'라는 말을 접했을 때 나는 바로 그것이 되고 싶었다. 나는 어떤 면으로도 신동은 아니었지만 성공을 향해 최대한 열심히 최대한 빠르게 달려 나갔다. 나는 열여섯에 대학에 들어갔다. 스물한 살에 공저로 첫 책을 출판했고, 스물셋에 《뉴욕타임스 매거진》의 편집자가 됐다. 나의 이십 대를 돌아보면 마치 도나 썸머의 'She Works Hard for the Money'와 리한나의 'Work' 두 곡을 리믹스한 뮤직비디오

° 독일어로 어린 나이에 성공한 신동, 귀재를 이르는 말_옮긴이

같다. 그때는 정말 일, 일, 일만 했다. (그리고 또 일, 일, 일이었다.)

지금 돌이켜보면 그게 꼭 나쁜 것만은 아니었다. 처음에 책 출판 계약을 했을 때 나는 계약금 일부로 모로코에 사진 여행을 떠났다. 나는 (순진하게도) 남자를 만날 거라 생각했다. 세계 곳곳을 돌아다니는,《내셔널지오그래픽》의 사진작가 같은 이십 대의 남자를 만나 광적인 사랑에 빠질 거라고. 그러나 모로코에 도착해서 나는 곧 깨달았다. 이십 대는 휴가를 이 주씩 떠나지 않는다고. 너무 비싸고, 한 방에 연차를 너무 많이 써버리게 되니까. 사방을 둘러봐도 나이 많은 사람들뿐이었다. 내 부모님 연배를 훌쩍 뛰어넘어 조부모님 연배 되시는 분들. 그러나 뭐 그렇게 실망하지는 않았다. 나는 모로코에 있었으니까. 나는 사진을 수천 장 찍었고, 나의 조부모뻘 되는 어르신들은 나를 아주 귀여워하셨다. 에드워드라는 한 남자는 가족 사업이던 작은 백화점 브랜드를 어느 거대 기업에 매각했다고 했다. 그는 내가 여행 내내 도착하는 호텔마다 할당 업무를 팩스로 보내며(그렇다. 당시는 팩스의 시대였다!) 계속 일하는 모습을 유심히 지켜보았다. 그리고 내가 연애도 모르고 산다는 것도 파악한 것 같았다. 그러면서 자기도 이십 대에는 쉬지 않고 일만 했다고 얘기해줬다. "지금 인생을 즐겨도 되고 나중에 즐겨도 됩니다. 하지만 운이 좋다면 젊을 때 열심히 일할 수 있죠. 잘하면 즐겁게 일할 수도 있어요. 그러고 나면 나중에 편히 쉴 수 있는 시간과 자금을 갖출 수 있고요."

그분이 무슨 말씀을 하시는지 잘 알았다. 나는 이십 대를 일만 하며 보내고 있었다. 하지만 나는 잡지의 대중문화 담당 편집자였다. 일 이외의 다른 삶이 없긴 했지만 나의 일이란 게 영화 세트장을 찾아다니고, 음악 페스티벌에 참석하는 것이었다. 때로는 알고 보면 그냥 노는 게 일인 적도 있었다. 이탈리아 레이크 코모의 빌라데스테 호텔에서 리키 마틴을 필두로 스무 명 남짓의 아시아 음악 기자들과 보낸 사흘이 그랬다. 그중 한 명과 나는 아주 절친한 사이가 됐다. 나는 분명 일하고 있었지만 정말 기똥차게 즐거운 시간이었다.

대다수의 여성들처럼 나의 삼십 대는 변화의 시기였다. 결혼, 그리고 육아. 이런 변화는 안정감과 좋은 시간들을 선사해주었다. 하지만 그 시기를 생각할 때면 제일 먼저 떠오르는 이미지는 퀭한 눈에 지칠 대로 지친 모습이다. 새벽 두 시, 원고 마감도 닥쳤고, 수유도 해야 하고, 노년에 접어든 친척들은 병원에 입원 중이었다. 삼십 대를 돌아볼 때 가장 자주 생각나는 우리의 모습은, 내가 남편을 바라보며 "우린 대체 언제부터 편해지는 거야?"라 말하며 웃는 모습이다. 함께여서 행복하긴 하나, 하루하루를 어떻게 넘겨야 할지 도통 알 수 없던 그때.

그러니까 한 마디로 나의 사십 대 — 말하자면 내 인생의 후반 전의 시작점 — 는 좀 더 느긋했으면 했다는 얘기다. 나는 질주하듯 이십 대를 보냈다. 일에만 매진하기 위해 잠이고 사교생활이고 다 거부했다. 삼십 대는 마치 군대에서 포복을 하듯 통과했다. 결혼과 육아, 가족으로서의 이런저런 의무와 다양한 할 일들을 해내며 열심히, 묵묵히 전진했다. 목표는 오직 생존이라는 생각, A지점에서 B지점으로 일단 가고 봐야 한다는 생각이 들 때가 정말 많았다. 나의 사십 대는 다르기를 바랐다. 그리고 마흔이 넘은 사람 중에 나의 롤 모델이 될 만한 사람을 열심히 찾아보았다. 엠마 톰슨처럼 똑똑하고 유쾌한 사람이 된다면 정말 좋을 것 같았고, 해낼 수만 있다면 케이트 블란쳇처럼 차갑고 전혀 애쓰지 않는 듯한 분위기를 풍기면서도 옷을 잘 입고 섹시했으면 했다. 그러나 그중에서도 가장 원한 것이 있다면 '행복'하고 싶다는 거였다. 이젠 좀 덜 목표 지향적으로 살고, 좋아하는 것들은 좀 더 하고, 싫어하는 것들은 덜하며 하루하루를 만들어가고 싶었다.

마흔 번째 생일 전날, 나의 사십 대라는 십 년의 시간을 승리로 만들어줄 만한 항목을 열 개 선정해서 적어보았다. 체크 리스트라기보단 내 인생의 형태를 잡아줄 청사진 같은 거였다. 내가 살고 싶은 곳은 어디인지, 돈은 얼마나 모으고 또 얼마나 기부하고 싶은지, 하고 싶은 일은 무엇인지, 딸들과는 어떤 전통을 만들어 나가고 싶은지, 남편과의 결혼 생활을 더 풍요롭게 만들기 위해 무얼 하면 좋을지. 그러니까 이삼십 대에는 내가 하고 싶었던 것에 초점을 맞춘 목표나 결심들이 있었다면, 이 목록은 내가 세상을 어떤 존재로 살아가고 싶은가를 상징하는 것이었다. 세월이 흘러도 변함없는 자넷 잭슨의 아름다움에 경의를 표하며 나는 그것을 나의 '십 년의 계획design of a decade°'이라 이름 붙였다.

나는 해마다 그 목록을 들여다본다. 그중 한 항목은 바로 해버렸다. 그리고 나 자신을 관대하게 본다면(이젠 정말 그러고 싶다) 세 개의 항목은 매년 해나가고 있다고 말할 수 있을 것 같다. 사십 대의 한가운데에 서 있는 지금, 아직도 여섯 개의 항목은 허공에 떠다니고 있다. 하지만 신기하게도 엄청 급한 일이라고 느껴지지 않는다. 오십이 되어서야 달성할 수도 있고 오십 대의 계획으로 흡수해도 될 것이다. 지금까지의 삶에서 월반을 하고 커리어에서도 단계를 건너뛰며 고속 승진을 해온 사람으로서 마흔다

° 자넷 잭슨의 86년부터 96년까지의 히트곡을 모아 담은 앨범_옮긴이

섯이 된 지금, 나는 마침내 속도를 늦추는 법을 터득해가고 있다. 나의 가슴을 뛰게 하는 열 개의 빅 픽처에 대한 포부와 그것들을 성취하는데 주어진 십 년이라는 넉넉한 시간은 내가 나 스스로에게 준 선물인 것 같다.

나는 예전에 모로코에서 만났던 백화점 거물만큼 나이가 많지도, 부유하지도 않다. 하지만 사십 대인 지금, 이십 대의 나는 상상조차 못 했던 즐거움을 누리고 있다. 나는 마흔두 번째 생일을 파리에서 보냈다. 예전에도 많이 가본 도시였지만 가장 관광객답게 즐긴 그해의 파리를 나는 절대로 잊지 못할 것 같다. 다섯 살짜리 딸을 데리고 에펠 탑 꼭대기까지 올라가 둘이 활짝 웃었다. 어느 가을에는 친구의 시골 별장을 석 달간 빌려 주말마다 숲속에서 지냈다. 그 집에서 친구들과 함께 즐긴 저녁 식사를 떠올릴 때면 아직도 가슴이 뛴다. 포근한 날에는 방충망만 닫은 1층 데크에서, 추운 날엔 장작이 타오르는 난로 옆에서. 지난주에는 국토를 횡단하기 전에 두 번의 저녁 식사 모임을 주최했다. 한번은 미국 가정식 요리로 이름난 뉴올리언스 출신의 파블로 존슨이라는 셰프를 초청해 팥과 쌀로 한 요리를 스물네 명의 손님과 함께 나눠 먹었다. 그리고 이사 바로 전날에는 가장 가까운 친구 가족들과 함께 풀 파티를 했다. 아이들은 열 시까지 수영장에서 놀았고 어른들은 거의 자정까지 웃고 떠들었다. 남편과 나와 우리 딸은 다음 날 비행기를 놓쳤다. 그 정도로 늦게까지 놀아버렸다. 하지만, 그날의 파티는 정말 아름다운 승리였다고 생각한다.

스물다섯 살 때 나는 남자친구가 없었다. 제일 친했던 (여자 사람) 친구는 날 버렸다. 크리스마스 날 나는 집에 혼자 앉아 눈알이 빠지도록 울었다. 내 삶이 열세 살 소녀가 서른 살로 접어드는 내용의 영화였다면 스물다섯의 나는 마흔다섯의 나를 보고 물을 것이다. "잠깐만요, 뭐라고요? 파리에 살았다고요? 귀여운 남편이랑 사랑스러운 딸도 있다고요? 툭하면 저녁에 파티를 열었다고요? 그렇게 잘 풀렸다고요? 직장에서 징글징글하게 긴 하루를 겨우 끝내고 들어와 싱크대 앞에 서서 냉동식품을 먹고 소파에서 잠들지 않는다고요? 잠깐만요, 옷장 안 좀 볼게요. 저 샤넬 드레스와 '볼러Baller°'라고 새긴 에디 파커 클러치는 누가 사준 거예요? 직접 번 돈으로? 우와, 당신 진짜 볼러네요."

내가 그렇게 불릴 자격이 있는 사람이라고는 전혀 생각하지 않지만, 젊은 시절의 내가 지금의 내가 이룬 성취를 자랑스럽게 생각할 거라는 건 알겠다.

° 호화스러운 라이프 스타일을 가진 성공한 사람을 가리키는 표현_옮긴이

나는 그 어느 때보다도 지금, 내가 꿈꾸는 여자가 되고 싶은 마음이 강하다. 나의 목록 중 한 가지는 '세 가지 언어를 유창하게 쓰고 싶다.'이다. 네, 재수 없는 거 압니다. 하지만 나는 언제나 언어에 열정이 있었다. 나의 가족은 파나마 출신이다. 엄마는 오빠와 나에게 스페인어를 하셨고, 우리는 영어로 대답하며 자랐다. 스페인어를 알아듣지만 말할 수 없다는 것, 그건 마치 내가 도저히 건너갈 수 없는 차이로 느껴졌다. 그러다가 중학교에 다니면서 정규 과목인 프랑스어 대신 스페인어를 선택했고, 그 해가 끝나갈 때쯤 엄마와 스페인어로 대화할 수 있었다. 이 년 뒤엔 읽고 쓰고 친척들과도 모두 대화할 수 있게 됐다. 대학에 들어갈 때쯤엔 스페인어 소설을 읽었고 아주 가끔은 스페인어로 꿈을 꾸기도 했다.

대학을 다니는 사 년간은 러시아어를 공부했고, 이십 대 후반에는 일본어를 배우고 제법 오랫동안 일본에서 지냈다. 파리로 여행을 다니고 일 년간 그곳에서 살면서 여기저기 돌아다니고 식당에서 주문하고, 일주일에 한 번씩 장을 볼 수 있을 정도로는 프랑스어를 할 수 있게 됐다. 그렇게 여러 언어를 배우는 와중에 스페인어를 많이 잊어버렸다. 여행을 다닐 때는 언제나 사람들과 얘기할 수 있었고 엄마와도 대화가 가능했지만 소설을 읽는 능력은 잃어버리고 말았다. 그래서 몇 년 전부터 스페인 영화와 회화 수업을 듣기 시작했다. 일주일에 한 번 정해진 영화를 보고 화요일 밤에 수업에 나가 선생님의 지도 아래 영화에 대한 대화를 나눈다. 우주 비행사에 대한 영화를 본 뒤에 지금까지 내가 한 번도 써보지 않은 단어들이 이렇게나 많다는 걸 깨닫는 건 정말 재미있는 일이다. 그럴 때면 이상하게도 나는 엘리자베스 알렉산더의 아름다운 시, 「호텐토트의 비너스The Venus Hottentot」가 떠오른다. '멋들어진 것들이 나를 기다리니. 이 세상의 작은 것들은 내 것이리.'

• • •

내가 내 몸의 대사 체계에 저항하며 헬렌 미렌만큼 매력적인 여자가 되기 위해 엄청난 시간을 쏟아 붓고 있기도 하지만 지혜로워진다는 것의 참뜻이 무엇인지 생각하는 데도 많은 시간을 들이고 있다. 사십 대가 되어 나 자신에게 던지고 있는 질문들 중 하나가 지혜가 무엇이냐는 것이다. 꼭 확인받지 않아도, 페이스북의 집단적 설문조사를 통하지 않아도, 친구에게 물어보지 않아도 깊은 지식으로 신뢰할 수 있는 것은 무엇일까? 지극히 분명한 것은 우리가 운이 좋다면 시간은 흘러가고 우리는 나이 들어간다는 것이다. 그건 우리가 도저히 통제할 수 없는 부분이다. 특히 놀라움, 충격, 비통, 그리고 우리가 사랑하는 사람들과 우리가 잘 알진 못해도 깊은 애정을 갖고 있는 사람들의 뜻밖의 죽음 같은 것들은 우리 의지와 상관없이 온다. 그러나 미래의 모습에 대한 상상은 마음껏 해볼 수 있고, 그런 미래의 어디까지 우리 손으로 만들어낼 수 있는지 알 정도의 지혜는 우리에게 있다고 생각한다. 내가 딸이나 친구들과 이야기를 나눌 때 나는 성인으로 살아온 이십 년의 경험을 갖고 있길 원한다. 우리 어머니 세대에게도 그 세대만의 문제들이 있었지만 적어도 어른이 되는 걸 두려워하진 않았다. 그에 반해 서른 정도로 밖에 안 보이는 사십 대 여자들을 볼 때면, (여기서 진짜 어른은 누구지?) 종종 생각한다. 우리는 서로에게, 우리 가족에게, 우리 딸들에게, 그리고 우리 자신에게, 적어도 청바지가 예쁘게 맞도록 노력하는 시간만큼 내면을 위해 시간을 할애해야 할 의무가 있다고. 그래서 나는 명상을 한다. 영혼을 살찌우는 책을 읽고(나는 마리안 윌리엄슨°이나 『기적의 과정A Course in Miracles』 같은 책의 열성 팬이다), 1년에 한 번쯤은 심신 수행을 위한 프로그램에 참여한다.

내가 사십 대에 지혜를 얻는 방법 중 하나는 위대한 불교 작가

° 영적 지도자이자 베스트셀러 작가_옮긴이

페마 초드론의 주말 수련회에 참가하는 것이다. 나는 지금까지 두 번 참여해보았고 앞으로 적어도 한 번 이상은 더 해보길 희망한다. 페마는 이런 생각을 설파한다. "시작을 선하게, 중간 과정에서도 선하게, 마무리도 선하게." 이런 생각은 무슨 일이든 선의를 염두에 두고 선한 의도에 집중하도록 돕는다. 간단한 식사 한 끼를 할 때, 동료와 함께 어떤 프로젝트를 진행할 때, 불치병에 걸린 사람과 작별을 하는 과정에도 모두 마찬가지다. 우리는 실수를 한다. 벽에 부딪힌다. 길을 잃기도 한다. 그러나 몇 번이고 열린 마음으로 다시 돌아온다. 처음에 시작할 땐 누구나 잘해보려고 하지만 때로는 잘 풀리지 않는다. 그러면 다시 시도한다. 중간 과정을 선하게 하고자 하는 것은 어찌 보면 또 하나의 기회이다. 그러나 우리는 인내심이나 이성을 잃기도 하고 결국 망쳐버리기도 한다. 그러면 마무리라도 선하게 하고자 노력하면 된다. 그 일이 무엇이든 우아함과 관대함과 따뜻함을 최대한 끌어모아, 본인에게 그리고 상대방에게 좋은 쪽으로 마무리할 수 있도록 노력하는 것이다.

"시작을 선하게, 중간 과정에서도 선하게, 마무리도 선하게." 이는 전반전과 후반전으로 이루어진 경기를 불교식으로 표현한 거라고 나는 생각한다. 이런 가르침은 내가 하는 모든 일을 더 잘

해낼 수 있도록 일을 단계적으로 나누어 보게 해주었다. 이번 달에는 일이 정말 너무 많았다. 그러나 한 달의 절반이 지나갈 무렵나는 마음을 좀 편히 갖자고 다짐했다. 달력을 꺼내어 이번 달의마지막 이 주간의 모든 미팅과 약속들을 오후 세 시 이후로 옮겼다. 여전히 일을 해야 했고, 할 일이 산더미 같은 건 마찬가지였지만 그래도 아침에는 심호흡도 좀 하고 조금은 천천히 움직여도 괜찮다.

매번 바뀌는 계절도 내겐 전반과 후반이 있는 경기 같다. 가을을 개학의 분주함과 여름 방학과 휴가로부터의 복귀 과정으로정신없이 시작하고 나면, 추수감사절과 연말연시 직전의 10월말과 11월 초는 모든 것을 재검토하고 손보는 시간으로 가지려고 한다. 내게 더 필요한 것은 무엇일까? 덜어내고 싶은 건 무엇일까? 겨울, 봄, 특히 여름은 전반과 후반으로 나누기가 아주 쉬워 보인다. 절반은 그냥 살아가고, 나머지 절반은 실험 기간으로삼아보는 거다. 잘되고 있는 것은 좀 더 섬세한 조정을 시도해보고 잘 안 되고 있는 것은 바꿔본다.

스물네 시간이라는 단위에도 회복과 새로운 시작의 기회는 존재한다. 종일 기분 나쁘고 힘든 일들에 쉴 새 없이 들볶인 하루,오후 세 시가 되면 나는 가만히 생각해본다. 어떻게 하면 이런 하루에서도 아주 조그마한 승리를 만들어 낼 수 있을까? 친구와의 술 한잔. 내가 진짜 좋아하는 것으로 저녁 먹기. 심지어 샤워를 하고 내 딸이 잠드는 시간인 저녁 8시에 함께 잠자리에 드는 것도 내게 주는 선물로 느껴질 수 있다.

내가 아는 한 모든 것을 완벽하게 이해하고 기억한다고 생각하는 여자는 한 명도 없다. 마흔쯤 되면 우리의 그래프에는 플러스 막대도 있고 마이너스 막대도 있는 법이다. 우리를 자랑스럽게 만들어주는 것과 우리를 민망하게 만드는 것들. 하지만 그걸 만든 건 우리 자신이다. 죽지 않고 마흔이란 나이에 도달했다는 것은 마치 아주 길고 긴 시간 동안 줄을 서서 기다리고 기다리다가 거대한 나이트클럽에 입장하게 된 것과 같다. 그것도 입구를 지키는 가장 변덕 심한 문지기, 바로 우주를 제치고 말이다. 이제 우리는 안으로 들어왔다. 음악이 요란하게 쾅쾅 울려 퍼지고 있다. 음료 선택권도 정말 다양하다(알코올이 맞지 않는 사람에겐 무알코올 칵테일도 있다). 우리는 예쁜 옷을 입고 춤을 추기 편한 신발도 신었다. 우리는 이 안에 입장했지만 아무리 간절히 바라고 원해도 이 클럽에 들어올 수 없는 여자들이 너무 많다. 레나 던햄은 들어올 수 없다. 나탈리 포트만은 정말 멋진 여자지만 그녀도 입장 불가다. 아직은 말이다. 조 크라비츠는 그 또래 여성보다 감수성도 풍부하고 이해력도 뛰어나지만 문 앞의 문지기는 그녀의 가짜 신분증에 속지 않을 것이다. 여기는 사십 대 전용 클럽이고 옥타비아 스펜서, 에이미 포엘러, 트레시 엘리스 로스, 카메론 디아즈와 파티를 즐기고 있다. 주위를 돌아보시라! 멜리사 맥카시, 제이디 스미스, 루시 리우, 소피아 코폴라, 그리고 토니 콜렛이 여기 있다. 우리의 육십 대, 칠십 대, 그리고 팔십 대 멘토들, 오프라, 메릴 스트립, 리타 모레노, 그리고 헬렌 미렌은 VIP 부스에 앉아 이 바닥의 보스(진짜로 그러하므로)처럼 주옥같은 삶의 교훈들을 랩으로 설파하고 있다. 내가 DJ로 임명한 미국 작가 산드라 시스네로스는 음반을 돌리는 턴테이블을 담당하고 있다.

알고 있다. 나의 목표와 바람 중에 몇 가지는 '나는 프렌치 걸이 되고 싶어요, 젠장.' 같이 과하게 감상적이고 우스워 보이기도 한다는 걸. 하지만 이 나이에 받은 선물이 하나 있다면, 삶을 내가 엄청 가고 싶은 파티처럼 대하고 즐기는 게 얼마나 좋은지 알게 됐다는 것이다. 사십 대는 신나는 댄스 플로어다. 최고의 순간, 벽에는 거울이 없고 오직 내가 사랑하는 사람들이 나를 바라보고 있을 뿐이다. 그것이 내가 내 능력껏, 비유적으로든 실제로든 그곳에 나가 신나게 춤을 추는 이유다.

베로니카 체임버스　VERONICA CHAMBERS

작가이자 저널리스트이며, 대표작으로는 평단의 호평을 받은 회고록 『마마스 걸Mama's Girl』, 청소년 소설 『고 비트윈The Go-Between』, 셰프 마커스 사무엘슨과 공저한 『예스, 셰프』가 있다.

창의적 글쓰기와 저널리즘에 대한 강의를 진행하고 있으며, 『미셸의 의미The Meaning of Michelle: 시대의 아이콘이 된 영부인과 우리에게 영감을 주는 그녀의 여정에 관한 작가 16인의 글』의 편집자로, 《뉴스위크》 문화면 작가로, 《뉴욕타임스 매거진》의 편집자로 일하기도 했다.

줄리 클램 "엄청 다르게 들리지만 사실 서른아홉과 별다를 게 없다는 것. 나이라는 건, 어감의 차이일 뿐, 실제 느낌의 차이는 아니다."

제나 슈워츠 "마흔이 되고 가장 놀라웠던 점은 불과 5년 전에 예상했던 것과 비슷하게 맞아떨어지는 게 거의 하나도 — 진심 하나도 — 없다는 것이었다. 그리고 삶과의 힘겨운 싸움에서 마침내 한발 물러나 대신 삶을 살아갈 준비가 됐다고 느끼기 시작했다는 것이다."

케이트 볼릭 "새로운 친구들. 마흔쯤 되면 평생 사귈 친구들은 이미 다 만났을 거라고 생각했었다. 하지만 지난 몇 년간 새로 시작된 소중한 우정은 친구 사귀는 일엔 절대 끝이 없다는 걸 깨닫게 했다. 우리가 원한다면 말이다."

베로니카 체임버스 "나의 신념을 지킬 용기를 갖게 됐다는 것.
내가 모든 걸 안다고 할 순 없지만 내가 무엇을 믿으며 무엇
을 위해 싸울 수 있는지 이제 알게 됐다."

캐서린 뉴먼 "밤에 가랑이 사이에서 땀이 엄청 많이 난다는 것."

4

우리가 외모를 논할 때
나누는 이야기들

슬론 크로슬리

이 지구상에 살아가는 사람들이라면 다 마찬가지겠지만 나도 해부가 필요한 죽음을 맞이하길 원치 않는다. 그런데 다른 사람들과는 달리 그 이유를 대라면 구체적인 이유가 줄줄이 적힌 리스트를 제시할 수 있다. 살해당하고 싶지 않다는 것이 1순위이긴 하겠지만 나의 리스트에는 그보다는 훨씬 사소한 치욕들도 담겨 있다. 내 피부에는 아주 미량일지언정 정말 수많은 화장품들이 잔류하고 있어서 만약 내 피부의 독성 물질을 분석해 보고서를 작성한다면 클린턴이 대통령이던 시절 법무차관 켄 스타°

° 미국 42대 대통령 빌 클린턴의 화이트워터 게이트 사건 수사를 이끌었던 인물

가 작성한 것 같은 장황한 보고서가 나올 것이다. 그렇다. 나는 이런 사람을 인용할 정도로 오래 살았다. 십 대의 내겐 화장품이 장난감 같았다. 나는 향이 좋은 로션, 그리고 얼굴에 바른 뒤 웃으면 금이 쩍쩍 가는 마스크 팩에 마음이 끌렸다. 그러나 삼십 대의 막바지에 이른 지금, 화장실 거울 뒤의 수납장은 아이 크림, 페이스 미스트, 각질 제거 스크럽, 나이트 크림, 데이 크림, 애프터눈 크림, 격주 화요일마다 바르는 크림으로 꽉꽉 차 있다. 겨울이 찾아오면 어느 열정적인 대체의학 전문가에게 속아서 산 장미꽃잎 세럼을 사용한다. 발바닥 전용 로션에 섞어 쓰는 거다. 그렇다. 나는 발바닥 전용 로션도 갖고 있다. 이렇게 다양한 혼합물들을 바르는 데 들이는 시간을 생각하면 내가 지금 이 글을 화장실에서 쓰고 있지 않은 게 신기할 지경이다.

이제 콜라겐 마스크에 대한 격렬한 토론의 막이 오를 거라 생각하기 시작했는가? 충분히 그럴 수 있다. 이해한다. 그러나 걱정은 하지 마시길(그러는 편이 좋다. 이마를 찡그리면 주름이 생기니까요). 우리는 아름다움에 대해 논하고 있지만, 그냥 아름다움이 아니라 젊음과 관련된 아름다움이다. 젊음은 사람들이 진심으로 숭배하는 풍요로운 주제이다. 이 세상의 모든 소설, 오페라, 그리고 예술 작품의 절반 정도는 젊음이란 주제에 기반을 두었다 해도 과언이 아니다. (나머지 절반은 성性이라는 주제가 차지한다.) 한 가지 문제라면, 각종 미디어의 정보 세례를 받고 살아가는 이 시대의 사람들에게 정기적으로 주입되는 것은 더 이상 젊음에 대한 대화가 아니라 아름다움에 대한 대화라는 점이다. 젊음과 아름다움은 원래 이란성 쌍둥이와 같은 존재였다. 지난 수백 년 동안 여성이 아름답게 보이길 원했던 이유는 그것이 풍요의 상징이자 그녀들이 친화적 자궁을 가졌다는 광고였기 때문이다. 과거에 아름다움은 대개 그녀가 얼마나 건강한지, 농장의 긴 겨울을 무사히 견뎌낼 만큼 강한 여성인지, 혹은 치아 교정을 할 수 있을 정도로 부유한지 가늠할 수 있는 지표였다. 하지만 이제 우리가 아는 아름다움은 별개의 구역으로 독립됐다. 이제 아름다움은 젊음에서 분리되었고, 그 결과 세상은 여자들에게 사실상 미적인 것이 전부인 것을 추구하도록 조장하고 있다.

이론상으로는 강렬한 아이디어일 수 있다. 생물학적 적합성의 추구가 아닌, 오직 아름다움을 위한 아름다움. 하지만 실질적으로는? 아름다움은 여성이 쿨하게 포용하거나, 적어도 붙들고 씨름해야 하는 걱정거리로 변질됐다. 스스로에게 이런 질문을 해보자. 지금보다 다섯 살 젊어지는 대신 지금보다 매력이 훨씬 떨어지는 것과 지금보다 다섯 살 많아지는 대신 훨씬 더 매력이 증가하는 것 중 하나를 선택해야 한다면? 만약 이 질문에 대해 '고민'을 해야 했다면, 환영한다. 당신은 이 시대 사람이 분명하다.

이런 이유로, 나는 개인적으로 외모 유지와 관련된 대화는 가급적 피하게 된다. 모든 화장품을 완비하고 있음에도 불구하고 이 주제는 내게 늘 낯설다. 독자의 입장에선 아름다움과 관련된 기사를 읽으면 어쩔 수 없이 위축되곤 한다. 기사의 표현 방식이 얼마나 예술적이고, 과학적으로 얼마나 잘 입증됐든 간에 그런 기사를 읽으면 나는 여성이 될 자격이 없는 것 같은 느낌을 받게 된다. 마치 이미 6년 전부터 진행 중이었던 어느 먼 나라의 내전에 관한 뉴스에 달라붙어 있는 느낌이랄까? '산소마스크의 신기술!' 신기술? 나는 오래전 기술이 있는지도 몰랐는데? 그리고 작가의 입장에선 기사를 쓰기 위해 걸쭉하고 끈적거리는 제품을 가득 채운 욕조에 몸을 담그고 있거나 피라냐 페디큐어°를 받는 것에 회의적이다. 오해는 하지 마시라. 세상 어떤 여자들만큼이나 나도 공짜 얼굴 마사지 받는 걸 즐기는 사람이다. 하지만 내 돈을 내고 레이저로 땀구멍 시술을 받으라고 하면? 그런 건 절대

° 물고기 스파fish spa라고도 불리는 미용 요법으로 작은 물고기들이 있는 통에 발을 담그면 물고기들이 죽은 살을 뜯어먹고 새 살이 나오도록 한다_옮긴이

사양이다.

미용에 나보다 더 많은 돈과 시간을 쏟아붓는 여자들을 모욕할 생각은 추호도 없다. 그리고 내게도 분명히 극단적인 면이 있다. 나는 머리에 관련해서는 완전히 미친 여자다. 진짜 제정신이 아닌 수준이다. 그러나 내가 진짜로 소화하기 힘든 부분은 어떤 시술이나 제품이 시간의 상처를 치유할 거라는 거짓 주장이다. 마치 그런 것들이 노화를 막거나 인간은 결국 필멸의 존재라는 현실을 잊게 만들기라도 할 것처럼. 안티에이징 크림들이 '젊음을 활성화'하기라도 할 것처럼. 이 글을 쓰는 지금, 나는 서른여덟이다(실질적인 카운팅에 들어가기 전에 먼저 열두 달을 기다리는 우리 문화를 생각하면 나는 사실상 서른아홉에 들어섰다고 봐야 한다). 매일 규칙적인 스킨케어가 필요한 때가 되면 시간이 내게 알려줄 거다. 아이러니하게도 그땐 이미 늦을 테지만.

내 얼굴의 현재 상황에 대해 평가를 하자면 이십 대 후반부터 시작된 공사 프로젝트가 여전히 진행 중이라 말할 수 있겠다. 이마에는 주름들이 땅굴처럼 파고들어 가고 있고, 콧잔등의 땀구멍은 확장되고 있으며, 눈 밑의 피부는 얇아지며 주름이 잡히고, 입술 위에는 새롭게 털이 나기 시작하더니 곧 무성해질 기미를 보이고 있다. 긍정적인 면을 찾자면 어릴 땐 엄청난 고민이었던 다람쥐 같이 통통한 두 볼이 나이 들어가며 빛을 발하게 됐다는 것. 이제 나는 더 이상 스물여덟처럼 보이진 않을지 모르나 역설적이게도 때로는 열둘로 보이기도 한다. 급히 짐을 챙겨 떠날 일이 생기면 그곳이 세상 어디든 로션, 치약, 데오도란트만 챙겨 자신 있게 떠날 수 있다. 영화 〈조찬 클럽〉에서 배우 알리 쉬디가 연기한 캐릭터는 이렇게 말했다. "난 여기서 도망칠 수 있어! 바다로 떠날 수도 있고, 시골로 갈 수도 있고, 산으로 갈 수도 있어. 나는 이스라엘로, 아프리카로, 아프가니스탄으로 갈 수도 있어." 나도 그렇다. 하지만 그러면 바로 이런 질문이 뒤따를 것이다. 실제로 필요하지도 않다면 집에선 왜 그렇게 온갖 제품을 치덕치덕 바르고 있는 거죠?

그런다고 손해가 날 건 없기 때문은……, 아니다. 그 쪼그마한 아이크림 하나가 70달러씩 한단 말이다. 얼마든지 손해일 수 있다. 실은 최근에서야 몇 년 사이 근육 조직이 늘어지는 것 말고도 피부 아래로 뭔가 숨어들고 있음을 깨닫게 됐기 때문이다. 저 깊은 곳에서부터 아름다움에 대한 거부감이 자리 잡기 시작한 것이다. 외모에 대한 토론은 그저 예전 이론을 차례차례 덮어버리는 공허한 외침임을 알게 됐다. 지금까지는 수분 보충 스프레이를 온몸에 분사하며 그 행위의 진정한 목표가 무엇인지 생각해보지 않았다. 대개는 내가 포장에 약한 사람이라고 생각하며 외모를 위해 투자했던 것 같다. 하지만 포장 때문은 아니다. 그렇다고 예뻐지고 싶은 것도 아니다. 매력 발산을 원하는 것도 아니다. 시간 여행을 하고 싶은 것 역시 아니다. (내가 또 그렇게 망상이 깊은 사람은 아닙니다.) 마흔에서 2년 모자란 지금, 내가 그 무엇보다도 원하는 것은 내 얼굴을 지금 상태로 멈추게 하는 것이기 때문인 것 같다. 시간을 되돌리는 게 아니라 〈아웃 오브 디스 월드Out of This World〉의 엘비처럼 (외계인 아빠와 지구인 엄마 사이에서 태어난 십 대 소녀에 관한 TV 드라마로 1985년 이후에 태어난 사람 중엔 아는 사람이 없을 거다) 시간을 정지시키는 것 말이다.

그럼 마법을 꿈꾸는 거냐고 할 수도 있겠지만, 나는 진심으로, 내가 내 삶의 주도적인 결정을 직접 하며 살지 않았다면 당연히 내 얼굴도 그에 부응할 수 없는 거라 믿고 있다. 당연히 그럴 순 없는 거다. 내가 나의 존재에 대한 심도 있는 질문들에 제대로 대답할 수 없다면 나의 거죽은 그보다 더 아름다울 수도 덜 아름다울 수도 없다. 내 이마에 급속히 늘어나고 있는 주름들을 가질 만큼 나는 충분히 새로운 것을 창조했고, 충분히 사랑했고, 충분히 사랑받았고, 충분히 성취했고, 충분히 배웠나? 흰머리가 올라

와도 급히 뿌리 염색을 할 필요를 느끼지 않고, 인스타그램에 사진을 올릴 때 정수리 부분을 잘라내지 않아도 될 만큼 나의 삶은 다른 사람들 사이에 굳건한 뿌리를 내렸을까? 미용 제품의 아주 미세한 개선 효과에 내 피부가 웬만해선 반응하지 않는 포장임을 깨달아도 내 모습 그대로 편안할 수 있는가? 간단히 말해서, 내 외면을 대면할 수 있을 만큼 나의 내면도 꽉 채웠는가?

거울을 통해 서른여덟 먹은 내 얼굴을 보고 있으면 "그래, 저게 내 얼굴이구나." 이상의 생각은 별로 들지 않는다. 그러나 거울 속의 내 반영을 들여다보며 나 자신을 되돌아보고 있노라면 일시 정지 버튼을 누르고 내 삶을 재점검해보고 싶다는 욕구가 올라온다. '눈 밑에 생기기 시작한 두툼한 주머니들아, 잠깐만 기다려 봐, 너희가 완전히 자리 잡기 전에 지금까지의 내 삶을 좀 평가해봐야겠어.'

긍정적인 면이라면, 이 나이가 되니 이십 대나 삼십 대 초반처럼 내 육체에 관한 구체적인 희망 사항들이 없어졌다는 점이다. 내 턱이 제이 레노° 같다는 사실을 엄청나게 의식하던 시절을 떠올리면 지금도 참 민망하다. 그뿐인가 나는 더 작은 엉덩이, 더

° 미국의 코미디언, TV쇼 진행자, 길게 나온 턱이 특징이다_옮긴이

선탠이 잘 된 다리, 그리고 웃을 때마다 얼굴 속에 묻혀 버리지 않는 두 눈을 원했었고, 슈퍼모델들로 넘쳐나는 도시에서 살고 있다는 사실에 낙담하기도 했었다. 바보 같은 짓이었다. 지금 와서 갑자기 내가 나의 외모에, 혹은 다른 사람들의 외모에 신경 쓰지 않는, 숭고하리만치 겸손한 경지에 오른 건 절대 아니다. 그저 이제 나의 내면이 나의 외면과 보조를 맞추는 것이 가장 중요하다고 생각하게 된 것뿐이다. 그 반대의 경우가 아니라.

독자들은 아마도 인생의 중요한 이정표가 될 만한 생일이면 언제나 이렇게 삶을 돌아보고 살피고 싶다는 강렬한 욕구가 들거라 생각할지도 모르겠다. 특히 여자들의 경우엔. 하지만 장담하는데 서른은 (적어도 예전에 서른이었던 본인은) 이런 식의 생각은 하지 않는다. 내겐 증거도 있다. 9년 전, 나는 영국판《엘르》에 서른이 되면서 갖게 되는 기대감에 대한 에세이를 기고했다. 아니, 잡지의 기대감이라 해야 맞겠다. 잡지사에서는 내게 밀린 반성이 엄청 많고, 오랜 고심 끝에 얻은 깨달음을 실천할 준비가 돼 있을 거라 생각했던 것 같다. 그러나 내겐 그런 게 전혀 없었다. 그런데 그렇다고 해서 들어온 일을 마다하진 않았다.

그 에세이에서 나는 나이 먹는 것에 대한 양가감정을 가질 수 있었던 이유 중 하나가 내가 쓰고 있는 이런 유의 글을 아주 적극적으로 무시해 온 덕분이라고 고백했다. 그렇지 않은가, 나이에 대해 너무 골똘히 생각하는 것보다 더 우리를 나이 들게 할게 과연 또 있을까? 그리고 우리 솔직해져 보자. 젊은 여자들이 본인의 미래에 대해 듣고 싶은 얘기라면, 앞으로 더 행복해질 거라는 것과 매력을 잃지 않을 거라는 것 말고 뭐가 더 있겠는가? 그리고 나이 먹는다는 건 숙취에 대한 무관용 원칙과 산발적인 무릎 통증 같은 가혹한 현실이란 얘기를 《엘르》 독자들이 과연 듣고 싶어 했을까? 나는 그렇지 않다고 생각했다. 나의 이런 예감은 잡지에서 에세이와 함께 싣기로 한 사진을 통해 확인까지 받은 것 같았다. 대학생처럼 보이는 모델이 옷핀으로 만든 드레스를 입고 환하게 웃고 있었으니까.

나는 이상한 생각을 하나 더 고백했다. 나는 서른이 된다는 것이 별로 걱정되지 않노라고. 왜냐, 서른이 된 날 아침에 눈을 떠 보면 내가 마법처럼 어른이 돼 있을 거라 생각하기 때문이라고. 서른이란 나이는 '예전의 나와의 결별'이 될 거라 기대했던 모양이다. 그로부터 십 년이 흘렀지만 나의 그 어떤 부분도, 심지어 가장 비밀스러운 부분마저도 그런 카프카스러운 사고는 하지 않고 있다. 우선 첫째로, 만약 현재의 자아를 그렇게 간단히 버리는 게 가능하다면 굳이 생일이 될 때까지 기다렸다가 버릴 이유가 뭐냐는 말이다. 둘째, 서른 이후에 보너스로 받은 십 년간의 삶의 경험을 통해 나는 나를 벗어날 수 없다는 걸 확실히 깨닫게 됐다. 그 진리를 가슴에 새기고, 다른 사람이 되려고 하지 않는 게 중요하다. 공자님이 하신 말씀과 비슷한 얘기다. "어디를 간다 해도 그곳에는 네가 있다." 참고로 그분은 이마에 주름이 아주 많았습니다, 네.

이 글을 쓰기 전에 《엘르》에 기고했던 에세이를 다시 읽으며 나는 다양한 오해를 하고 있었던 스물아홉의 나를 먼저 용서해야 했다. 하긴 그땐 애였는데, 뭘 알았겠는가. 마지막 문단을 읽기 전까지만 해도 그냥 경고 정도 하는 선에서 봐줄 생각이었다. 그런데 나이 든 독자들이 잡지를 뚫고 들어가 스물아홉 먹은 나를 한 대 때려주고 싶어 할까 봐(〈섹스 앤 더 시티〉에서 젊은 애가 철없이 그런 말을 했지. "스물다섯? 젠장, 나 너무 늙었어!") 겁이 났던 나는, 서른이 되는 걸 걱정하는 건 '내가 오십이 돼서 보면 어처구니없을 일일 거다.'라고 썼다.

이제 나는 열 살을 더 먹었다. 그리고 내가 일부러 그렇게 썼다는 걸 백 퍼센트 확신한다.

나이라는 스펙트럼의 맨 끝에 사십 대를 놓았다가 그들의 기분을 상하게 할까 봐 겁이 났던 걸까? 그럼 아예 팔십 대를 언급하는 것으로 문제를 간단하게 해결하지 않고? 내 생각엔 스물아홉에 나는 사십 대보다 팔십 대에 대해 더 잘 알고 있다고 생각했던 것 같다. 여든은 부정할 수 없이 많은 나이다. 이건 눈치가 없는 게 아니라 그냥 생물학적인 사실이다. 그러나 마흔이란 나이는 젊은 것도 아니고 늙은 것도 아닌 어정쩡한 나이다. 시각적 단서들, 재정 상태, 그리고 생물학적 나이에 따라 사십 대는 충분히 서른으로 보일 수도 있고 쉰으로 보일 수도 있다. 마흔은 성급한 일반화를 하기가 어려운 나이다. 모두의 마흔은 다 다르다. 심지어 각자가 마흔이 됐을 때 본인이 느끼는 나이마저도 내가 내면의 상상 나이Internal Age Vision라 명명한 것에 따라 달라지기도 한다. 예를 들어 나의 IAV는 32/68이다. 평소에는 서른둘이란 느낌으로 살아가지만 이 지수가 급등할 때면 예순여덟이라 느끼기도 한다는 의미다. 하지만 내 동료 중에는 48/85(밤 열 시 이후에는 전화를 삼갈 것)인 친구도 있고, 24/19(정오 이전엔 전화 삼갈 것)인 친구도 있다.

얼마 전에는 수심 가득한 스물여섯 아가씨에게 진로에 대해 너무 고민하지 말라고 조언해주었다. 그 나이면 아직 실수를 저지를 시간이 한참 남아 있으니까. 아주 독창적인 충고는 아니겠으나 그것이 진리이긴 하다. 그렇지만 마흔 먹은 사람에게 이런 충고를 하는 것은 상상이 되지 않는다. 그 나이에는 판돈이 너무 커진다. 이 가상의 마흔은 진로를 바꿔야 하나 고민 중일까? 전임교수로 임용이 안 될까 봐 고민인가? 결혼 상대를 잘못 고른 건 아닌가 걱정일까? 평생 배필을 못 찾을까 봐? 자식들의 건강이? 예전처럼 사회생활이 순탄치 않아서? 그게 말이다, 어쩌면 걱정을 하는 게 당연한 것 같다. 이 지구상에서의 사십 년은 스트레스를 주는 상황이 어떻게 만들어지는지 충분히 알만한 세월이니까.

이 나이가 복잡할 수밖에 없는 또 다른 이유는, 우리의 마흔 살이 우리 부모 세대의 마흔 살과 엄청나게 다르다는 거다. 현재의 나의 삶(사귀는 사람이 있지만 결혼은 하지 않았고, 집을 렌트했지만 사지는 않았고, 600달러짜리 의자에 앉아 있지만 내가 이 글을 쓰고 있는 책상은 1999년도에 내가 직접 조립한 책상이라는 것)은 어린 시절 내가 보았던 그 나이와는 판이하게 다르다. 일찍 아이를 낳았던 베이비 붐 세대의 자식이었던 나는 어쩌면 부모의 마흔 살 모습을 기억하는 마지막 세대일지도 모른다. 그러니까 진짜 제대로 기억할 수 있는 세대 말이다. 우리 아버지는 젊은 시절에 테니스를 치셨는데 승부욕이 장난이 아니었고, 나는 주기적으로 아버지와 붙어 묵사발이 되곤 했던 기억이 선명하다. (이런 이야기는 내 나이보다는 아버지 나이에 대해 더 많은 걸 말해준다고 생각한다. 밀레니엄 세대의 문제라고 지적되는 것 중 하나가 부모들이 그들을 언제나 이기게 해주며 키운 것이기 때문에.) 아버지의 마흔 번째 생신에 엄마는 집에서 깜짝 파티를 준비하셨다. 엄마는 어깨에 뽕이 있는 번쩍거리는 황금색 블라우스를 입었고, 테니스 코트 형태에 플라스틱 선수 모형으로 완성한 케이크를 들고 부엌에서 등장했다. 그 파티의 기억이 생생하다. 나는 샴페인을 두 모금 마시고 취한 척했다. 그러면 나를 숨 막히게 만드는 부모님 친구 일당이 나를 좀 가만두지 않을까 하는 생각이었다. 어른들은 취한 애를 보면 비정상적으로 더 재미있어한다는 건 내가 잘 몰랐다.

온전한 사람 하나가, 그러니까 나의 유전 형질로 만들어지고 내가 무슨 옷을 입고 있었는지 기억하고 기록하는 사람이 존재한다는 것 자체가 나로선 상상도 잘 되지 않는다. 나의 아이를 낳는다는 생각이 불편한 것도 아니고, 주위의 친구들 덕분에 아이들 이가 나는 시기에 물고 노는 기린 모양 장난감에도 이미 전문가 수준이라 자부한다. 하지만 나의 부모님이 내 나이였을 때, 언니는 열여섯, 나는 열 살이었다. 열 살이면 소설을 읽을 수 있다. 열 살이면 나를 비판할 수도 있고, 휴대폰도 가질 수 있으며, 집에 불도 지를 수 있다. 그리고 무엇보다도 중요한 건, 내가 열 살짜리 애 엄마로는 보이지 않는다는 것…… 아닌가?

   적어도 이건 나 혼자만의 느낌이 아니다. 나의 사십 대 동지들
도 나와 마찬가지로 본인들의 표면에 대한 갈등을 느끼고 있다.
그들 역시 민낯의 나날은 서서히 저물어가고 있을 수 있음을 인
정한다. 그들 역시 잠시 멈추고 삶을 점검하길 원한다. 그들이 불
안하거나 공허한 것은 아니다. 때때로 그런 순간들이 찾아올 순
있겠지만. 그들은 그저 그들의 얼굴에 나타나는 작은 징조들로
미래를 읽으려고 할 뿐이고, 아름다움을 잃어버림으로써 자기
자신을 더 잘 이해할 수 있게 될 거란 의미를 부여하려고 애쓸
뿐이다. 솔직히 주름살 사이로 여드름도 나는 상황에 누가 우릴
탓할 수 있으랴.
   지난주엔 곧 생일이 다가오는 서른아홉 살 친구를 위로해주면
서 나는 마흔은 새로운 십 년의 시작이 될 거라 말해주었다. 모든
걸 탈탈 털고 마구 흔들어 재배치하고 새로 시작할 수 있다고!
그러고 보니, 그녀는 창조주의 작은 '에치 어 스케치Etch a Sketch°'

° 납작한 회색 화면에 그림을 그릴 수 있는 장난감. 들고 흔들면 화면의 그림이
   지워진다_옮긴이

매직 스크린이었어! 기뻐합시다, 여러분!

이 위로에 대한 반응은 별로 좋지 않았다. 고작해야 일이 년 차이지만 그래도 본인보다 어린 사람이 해주는 위로일 땐 특히 더 그럴 수밖에 없다.

"이것 좀 보라고!" 그녀는 자기 눈가의 주름을 제대로 볼 수 있도록 앞머리를 들어 올리고 몸을 앞으로 쭉 내밀며 말했다.

나도 가까이 다가가며 말했다. "아니 대체 뭘 보라는 건지 모르겠네."

그러나 나는 내가 봐야 할 것을 적나라하게 보았다. 마치 꽃은 없는 안개꽃처럼 가늘고 작은 줄기들이 그녀의 눈가에서 뻗어 나와 관자놀이 쪽을 잠식해 들어가고 있었다.

"아무것도 안 보이는구먼." 나는 그렇게 말하곤 도로 앉았다.

독자 여러분은 내가 아무 말 하지 않는 것이 그녀에게 잘못하는 거라고 주장할 수도 있겠다. "그래, 뭐 말하는 건지 알겠어." 라고 말해주었다면 우리 둘 다 마음도 편하고, 그녀가 다른 사람들을 쫓아다니며 같은 질문을 반복할 필요도 없을 거라고. 하지만 그녀는 쌓인 것들을 토로할 사람이 필요했던 것뿐이다. 그녀는 자기 얼굴이 자기 나이를 대문짝만하게 광고하고 있다며, 자기가 마흔이 되는 게 신경 쓰인다기보다는 마흔 먹은 여자는 마땅히 이러저러해야 한다는 남들의 편견이 신경 쓰이는 거라고 주장했다. 남들은 그녀가 결혼해서 아이를 낳고 욕실에 깔 맞춤한 수건들을 진열해놓아야 하며, 그 나이쯤 됐으면 자기 회사 하나쯤은 운영하고 더 비싼 구두를 신어야 하는 거 아니냐는 눈빛으로 그녀를 본다고 했다. 거기에 조금이라도 부응하지 못하면 바로 동정의 대상이 된다고. 이십 대들은 엘리베이터에서 내릴 때도 먼저 내리시라고 양보를 한다고 했다. 가장 끔찍한 순간은 샤워를 끝내고 나오다가 거울에 비친 모습이 낯선 사람처럼 보일 때라고도 했다.

무슨 말인지 알 것 같았다. 그리고 공감했다. 그녀의 두려움은 나의 두려움이기도 하므로. 그러나 그녀를 위해, 나를 위해, 우리 모두를 위해 시간을 잠시 멈추고 싶은 마음이 큰 만큼 그것이 가능하지 않다는 것도 잘 알고 있다. 얼굴로 젊음을 쟁취하려 든다면 젊음은 절대로 잡히지 않는다. 그리고 만약 겉모습에 연연하지만 않는다면 그럴 필요조차 느끼지 않을 거다. 내 친구의 얼굴에서는 강한 기운과 개성, 그리고 객관적인 매력을 읽을 수 있다. 그 친구에게 원래 나이보다 어려 보인다고 말할 수도 있다. 정말로 그 나이에 비해선 어려 보이기 때문이다. 하지만 무엇보다 친구는 갈수록 점점 더 그 친구만의 모습을 드러내고 있다. 살아가면서 그걸 매일 느낄 순 없겠지만 적어도 지금처럼 이런 얘기를 할 때만은 느낄 수 있어야 하리라.

그래서 실제로 나는 주름이 보인다는 걸 인정했다. 친구는 나의 확인 사살을 듣고 어이없어하면서도 마음이 놓이는 것 같았다. 그러더니 무심코 주사를 맞으면 어떻겠냐고 물었다. 나는 마흔 밖에 되지 않은 젊은 여자들이라면 누구에게나 해줄 법한 말을 해주었다. 만약 본인 얼굴에 그렇게 신경이 많이 쓰인다면 나이 먹어가며 번 돈을 투자해서 화장실에 좀 더 좋은 조명을 달아보라고. 그리고 쓰는 김에 웃을 때마다 쩍쩍 갈라지는 페이셜 마스크 팩을 좀 사도 좋겠고.

슬론 크로슬리

SLOANE CROSLEY

2009 미국 유머 작품상 서버 프라이즈Thurber Prize 최종 경쟁작 『케이크가 있을 거라고 했는데I Was Told There'd Be Cake』와 『어떻게 이 숫자가 나온 거지?How Did You Get This Number?』, 그리고 베스트셀러 소설 『더 클래스프The Clasp』의 저자이다. 2018년 출간한 세 번째 수필집 『살아 있는 것 같아 Look Alive Out There』로 다시 한번 2019 서버 프라이즈 최종 경쟁작에 올랐다. 《뉴욕타임스》에도 틈틈이 글을 기고하고 있으며 《배너티 페어》의 객원 편집자이기도 하다. 맨해튼에 살고 있다.

5

내가 답 메일을 보내지 않은 이유

KJ 델 안토니아

나는 이제 마흔일곱이다.

이틀 전, 내가 역시나 마흔일곱이었을 때 당신은 내게 이메일을 보냈고 나는 답장을 보내지 않았다. 답을 하지 않은 이유 중엔 내가 마흔일곱이라는 점도 작용했다. 나의 남편은 마흔여덟이고 우리 애들은 열다섯, 열둘, 열하나, 그리고 열하나이다. 그들도 당신에게 이메일을 보내지 않았다. 물론 당신이 그들에겐 이메일을 보내지 않았으니 그건 당연한 일이겠지만.

당신이 이메일 보내준 점, 고맙게 생각한다. 당신은 내게 이메일을 보낸 사람이고, 나는 그 메일에 답장을 보내야 할 사람이다. 하지만 당신의 이메일은 수요일 오후에 왔고 내가 그 메일을 열었을 때 이제 열여섯 살이 다 돼가는 내 아들이 들어왔다. 아들은 내게 자기가 개발 중인 어플에 대해 설명하고 싶어 했다. 정말 엄청나게 자세한 설명이었다. 사실 그림까지 그려왔고, 나는 끝까지 경청했다. 나는 이제 180센티미터가 되어가는 나의 아들을, 운전을 거의 다 배워가는 아들을, 어른이 되어가는 아들을 꼭 안아주기까지 했다.

그다음에는 세부적인 내용에 대해 제대로 의논하고 그림을 점검하기 위해 제대로 자리를 잡고 앉았다. 왜냐하면 열여섯이 다 돼가는 아들이 내 의견을 듣고 싶어 했고, 내게 설명을 좀 더 해주고 싶어 했기 때문이다. 그러고는 아들이 누군가 자기에게 보내준 재미있는 기사를 보여줬고, 그다음엔 내가 누군가에게서 받은 재미있는 기사를 보여줬고, 나는 아들에게 이제 일해야 한다고 말했다. 그 일이란 바로 당신에게 답장을 보내는 것이었고, 또 3,000자짜리 글을 36시간 안에 마무리하는 것이었다. 아직 300자밖에 쓰지 못했다고 나는 아들에게 말했다.

그럼 그냥 그걸 열 번만 더 하면 되겠네요, 라고 아들은 말했다.

그 말이 큰 힘이 되어주었기에 나는 고마운 마음으로 내가 써놓은 300자에는 틀린 단어들이 많고 순서도 엉망이라는 사실은 편리하게 무시해버리고 아들에게 힘이 되어주어 고맙다고 했다. 나는 당신의 이메일이 떠 있는 컴퓨터를 향해 다시 앉았고, 아들은 나갔다가 다시 돌아왔다.

그러고 보니 아홉 번만 더 쓰시면 되네요, 라고 밝은 표정으로 말했다.

나는 이 말에 고무되어 당신의 이메일과 다른 모든 이메일을 모두 제쳐두고 내 일을 시작했다. 몇백 자만 더 쓴 다음 나는 분명 당신의 이메일에 답장을 했을 거다. 그런데 이번엔 열한 살짜리 딸이 들어왔다. 지난번에 그 애가 조리대에 놓아두었던 종이에 내가 실수로 버터를 묻혔고 그래서 치우라고 이른 적이 있다. 아이는 "아, 괜찮아요. 어차피 오래된 종이처럼 보여야 하니까." 라고 대답했었다. 아이는 바로 그 종이를 들고 있었다.

그래서 종이에 찻물 얼룩이 묻어 있었고, 그래서 부엌 조리대에도 찻물 얼룩이 있었구나, 알 수 있었다. 이제 종이는 말라 있었고, 딸아이는 내용을 읽어주겠다고 했다. 사랑하는 베키에게, 내가 잘 있다는 소식을 전하기 위해 펜을 들었소. 그러나 내일 전장에 나가야 하기 때문에 두렵고 걱정이 되오.

아이가 고개를 들었다. 남북전쟁 때 제레미아라는 군인이 쓴 편지야, 라고 아이는 안 해도 되는 설명을 했다. 불과 몇 시간 전에 이미 이 아이와 같은 반인 쌍둥이 오빠가 쓴 남북전쟁 때의 편지를 타자로 쳐준 사람이 바로 나다. 그리고 그보다 조금 더 거슬러 올라가, 아마도 2년 전쯤, 나는 이 아이의 언니가 숙제로 남북전쟁 당시의 편지를 써서 낭독하는 걸 들었으며, 그보다 조금 더 거슬러 올라가자면, 방금 방을 나간 열다섯 아들이 작성한 당시의 역사적 공식 서한을 읽었기 때문이다. 그 편지들은 전부 똑같이 구겨졌고, 가장자리는 똑같이 성냥으로 태운 흔적이 있었으며, 똑같은 찻물 얼룩이 져 있었다.

• • •

열한 살 나의 딸은 계속 편지를 읽어나갔고 나는 들으면서 대체 성냥은 어디서 찾아낸 건지 궁금해졌다. 안타깝게도 제레미아의 이야기는 해피엔딩이 아니다. 제레미아는 복부에 부상을 당한 후에 쓴 세 번째 편지에서 베키에게 절절히 말한다. 이젠 자신의 목소리를 나무를 스치는 바람에서 들으라고. 그리고 삶이 주는 모든 기쁨을 온전히 누리라고. 제레미아가 남북전쟁에서 경험한 것들은 나의 막내아들이 쓴 조니의 경험과는 지극히 대조적이었다. 대위인 조니는 병사들을 완벽하게 훈련시켰고, 먹고 마실 것이 충분했으며 전장에 아주 흥분된 마음으로 나가 무척 즐겼노라고, 사랑을 담아 할아버지께 보내는 편지에 적었다.

제레미아의 편지는 정말 슬펐다. 나는 딸에게 그렇게 말한 후, 혹시라도 제레미아가 기적적으로 회복된 내용이 담긴 다음 편지는 없냐고 물었다.

없어요. 나의 딸은 스타킹 신은 발로 나무 바닥 위에서 발장난을 치며 딱 잘라 말했다. 복부에 총을 맞으면 언제나 죽어요. 왜냐하면 배는 잘라낼 수가 없잖아요.

나는 고개를 끄덕였다. 그렇지, 배를 절단할 순 없지. 딸아이는 내 옆에 앉더니 푸들을 무릎에 올려놓고 사람들이 편지지 가장자리를 촛불에 태우기도 하고 차를 마시다 얼룩을 떨어뜨리기도 한 뒤 가장 가까운 전장 근처의 우체통에 편지를 떨어뜨렸던 그 옛날에, 심지어 잘 들지도 않는 날이 무딘 칼로 신체의 어느 부분까지 절단 가능했을지 논하기 시작했다. 일단 손가락과 발가락, 당연하게도 팔, 그리고 조금은 놀랍게도 다리까지. 우리는 그 뒤로 얼마간 어쩔 수 없이 절단을 할 수밖에 없다면 어느 것 없이 사는 쪽을 택할지 얘기했다. (발가락, 어쩌면 다리 한 짝 혹은 손 하나, 하지만 양쪽 손은 안 되는 걸로. 그렇게 되면 머리를 못 빗을 테니까. 그래도 만약 특별한 손잡이가 개발된다면 자전거는 탈 수 있지 않을까?) 딸과 이런 얘기를 나누느라 나는 당신의 이메일에 답장을 보내지 못했다.

만약 당신이 내게 조금 일찍 이 메일을 보냈다면 나는 답장을 보냈을 거라 생각한다. 그러니까 몇 년 정도만 일찍, 이 아이들이 더 어리고 같은 말만 반복하던 그때 말이다. 좀 더 젊고, 의욕도 좀 더 많았을 나는, 꼭 닫은 문에 '출입 금지'라고 써 붙이고 서재에 숨어서 일했을 거다. 지금처럼 마치 나를 방해해달라고 부탁이라도 하듯 집 안 한복판에 앉아 있는 대신 말이다. 나는 제레미아와 조니가 한 경험의 엄청난 차이 따위는 안중에도 없이 컴퓨터 화면에 집중했을 거다. 그러나 지금의 나는 아직도 목소리가 하이톤인 딸내미와 사지 절단에 대한 심도 있는 대화를 나눈 후, 밖에 나가 나무를 좀 보다 들어와야겠다고 느꼈다. 제레미아의 목소리를 듣고 싶어서가 아니라 밖이 눈을 뗄 수 없을 정도로 푸르렀기 때문이다. 아무 목적 없이 우리 집 진입로를 좀 걷고 싶었다. 그러고는 뚜렷한 목표를 가지고 우편함으로 갔다. 편지는 없었다.

그리고 나는 저녁도 지어야 했다.

잘 시간이 되어서 나는 거의 답장을 쓸 뻔했다. 그 시간이 내가 보통 이메일에 답장을 쓰는 시간이기 때문이다. 나의 랩톱은 위태롭기는 하나 편리하게도 침대 옆 테이블의 책 더미 위에 놓여 있었다. 남편은 그보다는 훨씬 덜 위태롭게 침대의 다른 한쪽에 앉더니 다리를 쭉 뻗고 베개에 몸을 기대며 내게 말했다. 해충을 퇴치하려고 사과나무에 약을 쳤는데 닭들을 그 근처에 못 가게 해야겠다는 생각이 안 들더냐고.

그 생각은 못 했다. 다른 생각에 사로잡혀 있었기 때문이다. 아침에 큰딸과 막내아들을 데리고 1년에 한 번씩 받는 정기 검진을 받으러 소아과에 갔을 때 의사가 한 질문 때문이었다.

의사는 아무렇지도 않게 이렇게 물었다. 혹시 가족 중에 심장 문제로 일찍 돌아가신 분이 있나요?

나는 잠시 생각하다 물었다. '일찍'은 어느 정도가 일찍인지.

50세 이전이요?

아뇨, 나는 말했다. 그보다 더 나이 들어서 돌아가신 분은 계셔도 50세 이전은 없어요. 시아버지께서 육십 대 후반에 심장마비로 돌아가셨어요.

의사는 그 정도는 아무 문제없다는 듯 고개를 끄덕거렸다. 그럼, 일찍은 아닌가 보네. 50세 이후의 심장 문제는 시기적으로 적절하거나, 어쩌면 오히려 늦은 것으로, 걱정할 일이 아니라고 선생님의 체크리스트에 적혀 있나 보네. 나는 선생님께 이 '일찍'이라는 것에 50세도 포함되는 것인지 — 그러니까 50세에 걸려도 문제가 없는 건지 아니면 51세부터 문제가 없는 건지 — 묻고 싶었지만 참았고, 그다음에는 적절한 동영상 시청 시간, 물과 관련된 안전 문제, 예방 접종에 대한 이야기들을 나눴고 진료 시간은 그렇게 끝났다.

남편과 나의 대화는 닭과 사과나무에 관한 얘기에서 아이들의 수학 성적으로 이어졌고, 그러다가 애들이 양말을 벗어서 뒤집은 채로 아무 데나 던져 놓는다는 얘기를 했다. 우리는 아주 편안하게 침대에 올라 앉아있었고, 마흔여덟이던 남편은 여전히 마흔여덟이고, 마흔일곱이던 나는 여전히 마흔일곱이다. 시계를 보았더니 무언가를 하기에는 생각보다 밤이 깊었고, 그래서 우리는 불을 둘 다 끄진 않고 하나만 껐고, 나는 당신의 이메일에 답을 하지 않았다.

인정한다. 당신의 이메일은 나의 상사들과 편집자와 치과 교정의가 보낸 이메일들과 함께 주말이 지나도록 그냥 그렇게 쌓여 있었다. 아이들은 학교에 있었고, 나는 아직도 그 300자를 아홉 번, 아니 여섯 번도 다 쓰지 못했고, 겨우 다섯 번째 300자를 마무리해가고 있었다. 솔직히 당신의 이메일 답장을 재촉하는 사이렌이 울리는 순간들도 분명 있었다. 당신에게는 미안한 말이지만, 나의 입장에서는 다행스럽게도 나는 그 경고음에 저항했다.

오후에 큰딸과 함께 학교 밖에서 둘째 딸의 피아노 레슨이 끝나길 기다리는 동안 이메일에 답장을 할까도 생각했다. 큰딸은 상관하지 않았을 거다. 그 애는 이제 좀 있으면 열셋이고, 집에서 한창 문자를 주고받고 있는 딸에게 말을 걸고 싶으면, 소파 뒤쪽을 긁으려는 고양이들에게 물을 뿌릴 때 쓰는 분무기로 애한테 물을 찍 뿌려야 가능할 때도 있다. 그러니까 그때 이메일을 쓰려고 했으면 썼을 수도 있었다. 인정한다. 우리는 평화롭고 고요한 봄날, 벤치에 나란히 앉아 각자 휴대폰만 들여다보며 앉아 있을 수도 있었다. 내겐 분명 당신의 이메일에 답할 시간이 있었다. 하지만 그러지 않았다.

그리고 동네 레스토랑에 빵을 사러 갔다. 계산을 하려는데 누군가가 주문 전화를 걸었다. 내가 낸 돈을 받은 직원은 젊고, 혼자였다. 계산기 서랍이 열린 채 내가 낸 돈은 그 서랍 위에 놓고 그 친구는 거스름돈을 내주려다 멈추었다. 그리고 카운터 위에 팔꿈치를 올리고, 어깨 위에 전화기를 얹고 아주 불편한 자세로 그녀의 귓속을 점령한, 보이지 않는 사람의 요구를 다 들어주고 있었다. 자기 바로 앞에 서 있는 사람인 나는 그렇게 세워두고. 그 친구라면 당신의 이메일에 답장을 보내고도 남았을 거라고 나는 생각했다. 나는 하지 않았지만. 대신 나는 빵을 받아들고 집으로 와서 저녁을 차리고 모두 함께 식탁에 둘러앉아 저녁을 먹었다.

그날 밤, 나는 막내아들이 잠자리에 드는 걸 봐주었다. 그렇게 해달라고 한 것도 아닌데 그냥 그렇게 했다. 책을 읽어주진 않았다. 책을 읽어달라고 조르지 않은 지 이미 한참 됐기 때문이다. 나는 당신의 이메일에 답을 보내야 했지만 그냥 어린 아들 옆으로 파고들었다. 애를 재우는 시간의 무료함에서 벗어나 답장을 쓰고 싶다는 생각이 없는 건 아니었다. 아이를 재우는 시간이 새로울 게 없고 진부한 반면 이메일에 답장을 쓰는 건 신선하고 새롭게 느껴질 터였다. 다만 이제 아이가 잠들 때 나를 부르는 일이 확 줄었고, 큰소리로 책을 읽어줄 일도, 첨벙거리며 목욕을 시킬 일도 더 이상 없어졌다. 예전엔 그렇게 보내야 할 시간에 이메일 답장을 쓰며 보낼 때가 정말 많았다. 그래도 괜찮았다. 아이를 재우고 씻길 일은 셀 수 없이 계속 반복되는 일이었으니까. 갑자기 그럴 일이 없어져 버리기 전까진 말이다. 그러나 이메일은 여전히 계속 많이 들어왔다.

아이 옆에 파고들어 애를 재우는 동안 당신의 이메일에 대해선 한순간도 생각하지 않았다고 말하고 싶다. 하지만 그건 사실이 아니고, 또 무례한 일일 거다. 비록 많은 이들이 그런 마음의 상태를 열망할지라도. 대신 나의 정신은 아이를 재우는 순간과 당신의 이메일과 다른 많은 것들 사이를 서성거렸다. 나는 그 여러 생각들의 틈에서 오랜 시간을 보내며 머릿속으로 이메일 답장의 초안을 잡아보기도 했고, 나중에는 그걸 실제로는 아직도 보내지 않았다는 사실에 적잖이 놀라고 당황했다.

얼마 있다가 당신의 이메일에 답장을 보낼 수도 있다. 몇 시간 후나, 어쩌면 몇 년 후에. 내가 쉰일곱이 됐을 때쯤엔 당신의 이메일이 정말 반가울 것이다. 우리는 랩톱을 통해 이런 얘기 저런 얘기들을 주고받을 것이고 그 얘기들은 내게 정말 생생하게 느껴질 거다. 때론 내가 그 안에 살고 있는 듯 느껴지는 내 랩톱 속의 세상 안에서. 왜냐하면 그 세상에는 유혹적인 것들이 너무나도 많기 때문이다. 그리고 시간도 너무나 빨리 흘러가는 것 같기도 하고 완전히 멈춰 있는 것 같기도 하다. 나는 랩톱을 들고 바깥으로 나가 나무 사이에 자리를 잡고 앉아 이제 더 이상 그곳에 없는 아이들의 목소리를 들으며 당신의 이메일에 답장을 쓸 것이다.

물론 그렇지 않을 수도 있다. 그러니까 당신의 이메일에 영원히 답을 보내지 않을 수도 있다. 만약 나를 둘러싼 사람들이, 나를 둘러싼 장소에서, 나를 둘러싼 무언가가 당신의 이메일보다

더 긴급한 일로 나를 필요로 한다면 말이다. 그렇게 된다면 당신
은 부디 나를 용서하길 바란다. 나는 이미 나를 용서했다.

KJ 델 안토니아

KJ DELL'ANTONIA

5년간 《뉴욕타임스》에서 가족에 관한 칼럼을 편집하면서 '가족은 스트레스의 원천이 아니라 기쁨의 원천'이라는 사실을 배웠다. 오랜 시간 부모의 행복에 대해 조사하고 보도해온 결과물을 『더 행복한 부모 되는 법How to Be a Happier Parent』이라는 책으로 출간했고, 지금도 픽션, 논픽션을 통해 같은 주제를 탐구하고 있다. <제스, KJ와 글쓰기#AmWriting with Jess and KJ>라는 유명 팟캐스트의 공동 진행자이기도 하다. 남편과 네 명의 아이, 말, 닭, 개, 고양이와 함께 뉴햄프셔에 살고 있다.

6

나는 서른아홉에 배우가 됐다

질 카그맨

나는 서른아홉에 배우가 됐다. 몸에는 튼 살, 눈가엔 자글거리는 주름이 그어진 다음에. 엉덩이와 허벅지의 고질적인 결합인 '엉벅지'에 세 번의 임신으로 득템한 코티지치즈 형태의 피하지방을 장착한 채.

대학에선 늘 연극에 출연했지만 서른아홉까지는 정말 기나긴 휴식기를 가졌다. 물론 대학을 졸업하면서 만약 내가 자판기 버튼을 누르듯 커리어를 선택할 수 있다면 무대에 오르는 것을 선택하리란 걸 알고 있었다. 그러나 배우가 되겠다고 결심을 한다고 꼭 배우가 될 수 있는 건 아니다. 사실 나는 친구들에게 이렇게 말했던 기억이 난다. "나는 연기를 하고 싶은 거지. 배우가 되고 싶은 건 아니야. 난 그냥 연기를 하고 싶어!" 내가 배우가 되고 싶은 이유는 결코 돈과 명예 때문이 아니라 연기에 대한 깊은 애정 때문이라고 나는 진심으로 느꼈다. 그러나 그렇게 하고 싶다고 해서 그냥 할 수 있는 것도 아니다. 심지어 할 수 있을 것 같아 보이는 사람들마저도 하지 못하는 게 연기다.

내가 대학교 1학년이었을 때 4학년 선배 중에 예일 대학교 최고 미녀가 있었다. 나는 그 선배가 대성하리란 걸 믿어 의심치 않았다. 확실했다. 그 선배는 모든 걸 다 가졌으니까. 엄청난 재능, 천사의 목소리, 길고 쭉 뻗은 다리. 이 년 후, 선배를 만났을 때도 선배는 그 어느 때보다 멋진 모습이었다. 그런데 뉴욕의 어느 레스토랑에서 일하고 있는 게 아닌가. "일행이 다섯 명이신가요? 이쪽으로 오세요……." 대박. 저 선배가 배우가 될 수 없었다면 나의 가능성은 0퍼센트였다.

대부분의 배우들이 꿈꾸는 듯한 눈동자에, 꼬챙이처럼 말라서 가슴만 커다란 순진한 여자들로, 주름이라곤 찾을 수 없는 물광 피부에 도톰하고 완벽한 입술을 자랑하는 화려한 프로필 사진으로 무장하고 있다는 점을 감안해볼 때, 할리우드와 거리가 먼 외모와 일 중독자처럼 일 욕심이 많은 내게 직업 배우의 길은 신나서 걸어갈 만한 레드카펫이 아니었다. 왜냐, 쎄빠지게 오디션을 보고 돌아다닌다고 배역을 받는다는 보장은 없기 때문이다. 결국 평생 사람들 시중을 들며 기다리기만 하다 날이 샐 거라는 결론에 도달하게 됐다. 식당 웨이트리스로 일하며 다음 오디션 전화를 기다리며 말이다. 나는 뚱뚱한 캐스팅 감독과 자고 싶은 생각도 없었다. 예전엔 스타덤에 오르려면 그래야 하는 줄 알았다. 그뿐만 아니라 이 세상 이치가 실력이 있다고 성공할 수 있는 게 아니라는 것도 나는 알고 있었다. 줄리아드 대학교를 졸업한 천재들이 빛을 못 보기도 했고 재능이라고는 약에 쓰려고 찾아도 없는 멍청이들이 완전 잘나가기도 했다. 너무 불공평했다. 내가 그런 꼴을 당하면 아마 미치고도 남으리라.

그리하여 나는 《인터뷰》라는 잡지의 비서(라고 쓰고 복사기 창녀라고 읽는다)로 취직했다. 그로부터 이 년 동안 한마디로 쓰레기 같은 샌드위치를 먹으며 요즘 애들은 하찮아서 도저히 할 수 없다고 생각한다는 치즈와 빵을 사다 나르는 빵셔틀 사무를 보았다. 암담한 시기였다. 그럴 수밖에 없는 것이 영하 10도의 날씨에 상사의 담배 심부름을 하며 뛰어다니다 보면 도대체 이런 일이 나의 커리어를 어떻게 발전시킬 수 있을지 도저히 알 수 없기 때문이다. 그러나 거지 같은 파니니로 배를 채우던 날들은 끝내 내게 보상을 가져다 줬다. 그 당시에는 깨닫기 어려우나 일은 천천히 스며들 듯 배우게 돼 있다. 일 년 반 만에 나는《인터뷰》와 다른 잡지에 내 기사를 쓰기 시작했다. 일은 또 다른 일을 불렀고 삼십 대가 됐을 땐 글 쓰는 일과 육아를 동반할 수 있겠다는 생각이 들었다. 나는 사 년 동안 애 셋을 출산하는 기염을 토했고, 내가 태반 두뇌라고 명명한 증상을 앓기 시작했다. 지칠 대로 지친 데다 호르몬 과다로 방에 들어간 다음 내가 거기 왜 들어갔는지 전혀 기억 못 하는 증상이었다. 그 결과 나의 의욕과 포부는 괴상하게 요동치는 곡선을 그렸다. 창의력과 의욕이 폭발하다가 그다음 임신과 회복 기간을 거치며 예기치 못한 슬럼프의 나락으로 떨어졌다. 나는 마치 오 년 내내 임신해 있는 느낌이었다. 그러나 아가들이 기어 다니기 시작하더니, 그다음엔 두 발로 서서 좀비처럼 걸어 다니고, 마침내 유치원에 들어가자 다음 책을 쓸 수 있겠다는 생각이 들었다. 나는 몇 년간 일과 육아의 아수라장에서 제법 많은 양의 글을 썼다. 쓸 수 있을 것 같을 때는 어떻게든 써냈고, 그게 아닐 땐 엄마 모드로 돌아갔다. 나의 경우에는 이런 식의 균형이 잘 맞았다. 한동안은 말이다.

• • •

빨리 감기. 서른다섯의 나는 한동안 나를 떠나지 않는 통증 같은 것에 사로잡혀 샤워를 하고 있다. '이게 다일까?' 연기에 대한 나의 환상 때문이 아니라 그냥 전반적으로 무언가 결여된 것 같은 그런 느낌이었다. 그게 정확히 무엇인지는 알 수 없었다. 그런 생각을 한다는 것만으로도 나는 완전 재수 없는 사람이 된 느낌이었다. 나는 이미 정말 부족한 것 없는 ─ 해시태그 '복 받은' ─ 삶을 살고 있었고 이미 가진 것 이상으로 뭔가 더 원하면 안 될 것만 같았다. 그러나 나는 그로부터 일 년 전에 피부암인 흑색종을 앓았고, 그 병은 허벅지에 삼십 센티미터에 달하는 상처와 나의 머릿속에 보이지 않는 상처를 남겼다. 그 뒤로 정말 이상하게도 나는 자리를 박차고 일어나 뭔가를 더 해야 할 것만 같은 절박함에서 헤어나오기 어려웠다. 새로운 걸 시도하고, 이상한 행동을 하고, 미친 사람처럼 굴고, 해방감을 느끼고 싶었다. 나는 낙하산을 등에 메단 채 스키를 타고 고함을 질러대며 산에서 뛰어내리기도 했다. 유대인은 이런 짓 안 한다고요! 아드레날린이 솟구치는 가운데 즐기는 그런 일회성 스릴로는 충분치 않았다. 내가 원하는 것은 삶을 완전히 바꾸는 것임을 곧 깨달았다. 그러나 애 셋과 나의 의무들이 뻔히 있는데 그냥 삶을 통째로 뒤흔들어 버리는 건 쉽지 않은 일이었다.

그즈음 친구의 생일 모임에서 엄마 여럿이 모여 시간을 보내는데 누군가가 이런 말을 했다. "나이 드는 게 무서운 건 깔때기 아래쪽이 막히고 있기 때문이야." 나는 그게 도대체 무슨 소리냐고 물었고, 그 여자가 말하길, 젊을 때는 원하는 모든 걸 할 수 있고, 선택의 폭이 아-주 넓었지만, 나이가 들어감에 따라 우리의 삶이 갈때기를 타고 내려가면서 선택의 폭이 점점 좁아진다는 거다. 예를 들어, 길고 긴 의대 공부, 병원 레지던트, 전문의 과정 등등을 생각하면 마흔 먹은 사람이 의사가 되기로 결심하기는 어렵다는 것이다.

갑자기 밀실 공포증이 나를 덮치면서 숨이 가빠지기 시작했다. '정말 그런 거야?' 그래……, 의사가 되는 건 그럴 수도……. 하지만 연기는? 그건 제대로 형태를 갖추지도 못한 나의 '꿈'이었다. 그 꿈을 꿀 용기조차 없었기 때문이다. 하지만 연기를 하기 위해 내가 메스 같은 걸 쥘 필요는 없는 것 아닌가. 예술(혹은 변덕스러운 TV)이 목숨을 구하는 일은 아니지 않은가? 그런데 사실 조금은 특이한 방식으로 나를 구하긴 했다.

서른일곱에 나는 광고대행사 오길비의 카피라이터로 파이로(팀 **파이**퍼와 대니얼 **로젠**버그의 회사)의 대형 패드와 성인용 기저귀 광고를 맡았다. 팀과 대니얼은 정말 멋지고 유쾌한 사람들로 함께 일하는 것이 즐거웠고, 나는 그들에게 인정받고 있음을 느낄 수 있었다. 게다가 십일 년간 집구석에서 애들과 함께 지내며 침실의 미니 사이드 테이블에서 소설을 쥐어짜 내던 것에 비하면 사무실에서 사람들과 협력해서 일하는 것은 삶에 활기를 주었다.

하루는 말도 안 되게 웃기는 브레인스토밍 회의를 하고 배꼽이 빠질 정도로 웃어댄 뒤 대니얼이 나에게 혹시 텔레비전 프로그램을 해볼 생각은 없냐고 물었다. 당연히 하고 싶죠. 하지만 주부습진으로 뒤덮인 손가락으로 딱 소리를 낸다고 그게 어느 날 갑자기 성사될 수 있는 일인가 말이다. 하지만 그들에겐 괜찮은 아이디어가 있었고, 무엇보다도 그들은 내게 믿음이 있었다. 그렇게 시작된 것이 결국은 준 성인용 토크쇼의 홍보 영상으로 완성되기에 이르렀다. 약간 심야 프로그램 같은 그 토크쇼는 아침 방송이었다. 제목은 〈발딱 일어나라고 Wake the Fuck Up!〉 얼굴에 경련이 일 것 같은 과한 미소도 없고, 머그잔 따위도 없는 쇼였다. 나는 파자마 바람에 머리는 까치둥지처럼 하고 커피포트에 바로 빨대를 꽂아 그걸 다 마셨고, 카메라가 돌아가는 동안, 방송 준비를 했다. 그리고 우리 집 창문을 열면서 날씨 예보를 했다. "어우, 오늘은 추워 뒈질 것 같아요!"

파이로는 그걸 방송에 내보냈고 앤디 코헨이라는 토크쇼 진행자가 나를 만나고 싶어 했다. 그날 록펠러 플라자에서 나는 장차 나의 공동 집필자이자, 쇼 진행자, 그리고 모든 면에서 나의 여신으로 등극할 라라 스포츠를 만났다. 우리는 함께 뉴욕의 어퍼 이스트 사이드 사회에 끼기 위해 노력하는 한 여자에 관한 시트콤 〈오드 맘 아웃Odd Mom Out〉을 만들어냈다. '브라보'라는 유료 방송 채널이 여자들끼리 싸움박질하고 사람들이 나와 억지 눈물을 쥐어짜 내는 리얼리티 쇼나 줄창 만들어내는 방송사로 생각하는 사람들도 있겠지만, 여러분이 돌려 보는 채널 중에 완전 무명의 마흔 다 된 여자를, 그것도 평범하게 살아가던 일반인을 뽑아서 TV쇼에 출연시킬 곳은 한 곳도 없다. 브라보는 늘 그렇게 멋진 일을 한다. 이런 현상을 일컫는 '브라보레브러티Bravolebrity'라는 새로운 용어까지 생겨났다.

대체로 마흔 즈음의 여자들은 이제 좋은 시절은 다 지나갔다고 한탄하는 게 인지상정인데 갑자기 내가 꼭 그런 것만은 아니라는 사실의 산 증인이 됐다. 인생을 달리 살아보는 데에 늦은 때란 없으며 그 비결은 내가 해낼 수 있다고 믿어주는 사람들이라는 걸 내가 입증했다. 하지만 가장 중요한 비결은 바로 '당신'이 믿어야 한다는 것이다. 그렇다. 대니얼과 팀이 나를 밀어주지 않았다면 나는 아마도 영원히 용기를 낼 수 없었을 거다. 하지만 왜? 왜냐하면 여자들은 계속 좁아지기만 하는 깔때기의 관점에서 생각하는 경향이 있기 때문이다. 가슴은 처지고 엉덩이는 퍼지고 세상은 우리에게 너희는 정점을 치고 내려가는 중이라고 말한다. 그러나 내가 비밀을 하나 말해주겠다. 마흔쯤 되면 우리는 그 어느 때보다도 더 나은 사람, 더 생산적인 사람이 된다. 이제는 우리가 누구인지 알기 때문이다.

스물둘에 연기를 시작했다면 나는 백 퍼센트 폭망했을 거다. 그때는 가슴이 좀 더 팽팽하고 피하지방은 없었을지 모르나 솔직히 누가 쳐다나 본다고. 어릴 때의 우리는 희석된 용액처럼 밍밍한 상태다. 그러나 나이가 들어감에 따라 농축되어간다. 우리가 가장 잘할 수 있는 것이 무엇인지 명확해지고 우리의 정수를 뽑아낼 수 있게 된다. '나이를 먹는다는, 건 잘 숙성된 치즈나 와인처럼 멋진 일이다.'라는 말을 수놓은 쿠션을 만들어내는 이유가 바로 그거다. — 바나나는 오래 두면 썩지만. 뭐 그건 논지를 벗어난 얘기고. 핵심은 이제 내가 완전한 형태를 갖춘 인간이라는 거다! 실수를 저지르고, 관계가 쫑나고, 마흔 먹은 나를 둘러싸고 있는 보호막은 그간의 전쟁에서 입었던, 나의 영혼을 보호해 줄 믿음직한 갑옷처럼 느껴진다. 그것은 시간의 선물이다. 예전에는 나를 괴롭히던 것들이 이제는 더 이상 그렇게 신경 쓰이지 않는다. 내가 첫 아이를 낳았을 때 모유 수유를 하지 않는다고 나치 같은 산후조리사가 내게 말했다. "부끄러운 줄 아세요!" 그래서 나는 길모퉁이를 돌아가서 눈물을 터뜨렸다. 몇 년 후 셋째를 낳은 직후에, 어떤 왕재수가, 모유 수유를 하지 않으면 내 아들 머리가 좋지 못할 거라고 설교를 시작하기에 나는 웃으면서 "아, 저도 분유 먹고 컸는데요, 남들한테 IQ로는 안 지거든요."라고 말하고 휙 와버렸다. 남들 말 따위에 신경 끄는 기술을 연마하는 게 나의 새 커리어에 엄청 유용해지리란 생각을 그때는 하지 못했다.

〈오드 맘 아웃〉이 첫선을 보였을 때 나는 자랑스러워서 입이 다물어지지 않았고 평론가들의 호평에 하늘을 날 것 같았다. 그러나 풍선처럼 부풀어 오른 나의 자존심을 바늘로 빵 터뜨리는 악플러들도 있었다. 그들은 내가 TV에 출연하기엔 주름이 너무 자글자글하다고, 덧니가 났다고, 머리숱이 너무 없다고, 그리고 마릴린 맨슨 딸처럼 생겼다고 씹어댔다. 당연히 잠깐은 마음이 쓰렸지만, 돌아서고 나면 솔직히 신경 쓰지 않았다. 왜냐, 나는 나의 외모를 포용할 수 있을 만큼 나이를 먹었고(비록 덧니 부분은 교정의 덕을 좀 보긴 했지만!) 외모에 관한 품평 따위엔 끄떡없기 때문이다. 하지만 이십 대에는 어땠을까? 아, 아주 자연스럽게 옥상으로 올라가 80년대 올림픽 금메달리스트 루가니스처럼 다이빙을 했을 거다. 그때는 지금의 나처럼 얼굴이 악어가죽처럼 두껍지 않았으므로 그런 말들에 대처할 방법이 없었다. 솔직히 어린 나이의 여배우들이 어떻게 그런 걸 감당해내는지 모르겠다. 그들은 정말 용감한 것 같다. 어쩌면 그 세대는, 인터넷이란 것에는 부모 집에 얹혀사는 찌질한 키보드 워리어들이 함께 딸려오는 법임을 잘 알고 그들의 존재 자체를 무시해버리는지도 모르겠다.

　마흔셋이 됐을 때는 솔직히 내가 인생의 정점에 섰다고 말할 수 있을 것 같았다. 이제 더 이상 기저귀에 똥을 싸지 않는 우리 애들은 이 세상에서 내가 제일 좋아하는 인간들이 됐다. 심지어 집을 떠나 밖에서 자고 오는 캠프에 가기도 했는데 그건 나의 심장을 쫄깃하게 만들어주는, 내 십육 년간의 결혼 생활의 심장 제세동기 같은 사건이었다. 이번 여름에 나의 멋쟁이 남편과 나는 장대높이뛰기 하듯 삼십 대를 건너뛰어 우리가 사귀던, 이십 대로 돌아갔다. 섹스할 때 난입해서 괴성을 질러대던 아이들이 없던 그때로 말이다. 이제는 내 주위에 자매급의 친구들만 남았다. 관성 때문에 끊어내지 못하던 해로운 인간들은 없다. 사십 대란 나이는 당신의 인간관계를 정리할 기회를 준다. 영화 〈월드워Z〉의 대서양 함대에 승선한 사람들의 말대로, 꼭 필요하지 않은 사람은 떠나야 마땅하다.

그리고 나의 연기 근황은? 그게, 재미있게도 참 예상 밖의 전개가 있었다.

〈오드 맘 아웃〉 시즌3을 마친 후, 나의 에이전트는 로스앤젤레스의 캐스팅 감독들을 여러 명 만날 수 있게 주선해줬다. 캐스팅되고 싶다면, 시가를 피우고 여자나 밝히는 뚱뚱한 감독과 잠자리를 해야 할 거라는 생각에 몸서리치던 나의 모습을 기억하는가? 그게, 여덟 번의 미팅은 모두 여자들과 진행됐다. 완전 쿨하고 끝내주게 멋진 여자들 말이다. 그리고 모두 오십 대였다는 사실! 내가 그들을 만나러 들어간 자리에서 내가 어쩌면 전형적인 모습의 신인은 아니겠다고 ― 바비 인형들이 하이힐을 신고 행진해 들어오는 곳에 납골당 좀비가 들어선 격 ― 말했을 때, 많은 분들이 사실 사십 대가 이 분야에서 일한 지는 제법 오래됐다고 했다. 물론 완전 듣보잡이 갑자기 찾아온 것은 '신선하다'고 했다. 사십 대 중반에는 자주 듣기 어려운 말이었다. 살아보니 대학을 졸업하자마자 연기를 시작하지 않은 것에 장점이 많았다. 그리고 개인적으로 그때는 내가 맡은 역할에 담을 수 있는 게 별로 없었을 것 같다. 일단 오래 살아보지 않았기 때문이다. 그 나이에는 시야가, 성공에 대한 야심의 폭이 너무 좁다. 그러다가 그게 열리는 시기가 온다. 그리고 내가 결국 어떤 사람이 되는지, 내가 누구인지, 내가 어디로 가는지 알게 된다. 그러니, 설사 깔때기가 좁아지고 있다 해도, 그냥 거꾸로 뒤집어버리면 된다. 모든 건 해석하기 나름이다. 그리고 만약 자기 안에 예술가 기질이 있다고 느낀다면 희망을 가지고 도전해 보라고 말하고 싶다. 이제 당신 안엔 작품에 쏟아낼 무언가가 예전보다 훨씬 많으니까. 이제 웃을 이야깃거리도 정말 많아졌고, 심금을 울릴 일들도 많이 견뎌 오지 않았는가. 이제는 감정의 먹구름과 혼란의 태풍이 지나간 뒤 무지개의 빨주노초파남보 빛깔을 진정으로 즐길 수 있게 됐기에 삶의 색채도 더욱더 밝아졌다. 젊을 땐 외면해 버렸던 세상의 부당함에 쏟아낼 분노도 더 많다. 기쁨을 느낄 만한 것들도 더 많아졌다. 이제는 작은 기쁨들이 걸음마를 막 뗀 귀여운 아가의 깔깔거리는 웃음이나 아가의 포옹처럼 순식간에 지나간다는 사실을 알기 때문이다.

예술이란 자기 안에 내재된 무언가를 끄집어내는 과정이라고 나는 늘 생각해왔다. 캔버스에, 컴퓨터에, 카메라에. 나의 경우엔, 글로써 놀이공원 유령의 집의 재미난 거울로 세상을 반영하는 것이 나이 먹는 걸 두려워하지 않게 해주었다. 내가 예쁘다고 생각해서 내가 나오는 방송을 보는 사람은 아무도 없다. 그들을 웃게 해주니까 보는 거다. 유령의 집 거울에 비친 우리 모습은 우스꽝스러울 수밖에 없다! 평범한 거울은 재미없다. 그런 거울은 셀카를 쉴 새 없이 찍어대는 젊은이들이나 쓰라 하는 걸로.

질 카그맨

사십 대의 뉴욕 토박이로, 맨해튼의 어퍼 이스트 사이드에서 아이를 키우는 본인의 좌충우돌 경험담을 그린 풍자 코미디 〈오드 맘 아웃Odd Mom Out〉의 크리에이터이자 작가, 프로듀서, 배우이다. 스펜스 스쿨, 태프트 스쿨, 예일 대학교에서 수학했으며, 졸업 후 잡지사, 방송사, 영화사에서 일하다가 세 명의 자녀 새디, 아이비, 플랫츠와 함께 집에서 좀 더 여유 있게 일하고자 소설을 쓰기 시작했다. 여러 권의 저서가 뉴욕타임스 베스트셀러에 선정됐다.

2017년 1월에는 뉴욕의 카페 칼릴에서 카바레 풍의 헤비메탈 노래들을 부르며 〈스테어웨이 투 카바레Stairway to Cabaret〉라는 쇼로 데뷔했고 매진 사례를 기록했다. 시리우스XM 라디오에서 격주로 라디오 방송을 진행하고 있으며, 즉흥 코미디 그룹, 업라이트 시티즌 브리게이드의 배우로도 활동 중이다. 최근에는 할리우드 영화 〈배드 맘스 크리스마스A Bad Mom's Christmas〉에 출연하기도 했다. 현재는 세스 마이어스와 함께 NBC에서 〈몬스터 가족The Munsters〉의 리부트 작업을 하고 있다.

지금까지 삶에서 배운 가장 중요한 교훈은?

제시카 레이히 "조용히 하자."

줄리 클램 "내 인생은 리허설이 아니다. 하고 싶은 걸 해야 한다. 원하는 변화를 만들어야 한다. 지금, 할 수 있을 때."

캐서린 뉴먼 "전화기를 내려놓고 동반자에게 입 맞추어 인사를 하고, 문 앞에서 아이들을 맞아들이고, 친구들 얘기에 귀기울이고, 그렁거리고 가르랑거리는 반려동물을 온 마음으로 쓰다듬어 주시라. 인생은 그저, 그런 순간들을 모아놓은 것일 뿐. 좀 더 큰일, 더 나은 일, 혹은 덜 짜증 나는 일이 일어나길 기다리느라 그런 순간들을 놓치면 너무 아깝다. 내 아이들이 아기였을 때 내가 늘 말했듯이, 파카를 입고 눈놀이를 하러 나가는 일엔 나중이 있을 수 없다. 그냥 파카를 입고 눈놀이를 하러 나갈 뿐이다."

리 우드러프　"아침에는 모든 게 더 좋아 보이고, 좋게 느껴지고, 더 잘 감당할 수 있을 것같이 느껴진다."

베로니카 체임버스　"인생의 이 시점에서 내가 배운 가장 귀한 교훈을 딱 하나 뽑으라면, 행복은 내면의 일이고 매일의 일이라는 거다. 나는 날이면 날마다, 어떻게 해야 내가 행복할지 생각한다. 만약 내가 매일 나 자신에게 좋은 일, 친절한 일을 한 가지씩만 한다면 더 만족스러워지고 더 힘이 나서 내가 사랑하는 사람들을 기쁘게 해줄 수 있게 될 거다."

7

'유산' 그리고 '나의 혀끝에'

제나 슈워츠

유산

어딘가에서, 딸이 아버지를 애도하고

어머니는 흙을 판다.

딸이 오래전 놀던 자리의 흙을. 어딘가에서는

아버지가 자신의 손을 내려다보며 자기가 어떤 사람이었는지

기억한다. 딸이 어렸을 때 자신의 모습을.

딸은 마땅한 말을 찾아 허공으로 손을 뻗고

엄마는 그림을 매만진다.

딸이 오래전 그린 그림, 죽기 전에 그린 그림을.

또 어딘가에선 아버지가

책을 읽고 딸은 시를 쓰고

엄마는 데크에 앉아 있다.

그곳은 밤새 꽃을 피우고 하룻밤 새 져버리는

꽃나무가 있는 곳.

어딘가에서, 어떻게든, 아버지들과 딸들이

그리고 딸들과 엄마들이 서로의 닮은 점을

꼭 끌어안고 있다.

누가 먼저 오고 누가 먼저 떠났는지가 봄의 색채처럼

흐릿해지고, 온갖 빛깔의 슬픔과 축복과

다른 그 모든 것들이 당분간 숨을 죽여야 할 때까지.

저세상에서 나를 불러다오, 나는 그렇게 외치고 싶다.

딸아이가 전화를 끊기 전에, 나의 딸이 전화를 걸었던

협곡의 가장자리, 아이의 두 발이

매달렸던, 아이가 흥분해서 과열됐던 곳, 아이가,

처음으로 언뜻 보았던 곳, 자신의 유산이

얼마나 거대한지.

나의 혀끝에서

나는 잠에서 깨어난다,

나의 혀끝에 시를 얹고.

하지만 그보다 먼저 — 부엌에는 십 대가

식탁 위에 올린 팔뚝에

머리를 괴고, 나는 베이글을

구워 공물로 내주고 십 대의 목을

지긋이 주무른다. 마치, '그래, 알아'라고 말하듯.

먼저, 오 학년짜리 아이가 있다.

지난밤에 식사와 요리 사이의

뭐라 표현하기 힘든 차이를 이해해보려고 애쓰며

혀끝으로 비눗방울을 만들어 내밀던 아이.

버스까지 태워다주는 길, 둘이 공유하는 시간에

아기가 자기 엄마를 흉내 내는

인스타그램 동영상을 보며

기억을 떠올리게 된다.

아이는 노래를 했지,

도저히 내가 그렇게 노래하도록 가르칠 순 없었을 거야.

시는 이다음까지 기다려야 한다.

돌보아야 할 집안일이 있고,

해야 할 통화들과 납부할 고지서들이 있고,

나의 이름을 속삭이는 숲속의 길이 있고,

1마일쯤 떨어진 곳에 있는 내 부모의 집은

나와 오래전의 어린 나 사이에 서 있다.

그때의 그녀는 주름도 군살도,

별로 아는 게 없다는 걸 아는 지혜도 없고,

자기가 누군지 안다고 굳게 확신했던

그러나 뱃속에 수류탄을 품고 있던

그리고 새 달이 뜬 까만 하늘을

초승달 모양의 두 눈에 담고 있던.

그날 아침, 나는 우리 집 진입로로 차를 몰고 들어서며

내 차가 거기 없음을 알아차렸다.

아, 나는 집에 없구나, 나는 생각했다,

마치 그것이 지극히 정상적인 깨달음이라도 한 것처럼.

그럼, 나는 어디에 있었던 걸까?

그것이 내가 여러 해 동안 야생화로 덮여있는 지뢰밭을

종종거리며 품었던 질문이었다.

아침 일과를 마치고 내가

침실 창문 앞에 혼자 앉으면,

내 주위로 분주한 아침이 내려앉고.

바깥의 새싹들이

또 하나의 여름을 향해 완전한 표현을 만들어낼 때,

구슬피 우는 한 쌍의 비둘기들이

옆집 헛간과의 경계를 걸어갈 때,

나는 창문가에서 지켜본다.

티격태격하기도 하고 부리로 몸단장하는 새들을.

그들이 그 하루를 위해

각자 다른 방향으로 날아오르기 전까지

새들의 아침 의식을.

나는 나의 왼쪽 어깨 너머를 보기 위해 몸을 돌린다.

나의 몸에 몸을 감고 있는 나의 아내를 향해

아내는 질문에 대한 답이었다.

내가 구하고 있는지조차 몰랐던.

그리고 마침내 이 공간이,

이 고요가, 숨결이 마치 좌표처럼 찾아왔다—

당신은 여기 있어.

이제 당신의 혀 위에서 시를 굴려보길,

그리고 그것의 쓴맛과 단맛을 맛보길.

마치 당신이, 당신으로 만들어지던 길 위에

자갈인 줄 알았으나 실은 보석이었던 그것들을.

그건 모두 당신의 것이므로.

제나 슈워츠   JENA SCHWARTZ

최근에 출간된 『내가 미팅에 늦은 이유Why I Was Late for Our Meeting』를 비롯해 세 권의 수필집을 집필했다. 다양한 블로그와 웹사이트에서 그녀의 글을 만날 수 있다. 작문 코치로도 일하고 있는 그녀는 아내, 두 아이와 함께 매사추세츠주 애머스트에서 살고 있다.

8

나의 인생 적응기

케이트 볼릭

누구나 과거 이야기를 한다. 본인의 과거사만큼이나 확실한 이야깃거리가 또 있을까? 그리고 이야기가 어느 정도 경지에 도달하면 굳이 노력하지 않아도 이야기 자체가 글을 이끌어 나간다. 나는 나의 과거 이야기를 책으로 출판하면서 최근에 이 사실을 몸소 배웠다. 지금 다시 마흔 살의 나를 돌아보자면 그 책을 계약하고, 쓰고, 홍보하며 정신없이 지내던 시간이 이제 절반을 넘어선 사십 대의 나머지 시간까지 덮어버리는 느낌이다.

나의 첫 번째 책이 나의 사십 대에 그 정도로 특대형 영향을 끼쳤다는 뜻일 수도 있겠으나, 뭐 또 모를 일이다. 나는 늘 글을 썼다. 처음에는 흔히 애들이 쓰는 글처럼 그렇게, 그다음엔 대학생 시인처럼, 그리고 그다음엔 다양한 잡지와 신문의 프리랜서 작가로, 때론 상근 편집자로. 성인이 된 후에는 시를 쓰면서 한 때 맛보았던 살아 숨 쉬는 느낌을 다시 알고 싶은 마음이 간절했다. 어떤 이미지가 완전한 형태를 갖춘 구절로 만들어질 때의 그 밝고 풍성한 불길을, 리드미컬한 전개가 이어질 때의 요동을, 나의 잠재의식이 말하고자 했던 그 무엇을 분석해낼 때의 전율을. 나는 사람들이 내 시를 이해하지 못해도 결코 신경을 써 본 일이 없다. 나는 모든 일에 수습 기간이 있다고 믿었고 나도 언젠가는 남들과 소통이 되는 시를 쓰는 경지에 오를 수 있을 거라 믿었다. 그것의 성취가 내가 지향하는 도착 지점이며 성공이었다.

그러나 나는 그 경지에 도달하지 못했다. 1996년 5월, 대학을 졸업한 다음 해에 엄마가 갑자기 유방암으로 돌아가셨다. 엄마는 쉰둘이었다. 나는 슬픔에 빠졌고, 처음으로 나의 감정을 표현할 말을 찾을 수 없었다. 표현할 수 없다는 것도 견디기 힘든 일이었다. 마치 금속 상자에 안에 갇혀 상자 꼭대기의 작은 구멍으로 내 삶이 어떻게 굴러가는지 지켜보는 느낌이었다. 나는 어떻게 여기에서 빠져나가고, 다른 사람들과 다시 얘기하고, 한 사람의 어른으로 살아갈 수 있을까? 갑자기 시는 내가 지금까지 들어본 것 중 가장 허황된 것처럼 느껴졌다. 내게 필요한 건 단단하고 견고한 사다리인데, 시는 무력하고 뜬금없는, 허공으로 사라지는 증기 같았다. 고등학교 때 놀이공원에서 도넛을 만드는 아르바이트를 한 적이 있었는데, 어느 날 같이 일하던 사람이 "나 그만둘래." 하더니 앞치마를 풀어놓고 카운터를 뛰어넘어 어둠 속으로 달려가 버렸다. 나도 딱 그렇게 시를 그만뒀다. 이 상자에서 기어 나와 다른 사람들과 소통하기 위해 나는 문장을, 문단을 쓰는 법부터 배워야 했다. 사다리의 한 칸 한 칸씩.

이십 대 초반의 일이 그렇듯이 그 일은 내게 극적인 사건이었고, 오랫동안 지속된 현실이었다. 아직도 잘 모르겠다. 시를 포기한 것이 엄마의 죽음에 따른 결과인지 아니면 나의 마음 저 깊은 곳에서 내가 시를 사랑하기는 하지만 재능은 없으므로 스스로를 부양할 능력을 갖추기 위해서는 다른 것을 시작해야 한다고 생각하고 있었던 것인지.

수증기냐, 사다리냐. 무엇을 선택하든 나의 개인 시간을 빈둥대며 보낼 수 있으려면 취업은 무조건 해야 했다. 그해 6월, 나는 보스턴의 《애틀랜틱》이라는 잡지에 지원해서 비서직에 채용됐고 그러다가 잡지 웹사이트의 문학 부문 편집자가 됐다. 편집 일을 배우는 것은 정말 매력적인 일이었고, 미용사나 바텐더처럼 앞으로도 계속 일을 구할 수 있는 기술을 배운다는 사실이 위로가 됐다.

2000년 봄, 내가 스물일곱이 되었을 때 나는 산문을 써볼 준비가 됐다고 느꼈다. 그래서 필레네스 베이스먼트(그즈음에 영업을 종료한 내가 사랑했던 유서 깊은 백화점)에 바치는 짧고 서정적인 헌사를 써보기로 마음먹었다. 정말 놀랍게도 그 글을 쓰는 동안 시와 비슷한 무언가가 찾아왔다. 헌사는 엄마와 그곳에서 쇼핑하던 개인적인 일화로 변화하기 시작하며 엄마의 죽음에 대한 이야기까지 쓰게 됐다. 4년 전 급작스러운 엄마의 죽음에 내가 너무 너무나 황망했던 것처럼 이 글을 읽는 이들도 느닷없는 죽음에 황당할 것 같았다.

글을 다 쓰고 나자 주제가 너무 중구난방 뒤섞여 — 옷 쇼핑, 엄마와 딸, 유방암 — 삼류 드라마와 지나친 감상의 조합이 된 건 아닌지 걱정됐다. 그렇지만 그대로 잡지사에 제출했고 놀랍게도 잡지사는 그 글을 채택했다. 2001년 1월 호에 글이 실렸고, 나는 독자들로부터 정말 감동받았다는 이메일을 여러 통 받았다. 그때의 놀라움이란! 마침내 나는 해냈던 거다. 비로소 내가 느낀 감정을 다른 사람이 이해하고 소통할 수 있게 됐다.

그때의 감정은 정말 특별한 것이었고, 타인과의 긴밀한 감정의 물결이 흘러가 버리자 나는 다시 그 느낌을 공유하고 싶었다.

그러나 글을 쓸 만한 이야깃거리가 떠오르지 않았다.

개인적인 이야기를 쓰는 대신 나는 그런 글들을 공부하기 시작했다. 사람들이 자신의 과거를 이야기하기 위해 어떤 방식을 택하는지, 어떤 태도와 논조를 택하는지, 독자들에게 아주 세세한 내용까지 전부 털어놓는지 아니면 이야기의 한 부분만 보여주는지 궁금했다. 한동안 나는 회고록의 리뷰를 쓰는 칼럼을 《보스턴 글로브》에 연재하기도 했다.

삶은 빠르게 흘러갔다. 강렬하게 그리고 평범하게. 나는 뉴욕으로 가서 문화비평으로 석사 학위를 땄고, 구직 활동을 했고, 사무실에서 일하기도 했고, 사랑에 빠졌다가 이별을 하기도 했고, 새로운 친구들을 사귀었고 친구들을 잃기도 했고, 이사를 다녔다. 그 과정에서 짧은 수필집을 몇 권 펴냈고, 나의 첫 번째 수필을 쓸 때 느꼈던 시의 순간에 근접한 감정을 느끼기도 했다. 불쑥불쑥 그런 글을 또 쓰고 싶다는 충동이 올라오면 좌절감이 들기도 했지만 그래도 궁극적으로는 괜찮은 감정이었다. 나는 다시 한번, 내가 수습 기간에 있다는 믿음을 갖게 됐고 언젠가는 나에게도, 그리고 남에게도 의미 있는, 내가 빠져들 만한 소재를 찾게 되리라 믿었다. 하지만 이번에는 시가 아니라 소설을 쓰고 싶었다. 만약 문장과 문단이 사다리의 가로대가 될 수 있다면 저널리즘 — 리서치, 보고서, 인터뷰 — 은 세로대를 만들어줄 수 있지 않을까, 생각했다.

자칭 수습 기간이 짜증 나는 이유는 그게 대체 언제, 어떻게 끝날지 모르기 때문이다. 내 또래들이 어쩌면 나는 결코 맛보지 못할 성취감의 리그로 도약하는 걸 보고만 있을 때는 지독하게 초조해지기도 했고, 내가 뭐라도 성취하기 전에 엄마처럼 유방암으로 혹은 다른 병으로 어느 날 갑자기 죽게 될까 봐 걱정이 되기도 했다. 끊임없이 스스로를 앞으로 밀어붙이려는 의지와 죽음에 대한 두려움 사이의 긴장감 때문에 나의 삼십 대는 묘하게 격렬한 시기였다. 매일 하루를 보내며 나는 전진, 혹은 죽음 중 어느 하나의 운명으로 한 걸음씩 가까워지고 있었다. 과연 어느 것이 나의 운명일지 알 수 없었다. 엄마는 서른일곱에 가슴에서 첫 멍울을 발견했고, 서른아홉에야 마침내 정확한 진단을 받았으며 마흔에 첫 유방절제술을 받았다.

그러던 어느 날 내가 서른아홉이 되었고, 갑자기 나의 수습 기간도 막을 내렸다. 때는 2011년 여름, 나는 홈 데코 잡지의 문화면 편집자로 일하고 프리랜서 작가로 따로 글을 쓰며, 로스앤젤레스에서 반을 나머지 반은 브루클린에서 살고 있었다. 《애틀랜틱》잡지에서 변화하는 결혼 세태를 취재해서 커버스토리를 써

달라고 했다. 결혼을 하지 않은 여성의 입장에서 나의 경험과 의견을 반영한 일인칭 시점으로. 그때까지 내가 받은 일 중 가장 큰 건이었다. 나는 흥분과 두려움을 느끼며 그 자리에서 바로 하겠다고 했다. 내게 해낼 능력이 있을까? 어디서부터 어떻게 시작해야 할까? 나는 커버스토리를 여러 차례 써본 경험이 있는 친한 저널리스트 친구에게 조언을 구하는 이메일을 보냈다. 그 친구는 지금 너무 정신없이 바빠 도울 수도 없지만 시간이 있어도 너무 질투가 나서 돕지 못할 것 같다며 '애틀랜틱의 커버스토리를 쓸 수만 있다면 못 할 짓이 없을 것 같다'고 했다. 그것이 내가 가장 먼저 본 '성공'의 비정한 단면이었다. 남들의 질투.

그 후로 8주간 근무 이외 시간은 취재와 조사에 쏟아부었다. 다섯 차례나 비행기를 타고 출장을 갔고 경제학자, 심리학자, 사회학자, 역사가뿐만 아니라 다양한 연령의 싱글 여성, 싱글맘들과 인터뷰를 하며 왜 미국인들은 예전보다 덜, 예전보다 늦게 결혼하는지 알아내기 위해 노력했다. 머지않아 이 기사는 싱글 인구 증가 현상 탐구보고서가 됐다. 어떻게 보아도 일인칭의 개인적인 에세이는 아니었다. 그렇지만 잡지사의 주문대로 나만의 경험과 생각을 기반으로 했고, '나의 이야기를 들려주는 것'은 아니었지만 '나'의 내러티브를 장치 삼아 독자들을 훨씬 더 복잡한 내용으로 끌어들이고 이끌어갔다. 최종 원고는 잡지사로부터 할당받은 길이의 두 배가 됐다. 나는 그 기사의 제목을 '올 더 싱글 레이디스All the Single Ladies'라 붙였다.

기사를 보낸 뒤, 편집자는 내 얼굴을 잡지 표지에 싣고 싶다고 했다. 일단 알겠다고 말하긴 했지만 너무 두려웠다. 잡지 표지는 유명 모델이나 배우, 정치가들의 영역 아닌가. 작가가 누릴 수 있는 혜택 중 하나가 사람들 눈에 띄지 않아도 되는 것 아닌가. 나는 사람들의 이목을 즐긴 적이 한 번도 없었다. 내가 더 불안했던 이유는 내 얼굴과 내 글을 함께 게재하면 아무래도 독자들의 반응에 영향을 줄 수밖에 없을 것이고 나는 그 반응이 어떤 것일지 예측할 수 없었다. 그렇지만 나 역시 잡지 편집자로서 잡지사의 결정을 이해할 수 있었다. 나는 결혼 인구의 이동에 대해 단순히 보도만 하는 것이 아니었고 나 자신이 그 현상 자체이기도 했으니까. 싱글 여성에 대한 사회적 오명, 역사적으로 그들은 어딘가 '잘못된' 사람들이라는 시선 때문에 대부분의 독자들은 내가 어떻게 생긴 여자인지 보기 위해 나를 검색해볼 것이었고, 각자의 결론을 도출해낼 터였다. 자신의 운명에 온전히 만족한 듯 보이는 현실 싱글 여성의 사진은 시선을 잡아끌 것이었고 잡지의 판매고는 올라갈 것이었다. 냉혹한 결정일 수 있었지만 틀린 생각은 아니었다.

　9월 초, 나는 사진을 찍기 위해 로스앤젤레스의 스튜디오로 차를 몰았다. 스타일리스트는 나를 남색 레이스 원피스 안에 끼워 넣다시피 해서 지퍼를 채웠고, 메이크업 아티스트는 시커먼 라이너로 나의 눈가를 칠했으며, 사진사는 '나는 어느 것에도 연연하지 않아.'라고 말하듯 팔짱을 끼도록 하더니 정확히 입술의 어느 부분을 어떻게 내밀어야 하는지 말해 주었다. 모두가 친절했지만 모두가 그렇게 정성을 들이는 작업의 중심이 나라는 사실이 엄청나게 불편했고, 나중에 부차적인 사진들 — 웨딩 케이크를 관통한 하이힐 등등의 그런 사진들 — 을 찍기 위해 고용된 진짜 젊고 예쁜 프로 모델이 나는 상상도 하지 못했던 이유로 기분이 상해 있다는 걸 알았을 때는 정말 바늘방석이 따로 없었다. 알고 보니 그 모델은 자기가 표지 모델인 줄 알고 왔다는 것이었다. 나는 그녀에게 사과하고 여기에서 표지에 실릴만한 얼굴은 당신 얼굴이지 내 얼굴이 아니라는 걸 알고 있다고 얘기해주고 싶은 유혹을 겨우 참았다.

　며칠 후, 편집자가 그날 찍은 사진의 PDF 파일을 보내왔을 땐 하마터면 토할 뻔했다. 눈 밑은 두툼하고, 기미는 잔뜩 끼고, 여드름 자국과 점이 군데군데 있으며 살짝 대칭도 맞지 않는 일반인의 얼굴이 모델 얼굴 자리에서 뭘 하고 있는 거지? 편집자는 이미지 보정이 끝나면 훨씬 나을 거라고 했다. 그의 말이 맞았다. 내가 그렇게 예뻐 보인 적은 없었다. 그러나 그렇게 나 같지 않은 적도 없었다. 내 아이폰으로 그 사진을 내 기자 친구에게 보여줬더니 그 친구는 깜짝 놀라서 이렇게 말했다. "이제 네가 진정한 싱글 여성의 전성기를 구가할 모양이네."

기사는 2011년 11월 호에 실렸고, 그 즉시 세간의 화제가 됐다. 생각도 못 한 현상이었고, 그래서 준비도 되어 있지 않았다. 나의 신상을 철저히 검색당하는 일은 정말 당혹스러웠다. 나도 15년간 이쪽 방면 일을 했지만 그 기간 내내 나는 익명이었다. 이제는 독자들의 이메일에 깔려 죽을 정도로 반응이 답지했다. 마치 결혼하지 않아도 된다는 아이디어를 처음 낸 사람이 나이고, 무력한 철부지들을 나의 광적인 집단에 들어오도록 공모하고 있기라도 한 것처럼. 저격글이 인터넷에 독버섯처럼 번졌고, 악플러들은 나의 '햄스터처럼 북슬북슬한 팔(하고 많은 신체적 결함 중에 그걸 고르다니)' 때문에 내가 결혼을 못 한 거라고 떠들었다. 이 기사의 기자로서 나는 TV와 라디오 프로그램에 출연해서 내가 쓴 글에 대해 이야기하기로 잡지사와 계약이 되어 있었다. 그런데 나를 인터뷰하는 사람들 중에 꽤 많은 사람들이 마치 내가 이 운동의 대변인이며 이 기사가 나의 성명서이기라도 한 것처럼 나를 대했다. 어처구니없는 일이었다. 싱글과 기혼 여성에 대해 나는 기본적으로 이렇게 생각했다. 둘 다 언제든 다른 상황이 될 수 있다는 것. 아침에 일어났을 땐 한 남자의 아내였던 여자도 그날 점심때 남편이 이혼을 원한다는 걸 알게 될 수도 있고, 독신을 고집하던 여자도 어느 날 길모퉁이를 돌고 나서 평생의 사랑을 만나거나 그냥 갑자기 마음을 바꿔 데이트 어플을 다운받아야겠다고 생각할 수도 있는 거라고.

그래도 이렇게 언짢은 일들만 일어났던 건 아니었다. 정말 많은 싱글 여성들이 이제는 투명인간 취급을 덜 받는 느낌이라며 감사의 이메일을 보내왔고, 오프라 윈프리 쇼에 게스트로 나갈 뻔하기도 했다. 소니에서는 텔레비전 방영권을 구매했다. 그리고 6개월 후, 나는 할리우드의 어느 사무실에 걸어 들어가 내가 출연했던 모든 토크쇼의 하이라이트를 편집한 3분짜리 '입담 짤'을 시청할 수 있었다. 그 편집본은 케이트 보벡이라는 싱글 여성에 대한 시트콤 제작 설명회의 시작에 틀기 위해 만든 것이었다. (CBS에서 파일럿 프로그램을 의뢰했지만 정규 프로그램을 만들지는 않았다) 내 얼굴은 나의 기사에 대한 이야기로 국내와 해외에서 몇몇 표지를 더 장식하게 됐다.

어느 날 자고 일어나보니, 나는 '성공한 사람'이 돼 있었다.

하지만 그게 진짜 성공이었을까? 물론 나도 성공을 꿈꿔왔지만 이런 상황을 그려본 적은 한 번도 없었다. 나는 언젠가 작가의 길을 걷고 싶었고, 운이 따른다면 책을 쓰고 싶었다. 하지만 나는 오인된 정체성에 근거한 존재하지도 않는 여성 운동의 대변인으로 인터넷에서 반짝 유명세를 치르고 있었다. 가면 증후군이라는 것도 다들 들어봤을 것이고, 여성이 남성보다 더 그 증상에 많이 시달리는 것도 익히 알고 있겠지만 나의 경우는 이와는 좀 달랐다. 나는 마치 다른 사람의 판타지를 살고 있는 것 같았다. 나는 나의 글로 찬사를 받는 게 아니었다. 나는 리얼리티 쇼의 스타였고, 서커스단의 괴물, 구경거리였다. 그 시기가 지나가고 내가 좀 더 개인적인 삶을 살기 시작한 다음에도 그 몇 달간의 소음은 몇 년간 내 귀에서 떠나지 않고 울려댔다.

여러분이 나를 만족을 모르는 사람, 혹은 주목받길 원해놓고 이제는 그것 때문에 앓는 소리나 하는 사람으로 생각하기 전에 두 가지를 분명히 밝혀두고 싶다. 일단 나는 이런 노출이 나중에 책을 계약할 기회가 될 것임을 알 정도로 노련했다. 그러나 인지도가 올라가면서 치러야 할 대가에 대해선 너무 순진했다. 나는 내 결정에 따른 결과물의 엉킨 실타래를 푸느라 5년을 보내고 나서야 순진하면서도 동시에 노련할 수 있다는 걸 깨달았다.

오늘 아침엔 그 뒤로 있었던 일련의 사건들을 다시 한번 확인하기 위해 구글 달력의 2011년을 클릭해 살펴보기 시작했는데 심장 박동이 빨라지기 시작했다. 두려움이란 감정이었다. 무엇이 두려웠을까? 모든 건 과거의 일이 되었다. 하지만 모든 게 지금 일어나고 있는 일로 느껴진다. 마치 오늘이, 지금 이 순간이 아침과 밤으로 경계 지어지지 않는 것처럼 지난 6년의 모든 순간이 한 덩어리가 되어 과거 같은 것은 존재하지 않는 것 같았다. 마치 2011년과 오늘 사이의 모든 것이 늘 현존하는 것처럼.

이런 느낌은 어쩌면 지난 6년 동안 내가 정말 엄청 왕성하게 활동했고, 이제야 삶의 속도를 늦추기 시작했기 때문인지도 모른다. 하지만 내 나이의 친구들을 떠올려 보면 이것이 사십 대가 되면 갖게 되는 느낌일 수도 있겠다는 생각이 든다. 각자의 상황이 어떻든 간에 ― 부자이든, 빈털터리이든, 기혼이든, 미혼이든 ― 모두가 지치고, 산란하고, 간신히 살아가는 것처럼 보인다. 어린 시절과 청소년기, 그리고 청년기에 우리는 우리가 되고 싶은 사람이 되기 위해 미래를 향해 앞으로 나아가기 바빴다. 그러다가 어느 시점에 갑자기 바로 지금이 그 미래라는 사실에 맞닥뜨리게 된다. 그것이 우리가 바라던 미래이건 아니건 간에. 우리는 일련의 결정들을 해왔고, 이제 그 결과물을 만나게 된 거다.

내가 곧 오십이 되는 친구에게 이 얘기를 했더니 그 친구는 45/46이라는 나이가 여성의 자가 판단 행복 지수가 바닥을 치는 시기라는 연구 결과가 있다고 말해주었다. 자식을 키워야 하고, 가정을 일궈야 하고, 나이 들어가는 부모를 돌보아야 하는 만큼 이중고, 삼중고에 시달리며 할 일이 최대치를 기록하는 시기라는 거다. "사십 대에는 거의 언제나 근무 중"이라고 그 친구는 내게 보낸 이메일에 적었다. "일을 끝내고 돌아서면 또 일, 또 일, 또 일. 오십 대에는 잠깐이나마 초원을 뛰어다니기도 하고 해외로 여행도 좀 갈 수 있으면 정말 좋겠어!"

그런가 하면 우리 나이만큼이나 힘 있고, 신나는 나이도 없다고 생각한다. 나의 고등학교 절친이었던 C는 직장을 다니며 단 하루도 쉰 적이 없었는데 글로벌 유통 기업의 간부직을 사임하고 1년간 여행을 다녔다. M은 파티 플래너에 도전하더니 다시 멀티미디어 프로듀서로 변신했다. R의 본업은 특수 교육이 필요한 아이들을 가르치는 것인데 언제나 말을 사랑했던 그녀는 구인 광고를 보고 지원해서 지금은 마구간에서 파트타이머로 일하며 본인의 예술 활동까지 병행하고 있다. 그 외에도 세계 최고의 대학교에서 교수로 일하고 있는 친구들, 각자의 분야에서 전문가로 일하고 있는 친구들도 있다.

　아마도 이제는 목표 지점에 '도달'했다고 느끼는 사람들도 있을 테고, 인생의 이 단계를 완전히 이해했다고 느끼는 사람들도 있을 거다. 하지만 나는 그렇지 않다. 어쩌면 지금까지 살아오면서 한두 개의 지점에 도달했을지는 모르겠으나 나는 그 지점들은 견딜 수 없다고, 혹은 지루하다고 느꼈다. 내가 아는 내 나이의 사람들은 모두, 우리는 이제 진정 젊지 않고, 다시는 젊어지지 않을 것이며, 대신 역설적으로 다시 젊어지지 않아도 된다는 안도감이 삶의 균형을 잡아준다는 사실에 다양한 당혹감을 느낀다. 그건 마치 여드름과 비슷하다. 십 대 때는 어른들이 크면 피부가 꼭 좋아진다고 약속하지만 사실 여드름은 절대 사라지지 않으며 피부과 의사들이 '성인 여드름'이라 부르는 것으로 자리 잡는다. 또 진실이 아닌 것은 나이가 들면 자신감이 높아지고 다른 사람들의 생각에 연연하지 않게 된다는 말이다. 내가 아는 한, 그런 영광은 폐경기가 되거나 록스타가 되어야 누릴 수 있다. 그 전까지는 그냥 망했다고 보면 된다. 나의 경우를 보면 그렇다는 거다. 나는 나이가 들고 소원 성취를 많이 하면 할수록 나에 대한 확신이 더 없어졌다.

　좋든 싫든 간에 언젠가부터 나 자신에 대한 회의감이 서서히 고개를 들기 시작했고, 그 무렵, 나는 나의 첫 책을 쓰기 시작했다. 2011년 11월, 책의 기획안을 완성했다. 그 책은 《애틀랜틱》 커버스토리의 전편 같은 것으로 이 새로운 밀레니엄에 미혼의 백인, 이성애자 여성으로서 살아온 지난 몇 년의 기록이지만, 좀 더 사적이긴 하나 완전히 전적으로 '고백적인' 회고록이라기보단 회고록과 전기, 역사서, 문화 비평을 고르게 배합한 쪽에 가까웠다. 내가 성인으로 성장한 중심에는 다른 여성들의 이야기가 있었다. 소설, 시, 수필, 편지글, 일기 형태의 글로 그들이 직접 쓴 이야기들, 그리고 다른 이들이 그들에 대해 쓴 전기, 자서전, 그리고 학문적인 텍스트. 나는 바로 '그' 이야기를 할 생각이었다. 나보다 앞서 살아간 싱글 여성들의 이야기가 나의 싱글 라이프를 어떻게 빚어냈는지에 대하여.

2012년 1월, 나의 에이전트가 출판사에 기획안을 보냈다. 그리고 1월 말, 계약서에 서명했다. 그날 저녁, 나는 소셜 미디어를 통해 만난 S와 두 번째 데이트를 했다. 그 당시 가장 두드러진 그의 특징은 그가 비교적 젊다는 것이었다. 나는 마흔을 향해 달려가고 있는데 반해 그는 겨우 서른둘이었다. 나는 처음 본 순간부터 그가 좋았지만, 머지않아 나이 차가 우리 관계의 장애물이 될 거란 걸 확신하고 있었지만, 나중 일은 그때 닥쳐서 생각하기로 했다.

그 다음 달부터 싱글 여성으로 살아온 나의 삶에 대한 책을 쓰기 시작했고, 새로운 사람을 만나기 시작했다. 그 관계는 빠르게 발전해서 내가 과연 계속 싱글로 남을지 의문을 품게 될 정도로 진지해졌다. 그때 나는 나의 삶(당연히 십 대, 이십 대, 삼십 대를 포함해서)에 대한 글을 쓰느라 과거에 지나치게 몰입하며 시간을 쏟아붓고 있었다. 그 과정의 부정적인 영향이라면 과거가 현존하는 것 같은 이상한 기분이 든다는 것이었다. 지극히 유쾌하지 않은 작업이었다. 책을 쓰는 데 걸린 2년이란 시간 동안 나는 종종 나 자신과 나의 역사를 돌아보며 현기증을 느끼기도 했고 욕지기가 치밀기도 했다. 당시에 실수를 저지르는 것도 충분히 힘들었는데 그 시기를 다시 살아내야 한다면? 최상의 시나리오가 기껏해야 '지루함' 정도 아닐까?

마침내 원고가 거의 마무리됐다. 그때, 그러니까 2014년 가을까지도 나는 S와 사귀고 있었다. 어려운 결정을 해야 했다. 책에 2년째 만나고 있는 남자에 대해 언급하고, 내가 뒤엎으려고 시도 중인 전통적인 '해피 엔딩'에 가까워지는 위험을 감수할 것인가. 심지어 책이 출판되기 전에 헤어질 수도 있는 마당에? 결국 투명한 것이 최선이라는 결론을 내렸고 그를 언급하기로 결정했다. 오랜 숙고 끝에 책 제목은『싱글 여성: 내가 만드는 나만의 삶 Spinster: Making a Life of One's Own』이라 붙었다.

그리고 묘한 데자뷔처럼 편집자가 책 표지에 내 사진을 찍어 쓰기로 했다고 연락을 해왔다. 이번에는 거절했다. 이유는 많았다. 첫째, 배우도 모델도 아닌 평범한 외모의 중년 여자인 내가, 도저히 실현 불가능한 미의 기준을 추구하는 시대적 전염병에 기여할 것 같진 않지만, 그래도 어쨌든 아직 가임 여성에 속하는 사람(비록 간당간당하게 매달려 있을지는 몰라도)으로서 책을 팔기 위해 나의 (상대적인) 젊음을 이용하긴 싫었다. 더욱이 예전 같은 대중의 철저한 심사를 다시 견딜 수 있을 것 같지 않았다. 체중 감량을 과시하기 위해 여자들이 활짝 웃으며 의기양양하게 줄자를 들고 있는 표지의 다이어트 책들이 떠올랐다. 내 사진을 표지에 박는 것도 비슷한 메시지를 전달하지 않을까? 나의 개인적인 경험을 통해 책의 주제를 탐구하기보단 나 자신을 모델로 내세워 나를 따라 하라는 것처럼 보이지 않을까? 나를 내 책의 표지에 넣으면 아무도 내 책을, 그리고 나를 진지하게 받아들이지 않을까 봐 겁이 났다. 나는 더 이상 작가가 아니라 하나의 상품, 어떤 단면이 될 터였다.

편집자는 고집을 꺾지 않았다.『싱글 여성』이란 책을 팔 수 있는 유일한 방법은 저자가 이 세상을 다 가진 모습으로 표지를 장식하는 것이라 했다. 결국 내가 꺾였다. 그다음 과정은 ― 마케팅과 프로모션 ― 은 더 이상했다.

그렇게 나는 진짜 책의 표지에 실렸다. 마흔두 살의 나는 스타일리스트가 촬영을 위해 가져온 꽉 끼는 청록색 원피스를 입고 검은색 스웨이드 하이힐을 신고, 황금색 벨벳 소파 위에 점잖게 포즈를 잡고 앉았다. 우아한 컬을 그리며 어깨 밑으로 풍성하게 늘어진 머리카락은 포토샵의 효과로 윤기가 잘잘 흘렀고, 마치 찻잔에 푹 빠진 것처럼 세상을 바라보고 있었다. 마치 진짜로 그 찻잔과 결혼이라도 하고 싶은 것처럼.

현실에서는 마흔둘이었던 내가 마흔셋, 마흔넷이 됐고, 내 과거의 결과물인 책을 홍보하고 변호하기 위해 종종거리며 살았다. 마치 그 책이 모든 진실과 현재를 대변하기라도 하는 것처럼. 나는 그렇게 내가 쓴 문장과 글자들에 갇히고, 내가 서술한 가장 최근의 과거와 현재 사이에 갇힌 채, 날짜가 하루하루 지날 때마다 책 속의 나와는 점점 더 멀어지는 느낌을 받았다. 한편 그사이 아이가 생기길 계속 기다리기보단 나의 마지막 남은 가임기를 신중하면서도 당당하게 떠나보낸다는 것의 의미가 무엇인지 배우게 됐고, 라디오 방송에 출연해서 그렇게 지극히 개인적인 이야기를 권위 있는 전문가처럼 이야기하기도 했다.

(그뿐만 아니라 나는 유방암에 걸렸다. 이건 또 완전 다른 얘기다. 지금은 괜찮다.)

하지만 나는 그 책을 통해 전 세계의 독자와 작가들을 만날 수 있었고, 그들과 토론을 하고 새로운 경험을 공유하며 예전에는 상상도 하지 못한 규모로 삶이 확대되고 목적의식이 생겨남을 느끼게 됐다. 지금은 또 다른 책을 쓰고 있다. 이런 글과 같은 에세이를 써보겠냐는 청탁을 받았기 때문이다.

그럼에도 불구하고 나 자신을 노출하는 것에 대한 공포는 결코 완전히 사라지지 않을 것 같다. 나는 마치 무대 공포증이 있는 희극배우 같다. 나의 시점으로 글을 쓸 때 세상을 가장 잘 이해할 수 있지만 그 글을 출판하는 과정에서 생기는 상처에는 너무 취약하다. 이렇게 비교적 정돈된 이 글을 쓰면서도 나는 심적인 시련이라 할 만한 몇 주를 보내야 했다. 빈 화면을 마주하고 있노라면 나의 사십 대 — 지금까지의 내 인생에서 가장 풍요롭고 가장 온전히 충족된 시기 — 의 기쁨이 다시는 맛보고 싶지 않은 직업적 불안 때문에 퇴색된다는 생각이 들어 속이 다 안 좋아졌다. 참 운도 없지. 하지만 나의 뇌는 다른 일에는 도무지 집중을 하지 못하니 어쩔 수 없다.

글쓰기가 치유처럼 느껴진 적은 결코 없으나 마지막 문단의 타자를 치면서 나는 이미 오랜만에 그 어느 때보다도 마음이 가벼워지는 걸 느낀다.

웃고 말아야지 별수 있나. 가장 힘들고 어렵게 느껴지는 것을 글로 써야 한다는 얘기를 종종 들어왔다. 그리고 실제로 써보니 지금 내가 서 있는 자리를 온전히 내 것으로 만들기 위해선, 전업 작가로 자리 잡기 전 막 이 업계에 발을 들였을 때의 매서운 시련을 다시 돌아볼 필요가 있었던 것 같다. 만약 그 과정을 거치지 않았다면 사십 대의 멋진 선물들이 무엇인지 알아보지 못했을지도 모른다. 예전의 나와 지금의 내가 서로 충돌하고, 서로 돕고, 심지어 서로 대화하는 방법을 볼 수 있는 능력과 성숙함이 바로 그 선물이다. 나는 지금도 타인들과 소통하길, 간절히 원한다. 그러나 지금 여기, 이 지면에서 내가 하고 있는 일 역시 똑같이 소중하다.

케이트 볼릭

KATE BOLIC

첫 번째 출간작이자 베스트셀러인 『싱글 여성: 내가 만드는 나만의 삶Spinster: making a Life of One's Own』은 2015 《뉴욕 타임스》의 주목할 만한 책에 선정됐다. 《애틀랜틱》의 객원편집자인 볼릭은 뉴욕 대학교 대학원 과정 '문화 보도와 비평'에서 작문을 가르치며, 『순수의 시대』의 저자 이디스 워튼의 생가에서 주최하는 연례 인터뷰 시리즈 '터치스톤 앳 더 마운트 Touchstone at The Mount'의 진행자이기도 하다. 브루클린에 살고 있다.

9

인생의 은유

앨리슨 윈 스코치

우리의 열세 번째 결혼기념일은 우리 애들, 그리고 절친들과 함께 멕시코에서 보낼 계획이었다. 그러나 그 대신 남편은 나를 데리고 물리 치료를 받으러 가야 했다. 결혼기념일을 이 주 앞두고 내가 엄청난 부상을 당했기 때문이었다. 그러니까 나는 걷지도 못하고 운전도 할 수 없는 상태였다. 분명히 해두자면 여기에도 인생의 은유가 있다. 뭐, 그건 나중에 다시 얘기하기로 하고.

나는 뼈가 부러진 걸 느끼기 전에 그 소리부터 들었다. 적어도 그렇게 기억한다. 부러진 게 먼저, 통증은 그다음. 내 사고 능력이 명료했거나 나의 기억을 비디오처럼 느린 화면으로 되감는 게 가능했다면 그 두 가지 — 골절과 통증 — 은 하나처럼 서로

맞물려서 명확히 구분할 수 없었을 것이다. 하지만 내 머릿속에서는 뚝 부러진 게 먼저였고, 고통은 그다음이었다.

의사들이 나의 경골 고평부(정강이와 무릎을 연결해주는 뼈로, 우리의 몸에서 하중을 견디는 역할을 하는 가장 중요한 뼈 중 하나라고 했다)가 이 센티미터 정도 바스러졌다고 했을 때 나는 생각했다. '그래, 맞아. 그 소리가 그 소리였어. 뼈가 산산조각 나는 소리였던 거야.' 하지만 그 순간에도 나는 내 몸이 그렇게 약하고, 그렇게 쉽게 부서질 수 있다는 생각은 전혀 하지 못했다. 어쨌든 나는 엄마가 아닌가. 가장 최근에 내가 앓아누운 기억은 오 년 전에 독감이 나를 쓰러뜨렸을 때였다. 내 나이 비록 마흔하나였지만 내 평생 몸 상태는 가장 좋았다고 말할 수 있다. 이십 대에 내게 신체 단련이란 저울 위의 숫자와 바지 상표 뒤의 치수하고만 연관된 것이었고, 삼십 대는 출산 후의 몸에서 회복하다가 다 끝났다. 그러나 사십 대가 되어서 나는 나 자신을 위해 몸을 관리했고 내가 내 몸의 주인이라는 새로운 의식을 갖게 됐다. 나는 일주일에 두세 번 8킬로미터씩 달렸고, 언젠가 죽기 전에 마라톤에 입문하고 싶다는 포부도 품게 됐다. 나는 천하무적이었다(고 느꼈다).

나는 어릴 때부터 스키를 타며 성장했지만 정말 좋아서 탄 건 아녔다. 그보다는 부모님이 스키를 즐기셨고, 오빠들이 열성이었기 때문에 나는 두툼한 스웨터와 오리털 스키복에 몸을 쑤셔 넣고 핫팩과 까슬까슬한 모자를 받아 들고 따라다녔다. 90년대에는 기술의 발전으로 열이 들어오는(실은 되다 말다 하는) 스키 부츠도 신었다. 중학교 때와 고등학교 때는 주말마다 툴툴대며 버스를 타고 스키장으로 향하곤 했다. 사실 버스에서의 시간이 슬로프 위에서 보내는 시간보다 훨씬 즐거웠다. 우리는 대형 휴대용 카세트 플레이어에서 흘러나오는 음악(우리를 좀 더 세련되어 보이게 해줄 것 같은 음악들을 틀었다)을 들으며 남자애들과 시시덕거리고 졸트 콜라°를 마시고 놀았다. 나는 바람에 볼과 입술이 다 틀 정도로 전속력으로 산을 내려오는 그 행위도 싫어하고 추위도 엄청나게 싫어함에도 불구하고, 결국, 아마도 습관에 의해 스키를 엄청나게 잘 타게 됐다.

성인이 되어서는 억지로 주말에 스키장으로 향하는 버스를 탈 일이 없어졌고, 가족 여행도 줄어들어서 나는 스키 장비로부터 은퇴했으며, 만족스럽게 이렇게 말할 수 있게 됐다. "예전에는 스키 좀 탔는데, 이젠 안 타요." 그리고 나의 남편 애덤을 만났다. 뉴햄프셔에서 자란 그는 내가 콘도에 가만히 앉아 있는 걸 좋아

° 졸트 사에서 시판한, 카페인 함량이 일반 콜라보다 높은 콜라_옮긴이

하는 만큼이나 열정적으로 스키를 좋아했다. 결혼하고 처음 팔 년 동안 스키는 형제나 친구들이랑 타라고 사정하고 나는 발을 뺐다. 그래도 남편은 매번 내게 가겠냐고 물었다. 사실 내가 같이 가길 원했다. 스키는 우리가 함께 공유할 수 있는, 팀으로 할 수 있는 것이었지만 나는 그냥 뽀송뽀송하게 마른 상태로 따뜻하게 있는 게 좋았다. 멍든 종아리나 잘 안 맞는 스키 부츠가 싫었고, 살을 에는 바람과 불안정한 리프트를 견디기도 싫었다.

우리에게 아이들이 생긴 뒤에도 남편은 계속 같이 가자고 졸랐지만, 그땐 스키에 대한 자잘한 불만들이 있던 자리를 그보다 더 무거운 걱정들이 채웠다. '내가 다치면 어떡해?' 나의 아버지는 신경외과 의사이셨고, 나는 눈사태, 목뼈 골절, 나무와 머리가 충돌한 사건 같은 비극에 대해 수시로 들으며 자라났다. 고등학교 때는 나의 일 년 선배가 스키점프를 하다 몸이 마비됐고 영원히 돌이킬 수 없게 됐다고 했다. 내가 부모가 되고 나니 스키나 다른 이유로의 부상(혹은 그 이상)에 대한 걱정이 커졌다. 식구들과 따로 비행기를 탈 때도 걱정이 됐고, 작은 멍울이나 혹 같은 것이 암으로 판명 날까봐 전전긍긍했다. 개인적으로 죽음이나 심각한 부상이 걱정된 건 아니었다. 아이들을 놔두고 가는 게, 그러니까 식구들이 나 없이 살아갈 수 없을까 봐 그게 걱정이었다.

그래서 애덤이 스키 여행을 떠나며 나도 같이 가자고 하거나 온 식구가 다 같이 갈 계획을 짜보자고 할 때면, 나는 고개를 갸웃하며 혼잣말로, 혹은 큰소리로 (보통은 둘 다) 이렇게 말하곤 했다. "내가 엄청난 사고를 당하면 어떡해? 그럼 그땐 어떡할래? 이 집은 누가 꾸려가? 누가 이 집안일을 다 해? 당신은 어떻게 살아갈래?" 그러면 남편은 웃으며 말했다. "당신 안 다쳐. 무슨 말도 안 되는 소리야. 가자, 재미있을 거야."

우리 아이들이 일곱 살, 다섯 살이 됐을 때, 우리 애들이 스키도 탈 줄 모르는, 혹은 모험을 두려워하는 아이들로 자라길 바라지 않는 마음에 결국 남편의 말을 따르게 됐다. 그래, 어쩌면 내가 틀렸을지도 몰라. 어쩌면 진짜로 재미있을지도 몰라. 어쩌면 그렇게 위험하지 않을지도 몰라. 게다가 엄마라는 사람은 우리 팀을 위한 선택을 하는 사람이잖아? 그게 곧 엄마의 다름이잖아. 나는 오직 우리 아이들과 우리 가족을 위해 내가 원하지 않거나 즐기지 않는 것들을 수없이 많이 해왔다. 거기에 하나 더 덧붙인다고 뭐가 어떻게 되겠어?

그렇게 콜로라도에서 보낸 우리의 긴 주말이 시작됐다. 이제 우린 삼 년째 온 가족이 다 함께 스키를 타고 있었고, 애덤 말이 맞았다. 정말로 재미가 있었다! 그래, 꼭 다치라는 법은 없잖아!

완벽한 봄날의 어느 아침이었다. 파란 하늘에는 구름 한 점 없었고, 날도 따뜻했다. 그런데 그날 아침은 이상하게 피곤했다. 지난밤, 몇 달 만에 만난 사촌들이랑 심야 영화를 보겠다는 애들과 밤늦게까지 못 잔 탓에 몸이 가뿐하질 않았다. 어쩌면 병이 나려는 건지도 몰랐다. 언젠가부턴 피곤한 것과 아픈 것의 차이를 잘 분간하지 못하게 됐다. 그날 아침엔 그냥 혼자 콘도에 남아 아무것도 하지 않고 싶었다. 하지만 아이들이 스키 학교에 가기 싫다고 떼를 썼고 나는 아무래도 기운을 내서 움직여야겠다고 (그리고 그럴 수 있을 거라고) 마음먹었다. 내가 놀아버리면 아이들도 그래도 된다고 생각할 것 같았기 때문에.

우리는 아이들을 스키 학교에 데려다주었고, 친정 오빠와 남편은 스키 코스 지도를 펴놓고 계획을 세웠다. 쉬운 코스를 살짝 가로질러 리프트까지 간 후 거기서 리프트를 타고 고난도 코스로 이동하기로 했다. 나는 쌓인 눈 위에 스키를 내려놓고 신은 다음, 이미 달려 나가기 시작한 오빠 부부와 애덤을 따라가야겠다고 생각했다. 하지만 스키 부츠가 잘 고정되지 않았다. 스키 부츠 뒤축에 붙은 눈을 폴대로 떼어내고 다시 시도해 보았다. 그리고 부츠를 몇 차례 넣었다 뺐다 하고 나니 이쯤이면 충분히 고정된

거 아닌가 하는 생각이 들었다. 살다 보니 언젠가부터 이렇게 약간 쉬운 방법, 그러니까 모든 것들에 '그만하면 충분한' 정도를 유지하는 법을 터득하게 됐다. 왜냐하면 나는 그 누구에게도 소홀하다는 느낌을 주어선 안 되었고, 그래서 한동안 어느 정도 적당한 선에서 모든 일을 다 챙기며 살아왔기 때문이었다.

일종의 우호적 무심함이랄까.

우리 아이들은 그 철학 아래에서 잘 자라났다. 그러니 내 스키의 접합부도 그쯤에서 괜찮지 않을까?

나는 슬로프를 미끄러져 나갔고 올케를 따라잡았다. 그 와중에도 다리가 너무나 무겁게 느껴져서 또 한 번 오늘은 접어야 하는 거 아닐까 고민했다. 그런데 미끄러져 나가기 시작한 지 3분 만에, 그러니까 리프트로 향하는 작은 언덕의 내리막길을 내려가기 시작한 순간 왼쪽 스키 날이 벗겨졌고, 오른쪽 스키가 뒤집어지며 내 발도 딸려 올라갔고 내 몸은 마치 헝겊 인형처럼 허공에서 비틀렸다. 내 스키 한 짝이 말도 안 되는 각도로 나를 향해 위태롭게 날아오던 걸 무방비로 쳐다보고만 있던 게 기억난다. 그리고 쩍 금 가는 소리가 들려왔다.

눈밭 위로 떨어진 나는 다리가 직각으로 꺾인 채 평생 한 번도 경험하지 못한 수준의 통증에 휩싸여 비명을 질렀다. 하지만 그

와중에도 나는 단 하루도 아파서는 안 되는 엄마였기에 내 안에서 또 다른 목소리가 들려왔다. '진정해, 진정하라고! 아무것도 아닐 수도 있잖아. 그럼 이게 무슨 망신이야?' 애덤은 오빠와 함께 일찌감치 앞서갔지만 올케는 나의 비명을 듣고 되돌아왔다.

어떤 친절한 자원봉사 응급요원이 스키 패트롤을 호출했고 올케가 애덤과 오빠를 불렀다. 애덤과 오빠는 오르막을 등반하다시피 하며 올라왔다. 하지만 그때 나는 터보건에 묶여 산을 내려갔고 구급차에 옮겨졌다.

엑스레이를 찍기 전엔 진통제도 줄 수 없다고 했다. 통증이 어찌나 심하던지 나는 엑스레이를 찍기 위해 누운 상태로 몸을 덜덜 떨었다. 쇼크로 근육이 제어되지 않았기 때문에 팔다리가 말을 듣지 않았다. 나는 촬영기사한테 계속 사과했다. "죄송해요, 죄송해요, 죄송해요. 가만히 있으려고 하는데. 저 때문에 힘드시죠?" 나는 그 자리에 누워서 또 내가 너무 호들갑을 떠는 건 아닐까 생각했다. 한 시간째 이 난리를 쳤는데 의료진이 소염제를 주면서 '저기, 환자분, 발을 좀 삐었어요. 다리를 위쪽으로 하고 얼음찜질이나 좀 하면 되겠어요.'라고 하면 너무 창피하지 않겠어?

나도 내가 히스테리를 부리는 편이 아니라는 건 알고 있었다. 물론 때때로 비행기가 추락하면 어쩌나 걱정하기도 했지만, 늘 나의 요구사항보다는 다른 사람의 편의를 우선시하는 게 습관이 돼서 무엇이 진짜 통증이고 무엇이 아닌지, 어느 정도가 히스테리이고 어느 정도가 정당한 표현인지 판단이 잘 안 됐다.

엑스레이를 찍자마자 간호사가 내 콧구멍에 산소를 공급하기 위한 튜브를 꽂았고 마침내 고통을 완화해주는 그 은혜로운 알약과 정맥 주사를 가져왔다. 그 정맥 주사에는 내가 죽을 것 같고 느낄 때마다 내 마음대로 누를 수 있는 버튼이 달려 있었다. 나는 간호사에게 (또) 사과했다. "정말 죄송해요. 아까 엑스레이 찍을 때도 가만히 있을 수가 없었어요. 이런 약까지 가져오시게 해서 죄송해요."

진짜로 그랬다. 나는 정말로 이 사람들을 불편하게 만들고, 그들의 도움을 필요로 한다는 게 미안했다. 그게 그들의 직업이었는데도 말이다. 간호사는 친절하게 웃으며 말했다. "아니에요, 엑스레이 결과 보시면 환자분도 어쩔 수 없었다는 거, 알게 되실 거예요."

여기서 잠시, 평소 우리 집이 어떻게 돌아가는지 알려드리겠다. 온갖 거지 같은 잡일은 다 내 차지였다. 좋은 표현이 아니라는 거 안다. 하지만 사실이다. 나는 남편을 사랑한다. 우리는 행복하고 안정적인 관계이며 좋은 파트너다. 내 말이 와전되어 사람들이 오해하길 원치도 않는다. 하지만 사실 구체적이고 실질적인 일들 — 스케줄 짜기, 학교에 낼 서류, 숙제, 애들 스포츠 카풀, 애들 놀이 친구를 신경 쓰고 책임지는 것, 장보기, 화장실 휴지 채워 넣기, 설거지, 개 사료 사기 — 은 다 내가 했다(그리고 지금도 그런 편이다). 내가 스키를 타다 넘어졌을 때 우리는 결혼 13년 차였고, 13년 동안 우리는 그렇게 살아왔다. 내 근무 시간이 좀 더 탄력적이기 때문이기도 했지만 남편은 못하는 멀티태스킹이 나는 가능했고 내가 더 계획적인 사람이었기 때문에 결국은 내가 집안일을 도맡았다.

그리고 솔직히 말하면, 우리 결혼생활과 육아가 이런 패턴으로 자리 잡은 근본적인 원인에는 내 성격이 한몫했다. 만약 내 단점을 내 입으로 밝혀야 한다면 아마도 독립심이 1위에 오를 것이고, 나의 고집이 아슬아슬한 차이로 2위를 차지할 거다. (나의 중간 이름의 이니셜이 'S'인데 아버지는 종종 진담 반 농담 반으로 그 S는 'Stubborn(고집)'의 S라고 말하곤 했다.) 대학 입시 원서에 단점으로 위장된 장점을 쓰는 것처럼, 겸손한 척 실은 내 자랑을 하는 게 아니다. "당신의 가장 큰 단점이 무엇인가요?" "아, 저는 너무 완벽주의자예요! 저는 언제나 최선을 다하고 한시도 쉬지 않아요." 아니, 아니, 아니다. 나는 지금 진지하다. 어느 정도 독립적인가 하면, 도움을 청하는 걸 혐오하고, 정말로 필요할 때조차 다른 사람들에게 의지하는 것을 꺼리며, 심지어 기꺼이 돕겠다고 누가 내민 손을 향해 팔을 뻗느니 차라리 물에 빠져 죽는 쪽을 선택한다. 물론, 나의 결혼생활에서도 그랬다. 남편이 나서서 집안일을 해주길 바랄 때도 종종 있었지만, 언제나 숭고하게 내가 희생하고, 결국은 남편에 비해 내가 얼마나 더 많은 일을 했는지 일일이 따진 후, 그로 인해 내가 얼마나 더 일을 잘하는지(그리고 피곤한지) 분개하는 패턴이었다.

애덤은 이렇게 말하곤 했다. "그냥 내가 뭘 해야 하는지 말해 줘. 그럼 내가 할게!"

그러면 나는 이렇게 쏘아붙였다. "꼭 일일이 말해줘야 알아? 나한테는 뭘 하라고 말해주는 사람 아무도 없어. 나는 이걸 해야겠구나 생각하고, 알아서 한다고!"

그리고 당연히, 이런 식의 논쟁은 아무것도 해결하지 못한다. 남편은 엄청난 집안일의 부담을 덜어줄 방법을 전혀 모르고, 나는 남편이 스스로 해결책 하나 생각해내지 못한다는 사실이 너무 짜증 난다. 내 부탁 한마디면 그는 선뜻 맡아 해주겠지만 우리 문제의 핵심은 나는 부탁을 해야 한다는 사실이 싫은 것이고, 내가 언제나 모든 걸 알아서 해버리기 때문에 남편은 먼저 나서서 일할 필요가 없다는 것이다.

나의 독립적인 면을 완성하는 나의 잠재의식 저 깊은 곳에서 나는 생각해보곤 한다. 내가 여기 존재하지 않는다면, 모든 게 와르르 무너져 버리려나?

방사선과에서 엑스레이 결과가 나오자 그들은 외과 전문의를 호출했고, 그가 응급실에 도착하자마자 나에게 안내했다. 그때에서야, 아, 내가 산꼭대기에서 대자로 뻗은 다음 미친 사람처럼 비명을 질러대던 게 엄살은 아니었구나, 알 수 있었다. 의사는 단호하지만 친절하게 지금 당장 수술을 해야 한다고, 내가 엄청난 중상을 입었다고 설명했다. "분명히 말씀드리지만 이건 몸에 칼을 대는 수술입니다. 간단한 시술이나 복강경 같은 걸로 해결될 상황이 아닙니다. 열고 들어가기 전까지는 손상 정도도 정확히 알 수 없어요."

남편은 최상의 시나리오에 기대를 걸었다. 최상의 시나리오는 6주간의 비체중 부하(한 번도 안 다쳐본 분들을 위해 설명을 하자면, 이는 발이나 팔다리에 전혀 무게를 싣지 않아야 함을 의미한다) 요양이었다. 최악의 시나리오는…… 그보다 길었다. 어쩌면 몇 달이 될 수도.

나는 은혜로운 정맥 주사를 꽂고 거의 취한 상태였지만, 남편을 보며 (또) 물을 수 있을 정도로는 정신이 있었다. "우리 이제 어떡해?"

의사가 앞으로 몇 시간 동안 어떤 일이 벌어질지 설명하는데 나는 도저히 들을 수가 없었다. 대신 우리가 로스앤젤레스로 돌아간 다음에 벌어질 상황이 걱정이었다. 우리 가족의 일과를 지장 없이 이어가는 것에 비하면 내 육체의 회복은 부차적인 문제였다. 남편은 매일 아침 6시면 사무실에 출근해 있는데 누가 애들을 7시 15분에 버스에 태우지? 늘 나와 함께 지내고 긴 산책을 해야 하는 혈기 왕성한 래브라도 두 마리는 누가 돌보지? 저녁은 누가 준비하지? 애들 테니스 레슨과 소프트볼 시합, 그리고 친구네 집엔 누가 데려다주지?

"우리가 다 할 수 있어." 의사가 나가고 간호사가 들어와 나의 통증을 체크하고 수술실로 갈 준비를 하는 동안 남편이 말했다. 나는 동의의 의미로 고개를 끄덕였다. 달리 방법이 없잖은가? 그럼, 우리가 다 못 할 거라고 하나? 그러나 마약성 진통제가 스며든 나의 세포들 중 어느 한구석에도 남편에 대한 믿음은 없었다. 콩알만큼도.

간호사는 나를 수술실로 밀고 갔고, 의료진이 내게 십부터(아니 백부터였나?) 거꾸로 세어나가라고 했을 때 마지막으로 기억

나는 건, 그들 중 하나가 내 위로 몸을 쑥 내밀어 내 귀에 바짝 대고 한 말이었다. "걱정하지 마세요. 실력이 뛰어난 분들이시고, 저희가 최선을 다하겠습니다."

••••

수술 후 눈을 떴을 때 내 다리는 알아볼 수 없을 정도로 붕대에 칭칭 감겨 있었고 양쪽 팔다리엔 이런저런 관이 연결되어 있었다. 입안은 마를 대로 말라서 사포처럼 까끌거렸고 정신은 하나도 없고 혼란스러웠다. 남편은 구석에 앉아 전화기를 붙들고 있었다. 그러다가 내가 깨어난 걸 보고 애써 침착하게 나를 진정시키려고 했다. 그리고 의사가 들어와 나의 상태에 대해 설명해줬다. 상태는 처음 예상보다 심각했다. 수술은 흔적조차 없어진(의사의 말로는, '산산조각이 났어요. 환자분의 뼈 중엔 모아 붙일 수 있는 게 없었어요.') 뼛조각을 채우기 위해 두 번의 골이식(사체에서 뼈를 기증받는 것)을 필요로 했다. 의료진이 티타늄 막대를 삽입하고 열 개가 넘는 나사로 고정했다. 나는 석 달간 걸어선 안 되었다. 그것도 낙관적으로 전망했을 때. *절대적인 비체중 부하.* 심지어 발가락도 건드려서는 안 됐다. 운전도 할 수 없었고, 집에서 계단을 오르내릴 수도 없었으며, 초기엔 혼자 샤워조차 할 수 없었다. 나는 다리의 동작 범위를 되찾는 훈련용 기계와 함께 캘리포니아로 이송됐다. 그리고 관절이 다시 구부러지도록 이끌어주는 기계에 매일 여섯 시간씩 앉아 있었다. 그 기계에 매여 있지 않는 시간에는 물리치료를 받거나 침대에 누워 안정을 취했다.

내 다리 근육은 위축될 것이었고, 결국 내 오른쪽 허벅지는 너무 많이 줄어들어 거의 팔의 굵기에 가까워졌다.(어느 순간에는 두 손으로 만든 동그라미 안에 허벅지 둘레가 쏙 들어간 적도 있었다.)

나는 그 소식을 담담하게 받아들였다. 엄마가 되기 전엔 독립심을 걸스카우트 배지처럼 가슴에 보란 듯이 달고 다닌 사람이 나였고, 엄마가 된 이후로는 극기심을 발달시키지 않았던가! 사실, 약에 너무 취한 나머지 눈물도 나지 않았고, 너무 당황한 나머지 통증이 심할 때 누르는 버튼을 누르고 간호사에게 제발 변기를 갖다 달라고 사정하는 것 말고는 할 수 있는 게 없었다. 화장실에 다녀오는 건 너무나도 많은 힘이 드는 일이었는데 나는 통증을 참는데 온 힘을 다 쓰고 있었기 때문이다.

나의 뇌는 진통 주사가 야기하는 (은혜로운) 백색 소음으로 꽉 차 있었고, 게다가 너무 지루했던 나머지 나는 사고에 대한 글을 페이스북에 떡하니 올렸다. 수술 이전에 콧구멍에 튜브를 꽂고 있던 모습과 수술 다음 날 아침, 부을 대로 부어올라 붕대에 칭칭 감겨 도저히 인식 불가능한 상태의 다리 사진을. 그러자 예상치 못했던 일이 벌어졌다. 안타까운 표정과 찡그린 표정 이모티콘의 폭주는 물론이었고, 가까운 친구 먼 친구 가릴 것 없이 안부글을 달고, 내게 문자를 보내고, 남편에게 문자를 보내고, 그들이 도울 방법을 알려달라고 간청해왔다. 내가 도움을 구한 건 아니었다. 사실, 그런 생각조차 한 적이 없었던 것 같고, 나는 완전 괜찮다고 딱 잘랐던 것 같다. 그러나 그들은 그렇게 내가 누워 있는 병실을 향해 손을 뻗고 있었다. '제발, 우리가 뭐라도 하게 해주세요.'

이런 도움의 물결이 어떤 이에게는 당연한 일로 느껴질지도 모른다. 어쩌면 내가 여럿이 모여 노는 것보다 혼자 있는 시간을 즐기고, 내가 도움이 필요할 때도 부탁하길 꺼리기 때문에, 혹은 내가 넓은 인맥보다는 좁지만 깊은 우정을 나누는 쪽을 선호하기 때문에 이런 상황이 뜻밖이었을 수도 있다. 그러나 상황은 이미 벌어졌고, 약으로 몽롱해진 나의 가장 두툼한 부분을 관통하며 나의 겉면을 둘러싸고 있는 갑옷에 보기 좋게 구멍이 뚫렸다.

나는 모두에게 답을 했다. 전자기기를 통한 대답으로는 전달하기 어렵지만, 어쨌든 내 안에 넘쳐흐르는 고마운 마음과 함께 진심 어린 감사 인사를 했다. 하지만 친구들의 호의를 받아들일 수 있을지는 여전히 의문이었다. 내가 이 부담감의 무게와 회복

절차를 혼자 다 걸머질 수 없음을 인정할 준비가 되어있지 않은 것 같았다.

걸을 수 없게 된 상황에서 가장 시급한 일은 기본적인 생활을 위한 계획을 짜는 거다. 평범한 하루하루의 일상에서는 계단을 오르내리는 방법을 궁리하지 않아도 되고, 목발에 의지해 균형을 잡으며 물컵을 들고 오는 일을 고민하지 않아도 되며, 랩톱 컴퓨터의 배터리가 7퍼센트밖에 안 남은 상황에서 전선이 부엌에 있다는 사실을, 그리고 그것이 외부 세계와의 유일한 연결 통로라는 걸 걱정할 필요가 없었다.

원래는 의료용 침대를 주문해서 일 층의 내 사무실에 넣을 생각이었지만 화장실이 너무 멀었다. 그리고 내가 바라는 최소한의 자유가 있다면 그건 혼자 힘으로 화장실에 가는 거였다. (간호사와 환자용 변기에 의해 포기해야 했던 나의 마지막 존엄성을 되찾고자 하는 시도랄까.) 그래서 2층 서재의 소파에 자리를 잡았다. 비디오 게임 때문에 아이들이 TV를 쓸 때가 아니면 조용하고 쉬기 좋은 방이었다. 그 방에는 작은 냉장고도 있었다. 나는 소파 끝에서 목발을 쭉 뻗은 후 냉장고 문틈을 쑤셔 문을 거의 열 수 있었고, 따라서 하루 종일 도와달라고 소리칠 필요가 없었다(필요에 따라선 소파에서 미끄러져 내려와 엉덩이를 움직여 냉장고 쪽으로 이동도 가능했다). 그리고 꽤 쓸 만한 조리대도 있어서 수술 후 혈전으로 죽는 걸 막기 위해 매일 허벅지에 찔러야 하는 주삿바늘과 복용 약을 전부 올려놓을 수 있었다.

일단 긴급한 계획들이 정리되고 나면 집안에 건강한 성인이 둘이나 존재한다는 사실을 평소 얼마나 당연하게 여겨왔는지 생각하게 된다. 나는 우리 식구에게 나뿐만 아니라 '우리'가 있다는 사실이 얼마나 감사한 일인지 한 번도 생각해본 적이 없었다. 얼마나 굉장한 호사였던가. 성인 둘, 그것도 둘 다 건강하고, 둘 다 가정에 충실한. 그러나 한 사람이 쓰러진 뒤, 뜻밖의 선물이 우리를 찾아왔다. 그건, 존재조차 알지 못했던, 필요조차 느끼지 못하고 살았던 한 부대의 병력이었다.

그렇게 어마무시한 기사단이 등장했다.

우리가 콜로라도에서 집으로 돌아왔을 땐, 이미 친구 하나가 저녁밥 밀트레인Meal Train°을 준비해놓고 있었다. 그렇게 내가 회복하던 한 달 동안 우리 가족의 식사가 해결됐다. 로스앤젤레스

° 출산, 부상 등의 이유로 식사를 챙기기 어려울 때 지인들이 대신 한 끼 식사를 준비해주며 끼니를 해결할 수 있도록 지원하는 크라우드 소싱 플랫폼

에선 2년밖에 살지 않은 터라 내가 다들 잘 아는 엄마들도 아니었건만 모두가 돕겠다고 나섰고, 차례로 집 밥을 만들어 갖다 주고, 근처의 이탈리안 식당에서 음식을 배달해줬다. 좋은 사이긴 했지만 그렇게 친하지 않았던 어느 작가분은 나의 경과를 체크하기 위해 매일 이메일을 보냈고, 주삿바늘과 약 옆에 나란히 놓아둔 아름다운 꽃다발도 보내주었다. 통학 버스 정류장에서 만나던 학부모들은 오후에 우리 애들을 집에 데려다주겠다고 했다. 또 한 친구는 내가 물리 치료 외에는 집 밖을 나간 적이 없던 3주째에 우리 집에 나타나더니 나와 나의 축 늘어지고 위축된 다리를 자기 차에 옮겨 싣고 페디큐어 숍에 데려갔다. 멀리 사는 친구들은 책과 음식으로 가득 채운 위문품 상자를 보내왔고 다른 친구들은 우리 집 냉장고를 채우기 위해 들르곤 했다. 일주일 내내 여자들이 순번을 정해 드나들었다. 나는 현관문을 잠그지 않고 열어두었고 그들은 문을 그냥 열고 들어와 내가 우울해하거나 지루하지 않도록 얼마간 앉아 있다 가곤 했다. (나는 약 때문에 너무 몽롱한 상태라 책에 집중하기는 어려웠고 넷플릭스에 있는 재미있는 것들은 이미 다 본 상태였다.)

친정아버지는 나의 경과를 관찰하기 위해 몇 주간 우리 집에 와 계셨다. 콜로라도의 병원 간호사는 내가 어느 정도 회복되고 있는지 체크하기 위해, 그리고 나의 모든 질문에 답하기 위해 이삼 일에 한 번씩 문자를 보냈다. 개인적으로 면식도 없고 내가 얼굴도 거의 내민 적 없는 우리 회당의 랍비께선 친히 전화를 주시곤 끊을 땐 결국 나를 흐느껴 울게 만들었다. 나를 잘 알지 못하는데도 나의 사고에 마음 아파하고 신경 써주는 사람들이 존재한다는 깨달음 때문이었다. 한번은 진료를 받으러 갔다가, 회복이 잘 되고 있긴 하나 빠르다고는 말할 수 없고 다리에 무게를 싣는 건 여전히 아직 먼일이라는 얘기를 듣고 우울해하고 있던 차에 애들 친구 엄마가 찾아왔고, 결국은 내가 눈물 콧물 쏟으며 무장 해제 될 때까지 옆에 가만히 앉아 있어 줬다.

내가 사고를 당했을 때는 대학 졸업 20주년 동창회가 두 달 반 앞으로 다가온 시점이었다. 나는 적극적인 졸업생이었고 나의 대학 시절에 대해 끈끈한 애정이 있었다. 어느 정도냐 하면 라디오에서 특정 노래(펄 잼의 노래라면 무엇이든)를 들으면 향수에 젖어 그 시절과 지금 사이의 시차를 전혀 느끼지 못할 정도였다. 그랬기 때문에 의사 선생님이 동창회 참석은 불가능할 것 같다고 말했을 때 절망할 수밖에 없었다. 그때까지 걷는 건 물론이고 혼자 비행기를 타고 이 나라를 횡단하는 건 상상도 할 수 없는 일이었다. 나는 의사 선생님들에게 좋은 소식을 달라고 사정했다.

'적어도 발가락은 터치할 수 있을 거라고 말해 주세요. 그 정도면 체중을 10퍼센트쯤 싣는 게 아닐까요.' 동창회에 참석할 수 있을 거란 긍정적인 생각에 매달리기 위해서만은 아니었고, 체중부하가 가능하다는 건 정상 생활로 돌아가는 걸 의미했기 때문이었다. 의료진은 아무것도 약속해 줄 수 없었다. 그러나 내 친구들은 내게 모든 걸 약속해 주었다. 친구들은 내 기운을 북돋아 주기 위해 페이스북에 포스팅했고, 내가 얼른 회복하고 필라델피아에 갈 수 있을 거란 희망을 북돋기 위해 따로 이메일을 보내 주었다. 그들은 나의 회복의 모든 (은유적인) 단계마다 내가 도저히 잊을 수도 갚을 수도 없을 정도로 깊이, 진심으로 함께해 주었다. 하루는 물리 치료를 받는데 물리 치료사가 내 다리를 고통스러울 정도(그 상황에선 대략 20도 정도 굽히는 것을 의미했다)로 당기더니 내가 이룬 발전에 놀라움을 표했다. 그는 낙천적인 환자들이 더 빨리 회복된다며 그건 과학적으로도 설명이 가능하다고 했다. 어쩌면 몸이 스트레스 호르몬을 덜 만드는 걸 수도 있고 긍정적인 환자들이 재활을 할 때 더 열심히 노력하는 걸 수도 있다고. 나는 물리 치료사가 유발하는 통증에 얼굴을 찡그리고 있었지만 머릿속으로는 내내 나와 어깨를 걸고 있는 나의 친구들을, 나의 군대를 생각하고 있었다.

우리 애들은 자율적으로 생활하는 법을, 그리고 아픔에 공감하는 법을 배워나갔다. 학교를 마치고 오면 아이들은 내 상태를 확인하기 위해 계단을 뛰어 올라왔다. 우리 딸은 내가 꼭 해야 하는, 더디고 잔인한 재활 운동을 하기 위해 바닥에 내려와 있는 동안, 나를 즐겁게 해주기 위해 소파 옆에 노래방 기계를 설치했다. 우리 아들은 내가 부탁할 때면 군소리 없이 랩톱 충전기나 포크 혹은 물을 갖다주었고, 단 한 번도 예전처럼 징징거리지 않았다. 이젠 애들도 매일 밤 엄마가 교복을 준비해 준다거나 도시락을 싸준다거나 숙제를 챙겨주는 호사를 누릴 수 없었다. 그래서 스스로 하는 법을 배웠고, 어쩌면 그들의 순교자 엄마인 내게만 놀라운 일인지 모르겠으나, 그 덕에 모두가 더 발전했다.

그리고 우리 남편, 우리 남편! 예전에는 무엇을, 언제, 어떻게 그리고 때로는 왜 해야 하는지까지 말해 줘야 했던 바로 그 사람. 내가 그날 산에서 넘어진 이후, 우리 가족과 나를 도로 일으켜 세운 사람이 바로 남편이었다. 아이들의 책가방을 챙겨준 사람도, 학교에서 보낸 통지서에 서명을 한 사람도, 강아지 사료를 주문한 사람도, 그리고 저녁밥 밀트레인이 끊어진 이후 아이들을 위해 식사 준비를 한 사람도 남편이었다. 남편은 일주일에 세 번씩 나를 재활 치료에 데려가기 위해 근무 중에 집으로 달려왔다. 내가 계단에 앉아 엉덩이로 엉거주춤 미끄러져 내려와 목발을 짚고 우버를 타고 가겠다고 말했음에도 불구하고(끔찍한 생각이었다. 5주 차에 부엌으로 가려다 목발과 함께 넘어져 나의 회복기를 다시 원점으로 되돌릴 뻔했으니.) 회복 초기에는 남편이 나를 욕실까지 안고 가서 의자에 앉히면 나는 따뜻한 물로 망가진 내 육신의 고통을 달랬고, 남편이 다시 나를 안고 나왔다. 그는 이 모든 걸 단한 번의 불평 없이 해냈다. 왜냐, 그도 한 번 언급했듯이, "그 오랜 세월 당신이 모든 걸 해왔는데 이젠 내가 나설 차례지."

그리하여 결혼 13주년에 우리는 멕시코에 가지 않았다. 대신 우리가 결혼하며 즐거울 때나 힘들 때나 함께하겠다고 맹세한 바로 그 날, 남편은 사무실에서 하던 일을 모두 중단하고 나를 안고 계단을 내려와 조수석에 태우고, 물리 치료를 받으러 갔다. 이 게 바로 인생의 은유다. 우리 삶에서, 그리고 결혼 생활에서 때로 는 — 실은 자주 — 멕시코 칸쿤의 인적 드문 해변, 리비에라 마야에서 바다로 지는 석양을 바라보길 원하지만 실상은 물리 치료를 받으러 가야 하는 거다. 하지만 괜찮다. 어쩌면 그럴 수밖에 없는지도 모른다.

나는 내게 군대가 있는지 알지 못했다. 나의 남편, 우리 아이들, 얼마 살지도 않은 곳에서 사귄 동네 친구들, 부모님, 간호사, 랍비, 내가 스물한 살 때보다 내게 더 의미 있는 존재가 된 나의 대학 동창들까지. 내게 그런 군단이 필요할 때까지는 정말 몰랐다. 그리고 그들은 나를 받쳐주는 버팀목이 돼주었다. 나는 마흔한 살이 됐고, 여전히 어린 시절부터 나를 규정짓던 방식으로 독립적이었다. 회복 6주 차에, 비록 17분씩 걸릴지라도 동네 한 블록 정도는 혼자 목발을 짚고 돌아다닐 인내심을 발휘할 정도로 나는 여전히 고집스러웠다. 그러나 독립심과 자기 보호로 갈 수 있는 지점은 딱 거기까지다. 인생을 사십 년씩 살았어도, 자기 딴에는 모든 걸 다 잘할 수 있다고 생각한다 해도.

20주년 동창회가 사흘 앞으로 다가왔을 때, 나의 주치의는 내가 다리에 체중을 10퍼센트 실어도 된다는 허락을 해주었다. 그건 내가 비록 아주 조심스럽긴 하나, 발가락을 터치할 수 있음을 의미했고, 나의 독립적인 성격을 발휘하여 동창회에 참석하기 위해 필라델피아에 가게 됐음을 의미했다. 남편이 안전을 위해 따라가겠다고 하긴 했지만. (나는 '아냐, 나 혼자 갈 수 있어.'라고 말했다.) 그로부터 몇 주 후, 나는 목발을 지팡이로 교체했고, 결국은 나의 두 발로만 설 수 있게 됐다. 혼자 서 있었지만, 나의 군단에 의지해 서 있는 것이기도 했다.

마침내 나는 혼자 장을 보러 가고, 아이들을 정류장으로 태우러 나가고, 카풀을 하게 됐다. 식구들을 위해 저녁을 다시 만들기 시작했다. 모두를 챙겨주고 문밖으로 서둘러 내보냈다. 그러나 우리 집에는 깊숙한 곳에서부터 큰 변화가 있었다. 서로에 대한 감사의 마음, 우리의 건강에 감사하는 마음을 갖게 된 것. 비록 남편이 언제나 잡일을 하진 않았지만 그도 할 수 있다는 사실을 알게 됐다는 것, 그리고 그도 한다는 것, 그것이 모든 걸 바꿨다.

내가 그날 산에서 두 동강이 났을 때, 남편이, 그리고 모두가 나를 온전한 상태로 붙여주었다.

중년이 되어 내가 나를 다 안다고 생각하지만, 아직도 배울 것들이 남아있다는 건 참 재미있는 일이다. 그 오랜 세월, 숱한 경험 뒤에도 여전히 변할 수 있는, 놀랄 수 있는, 그리고 삶이 나를 뜻밖의 곳으로 인도할 여지를 남겨둬야 하다니. 말하자면 석 달 동안 걸을 수 없게 됐을 때 어떻게 해야 하는지. 당신 주변 사람들은 어떻게 그 상황에 대처해나가는지, 그리고 그들이 내가 생각했던 것보다 더 쓸모 있다는 사실을 어떻게 증명해나가는지. 이미 *그*들이 충분히 쓸모 있다고 생각하고 있었다고 해도 말이다.

이 모든 일을 겪은 다음, 나는 사람들을 더 잘 믿게 됐다. 친구에게 도움이 필요하다고 느낄 땐 망설이지 않고 도움의 손길을 내민다. 내게 도움이 필요할 때도 서슴없이 도움을 청한다. 원래부터 내가 공감 능력이 뒤지는 사람은 아니라 생각했지만, 나는 좀 더 배려하고, 좀 더 열려있고, 좀 더 너그러운 사람이 됐다. 이 세상에 주변의 도움 없이 살 수 있는 사람은 없다.

이제 2년이 지났고, 그때의 일을 돌아볼 때 정작 중요한 건 내 다리가 박살이 났다는 사실이 아니다. 날이 흐리면 다리가 아파오고, 내가 다시는 마라톤을 뛸 수 없고, 무릎에서부터 정강이까지 지워지지 않을 13센티미터짜리 흉터가 생겼으며, 때로는 내가 마흔셋이 아니라 여든셋처럼 절룩거리기도 한다는 사실 역시 중요하지 않다. 내게 중요한 사실은 내가 그날 산에서 넘어졌을 때 나를 다시 일으켜 세울 사람들이 정말 많았다는 것, 그리고 그 과정에서 그들은 내 몸의 균형만 바로잡아준 것이 아니라는 사실이다.

나는 큰 부상을 당하면서 나의 세상이 뒤집어질까 봐 걱정을 했었다. 그런데 알고 보니 그때, 나의 세상은 정말 제대로 뒤집혔다.

앨리슨 윈 스코치   ALLISON WINN SCOTCH

『너와 나의 사이Between Me and You』, 『20년In Twenty Years』,
『반대의 이론The Theory of Opposite』, 『내 인생의 시간Time of
My Life』을 비롯한 일곱 권의 저서를 뉴욕타임스 베스트셀러
에 올렸다. 로스앤젤레스에서 가족, 반려견과 함께 살고 있다.

10

아토초의 놀라운 잠재력

제시카 레이히

영어라는 언어에서 'Time시간'은 가장 흔히 사용되는 명사이지만, 내가 사회생활을 하는 내내 시간은 찰나의, 계속 사라져버리는, 정말 소중한 자원이었다. 나는 교사이다. 그리고 교단에 선 그 순간, 내 운명이 결정됐음을 인지한 몇 안 되는 운 좋은 사람 중 하나였다. 그때 나는 스물여덟이었고 내 눈앞으로 나의 앞날이 쫙 펼쳐지는 게 보였다.

고등학교 영어 선생으로 부임한 첫해에는 학생들보다 24시간씩 앞서가느라 고생했다. 잠도 줄이고, 밥 먹는 동안에도 일하고, 남편 얼굴은 거의 구경도 못 했다. 매일 하루를 마감할 때마다 시간이 부족하다고 느꼈고, 언제나 시간이 조금 더 필요했다. 종 치기 전에 딱 5분만 더, 방학 전에 수업 딱 몇 시간만 더 남아 있었으면. 매 학년마다 늘 해야 할 게 한 가지씩 더 남아 있었고, 더 가르쳐야 할 게 수천 가지는 됐고, 익혀야 할 기술과 도달해야 할 목표치가 있었지만 그 모든 걸 완수할 시간은 언제나 부족했다.

그러나 삼십 대가 되고 사십 대가 되면서 나는 교사로서 많은 것들을 배워 나갔고, 업무량이 줄어들진 않았지만 좀 더 효율적으로 일하는 법을 터득하게 됐다. 하등 중요하지 않고 시간 소모만 심한 일들을 무시하고 큰 그림에 집중하는 법을 배웠다. 나의 큰 그림은 중학생들을 호기심 많고, 유능하고, 학식 있는 성인으로 성장하도록 가르치는 것이었다. 그런 숭고한 목표에 비하면 게시판을 심미적으로 완벽하게 꾸민다거나 색깔별로 정교하게 구분하는 채점 방식 같은 것은 내 하루의 귀중한 시간을 소비할 만한 일이 아니었다.

결국 교육에 있어 시간은 허울만 그럴듯한 틀일 뿐이다. 교사의 하루는 행정적인 구조에 의해 지배된다. 학교에서의 한 '시간'은 사실 오십 분이다. 그것도 학생들이 들어와서 자리를 잡고 우르르 몰려나가는 정신 사납고 아까운 시간들 사이사이에 끼어 있는 오십 분이다. 교사의 하루는 여덟 개의 이 '시간'으로 이루어져 있고, 생활기록부나 학교 달력이 늘 상기시켜주듯 일 년으로 추정되는 시간은 사실 180일이고, 거기서 다시 의무적인 평가 시험을 위한 날로 5~10일과 학교 조회나 행사를 위해 빼놓은 3~4일을 제외해야 한다.

8월에 아무리 정교하게 계획을 짜 놓아도 11월이 되면 오직 생존 모드로 살기 급급해지고, 6월에는 결국, 아, 암만 미리 계산해봐야 별 소용없구나 하고 깨닫게 된다. 많은 것들을, 아주 중요한 것들을 놓쳤다는 것도 알게 된다.

나는 학생들과 대화할 시간, 위로를 전할 시간을 놓쳤다. 리즐이 사랑했던 기니피그 '찍찍이'의 죽음에 애도를 표할 기회를 놓쳤다. 최근에 막 우울감에 빠져들기 시작한 케빈과 점심도 같이 먹지 못했다. 자녀들에 대한 긍정적인 이야기라면 무엇이라도 듣길 원하는 학부모들에게 저녁에 전화 돌릴 짬도 내지 못했다.

그런 손실들이 안타깝긴 했지만 교육적으로 더 긴급한 사안들이 과도한 감정에 함몰될 여유를 주지 않았다.

그러다가 사십 대 후반에 접어들며 청소년 약물 및 알코올 중독 치료 기관 학생들을 가르치게 됐다. 그리고 그때 앨런 버딕이라는 작가와 알렉사라는 학생으로부터 시간의 진정한 작용 원리를 배우게 됐다.

교육 관련 학회에 참석하러 가던 길에 나는 버딕의 저서 『시간

은 왜 흘러가는가: 시간에 관한 거의 모든 과학적 탐구』를 읽었고, 이 책은 시간이 내가 생각해왔던 것보다 더 많은 걸 제공할 수 있다는 사실을 일깨워주었다. 우리는 시간 속을 살아가는 게 아니라 우리가 그 안에서 어떻게 참여할지 결정한다. 우리가 시간을 계획하고 계산하고 안배할 수 있지만, 시간의 성쇠를 최종적으로 결정짓는 것은 우리의 감정이다. 우리의 감정에 따라 시간은 날아가기도 하고, 달려가기도 하고, 기어가기도 한다. 감정이 더 많이 개입될수록 우리가 인지하는 시간의 속도가 느려지고, 감정이 충만한 순간들이 우리가 좋아하는 사람 혹은 동질감을 느끼는 사람과 함께하는 것일 때는 그보다 시간이 더 늘어난다.

내가 나의 학생들에 대해 더 많이 알수록, 나는 아이들에게 더 많은 시간을 할애할 수 있다. 공감은 시간의 흐름을 늦출 뿐만 아니라 교사로서의 삶에 수학적 계산이 가능하도록 만들어주는 힘이 있다. 학생들에 대한 지식과 공감은 버릴 수 있는 나머지 것들이 아니라 나의 직업적 방정식의 가장 중요한 인수이다.

우리는 서로와 보낼 시간을 만들기 위해 시간을 잡아 늘이기도 한다. 그리고 우리가 경험하는 수많은 시간의 왜곡은 공감의 지표이다. 내가 당신의 몸과 당신의 마음 안에 있는 나를 상상할 수 있고, 당신 역시 내 안에서 그것이 가능하다면 우리는 누가 우리에게 위협이고, 누가 동맹이고 친구인지, 또 도움이 필요한 사람은 누구인지 더 잘 알 수 있다. 그러나 공감 능력은 무척 높은 수준의 특성으로, 한 사람이 정서적으로 성숙했다는 표시이고, 시간과 배움에 의해 만들어진다.

나는 버딕의 분석이 정말로 일리 있다고 생각했다(특히 내가 마침내 정서적인 인간이 됐다는 암시가 마음에 들어서였던 것 같다). 정서적으로 성숙하면 좋은 점이 많다. 더 오래 가르칠수록 학생들을 더 잘 이해할 수 있고, 학생들을 더 잘 이해할수록 더 깊이 공감할 수 있다. 그리고 더 깊이 공감할수록 그들에게 시간을 더 쏟을 수밖에 없지 않겠는가.

바로 이 무렵 알렉사라는 아이가 나의 교실에 들어와 이 아름답고 소중한 삼단논법을 내 두 눈앞에서 박살 내주었다.

알렉사는 험난한 해독 과정을 막 마치고 내 수업 하루 전날 이 학교에 도착했다. 아이는 약물 남용 메뉴에 있는 모든 것들을 골고루 다 경험했다고 했다. 돈이 있을 때는 마약성 진통제, 돈이 없을 때는 헤로인, 무언가 더 필요할 때는 술과 마리화나를.

알렉사는 수업에 전혀 관심이 없었고, 나와는 아예 말도 섞지 않으려고 했다. 첫 주에는 조용히 지냈다. 어쩌면 그저 때를 기다리고 있었던 모양이다. 나의 두 번째 수업에서 내가 정교하게 짜놓은 수업 계획을 향해 엄청난 화력으로 총공격을 개시하기 전까진 말이다.

그날의 작문 과제는 스티븐 킹의 『유혹하는 글쓰기』의 도입부에 나오듯, 즉석에서 솔직하고 간단하게, 유년 기억의 단편을 써보는 것이었다. 스티븐 킹이 서커스의 힘 센 남자인 척하며 콘크리트 블록을 들고 차고 안을 걸어 다닌 기억을 기술한 것처럼. 배경 설명도, 대단한 은유나 장황한 기승전결도 필요 없고, 그저 한두 문단짜리 짤막한 묘사면 됐다.

나는 종이와 새로 깎은 연필을 나눠준 후, 누군가는 — 누구라도 — 내 말에 협조하며 글을 써주길 기도했다. 떠들고 장난치는 아이들을 조용히 시키고, 불안해하는 아이들을 격려하고, 주의력이 떨어지는 아이들에게 지시 사항을 다시 알려주는 사이 내 안의 교사 근육이 살아나 꿈틀대기 시작했다. 지지하고, 격려하고, 방향을 전환하고, 반복하고. 지지하고, 격려하고, 방향을 전환하고, 반복하고.

아이들이 집중하길 기다리는 동안 나는 교실 뒤쪽에서 보조교사 둘과 농담을 주고받았다.

학생들이 화장실에 갈 경우(아이들은 교사의 동반 없이 화장실에 갈 수 없었다)나 돌발 행동에 대비해서 보조 교사가 적어도 한 명 이상 내 수업에 참석했다.

내가 교실 앞쪽으로 걸어 나가자 대부분의 학생들은 자기 앞의 종이로 눈을 돌렸고 그중 몇몇은 진짜로 뭔가를 쓰기 시작했다. 지독한 아편 해독 과정 때문에 정신이 혼미하다는 남자아이 하나는 뒤쪽에 앉아 창밖을 내다보고 있었다. 나는 알렉사에게 눈길을 돌렸다. 종이와 연필은 일찌감치 멀찍이 밀어 놓고, 눈을 감은 채 팔짱을 끼고 앉은 폼이 누가 봐도 한숨 잘 생각인 듯했다.

나는 심호흡을 하고, 지지, 격려, 방향 전환을 기억했다.

지지

"알렉사, 선생님이 좀 도와줄까?"

반응 없음.

"알렉사, 내가 어떤 글을 쓰라고 한 건지는 이해했니?"

여전히 반응 없음. 그러나 잠시 후, 아이는 눈을 뜨고 나를 바라보았다. 의미는 전달됐다. 글을 쓰겠다는 생각은 눈곱만큼도 없었다.

격려

"선생님이 옆에 앉아서 주제에 대해 함께 얘기해볼까?"

싫은데요, 라고 아이의 눈은 말하고 있었다.

"써보면 좋겠다 싶은 건 없을까?"

왜 없겠어요, 너무 많죠. 알렉사는 검정색 치료 파일로 손을 뻗으며 눈으로 말했다.

"저, 일지 작성해야 되거든요. 그러니까 그냥 그거 할게요." 알렉사는 '약물 일지'를 꺼내 들며 말했다. 스카치테이프로 붙인 석 장의 종이 위로 구불구불한 검은색 곡선이 그려져 있었다. 재활치료소에서 의무적으로 작성해야 하는 약물과 알코올 남용에 대한 기록이었다. 종이 한쪽 끝에서 그 아이의 첫 음주로 시작해 흡연, 약물, 주사 등에 대한 상세한 기록으로 이어지다가 그녀가 이 치료소의 교실로 들어올 수밖에 없었던 약물로 인한 사고로 마무리되는 곡선이었다.

방향 전환

"아니, 지금은 치료 과제 시간이 아니야. 지금은 학교 수업 시간이니까, 이 에세이에 집중해주면 고맙겠다."

아이는 나를 쏘아보았다.

"아뇨, 지금은 치료 과제를 할 거예요. 그러니까 그 좆같은 에세이는 못 쓰겠는데요."

나는 순식간에 이성을 잃었다. 무슨 일이 일어난 건지도 사실 잘 모르겠다. 그 아이가 쓴 말 때문이었는지, 아이의 몸짓 때문이었는지, 보조 교사들과 새 상사 앞에서 나를 무능한 멍청이로 보이게 만들었다는 사실 때문이었는지, 혹은 그 세 가지의 조합 때문이었는지 모르겠으나, 나는 아이를 지지하는 입장에서 분노하는 입장으로 순간 이동했다.

신경계의 충격은 시속 400킬로미터의 속도로 우리 몸속을 이동한다. 따라서 내가 알렉사의 반항심을 인식하고, 그 아이가 한 말의 의미를 해석하고, 의도를 접수하고, 분노를 폭발하며, 팔을 번쩍 들어 올려 청소년 치료 병동을 손가락으로 가리키며 이렇게 말하는 데엔 100분의 3초밖에 걸리지 않았다.

"나가. 내 교실에서 당장 나가."

아무도 숨소리조차 내지 않았고, 나의 떨리는 손가락을 빼곤 그 무엇도 미동조차 하지 않았다.

『시간은 왜 흘러가는가』를 보면, 과학자들은 최근에 들어서야 인간이 기록 가능한 시간의 가장 짧은 단위였던 '펨토초 femtosecond(1000조분의 1초) 장벽'을 깼다고 한다. 0.5펨토초 동안 지속되는 광파, 더 정확히는 650아토초에 의해서다. 버딕은 이렇게 적고 있다. "아토초(100경분의 1초)는 이론상의 독립체로 오랫동안 존재해왔지만 누군가가 실제로 접하게 된 건 이번이 처음이다. 이는 새롭게 발견된 시간의 조각이다. 아주 작지만 어마어마한 잠재력을 지닌 시간."

과학자들은 최근에야 아토초를 경험했을지 몰라도 교사들은 그 짧디짧은 시간의 엄청난 잠재력에 대해 이미 오래전부터 알고 있었다.

사건의 비포와 애프터 사이의 애통할 정도로 짧은 시간 간격이면 학생과 교사의 관계는 충분히 파괴되고도 남는다. 알렉사는 그 후로도 두 달 동안 나의 학생이었지만 나는 절대 그 아이를 제대로 이해할 수 없었다. 그 아이가 어디 출신인지, 아이의 바람이 무엇인지, 지금까지 무슨 일을 겪으며 살아왔는지. 내가 그 기회를 날렸기 때문이다. 내가 분노했을 때, 나는 그 아이와 공감할 수 있는 능력을 상실했고, 따라서 그 아이와의 시간을 만들어 낼 능력도 함께 상실했다. 그보다 더 끔찍한 건 나도 다른 어른들과 똑같은 사람임을 아이에게 보여줬다는 사실이었다. 그 아이의 인생에서 아이의 잠재력을 포기해버리고 아이를 다른 사람의 골칫거리로 떠넘겨버린 다른 어른들. 그렇게 나는 그 아이를, 그리고 그 아이를 가르칠 기회를 잃어버렸다. 영원히.

아이들은 치료받지 못한 정서적, 육체적 고통을 덜어내기 위해 약물에 의지한다. 나의 학생들이 본인의 가장 어릴 적 기억을 써낸 걸 보면, 성적 학대, 정서적 방치, 가족의 약물 남용, 유기, 가정 폭력, 이혼, 혹은 부모의 수감 등을 서술하고 있다. 그래서 첫 음주, 흡연, 혹은 흡입은 아이들을 그런 고통에 무감각하게 해 줬고, 그것은 고통으로부터 도망치거나 고통을 느끼지 않을 기회였다. 상처받지 않고 무감각하게 지내는 것이 단순히 쉽기만 해서가 아니다. 그건 생존의 문제다. 내 학생들 중에 많은 아이들이 만약 약물, 그러니까 망각의 비상구인 화학 물질을 선택하지 않았다면 자살하고 말았을 거라고 내게 말해 주었다.

학생들의 어린 시절 트라우마가 아무리 엄청난 것이었다 해도 이를 수량화하는 것은 어렵지 않다. 질병관리센터(CDC)는 카이저 퍼머넌트 의학센터와 함께 1만 7천 명의 환자를 대상으로 어린 시절의 경험과 성인이 된 후의 행동 양상, 그리고 건강 상태를 조사한 결과, 어린 시절의 부정적인 경험Adverse Childhood Experiences(ACEs)은 취약한 건강으로 이어짐을 밝혀냈다. ACE는 '용량 의존적dose dependent'이며 어린 시절의 부정적인 경험이 많은 사람일수록 성인이 된 후의 건강 상태가 더 좋지 않다는 것이다.

질병관리센터는 이 양을 측정하는 한 페이지짜리 테스트를 개발했다. 어린 시절에 트라우마를 많이 겪은 사람일수록 ACE 점수가 높게 나왔다. ACE 점수가 높은 사람일수록 건강 상태가 좋지 않았고(우울증, 심장질환, 폐 질환, 당뇨, 뇌졸중, 암, 심각한 비만), 성인이 되어서도 고위험 행동(흡연, 약물과 알코올 중독, 문란한 성생활, 나쁜 식습관) 양상을 보였다.

그러나 ACE와 건강의 상호 작용은 간단한 방정식으로 나타낼 수 있는 문제는 아니다. 그리고 그 테스트 점수에는, 어린 시절의 신체적 학대와 마흔다섯에 암으로 사망하는 것 사이의 일대일 관계보다 훨씬 더 많은 의미가 내포돼 있다. 폭력적인 어린 시절에서 조기 사망에 이르는 길은 예측 가능할 수 있지만 정말 굽이굽이 곡절 많은 길이다.

어린 시절의 부정적인 경험은 아이의 신경 발달에 심각한 손상을 초래한다. 급속도로 발달하는 두뇌는 가정에서 겪는 고통과 상처에 의해 세포 단계부터 영향을 받는다. 두뇌의 손상이나 발달의 지체는 사회적, 정서적, 인지적 발달 장애로 이어진다. 몸과 마음을 다친 아이들은 스트레스를 잘 극복하지 못하고, 타인과 건강한 관계 맺는 법을 배우지 못하며, 운이 좋아 사랑, 평온, 일관성이 있는 집에서 태어난 다른 아이들만큼 잘 배우지 못한다. 아이의 대응 기제가 엉망이 되어버리면 타인과 관계를 맺거나 어울리지 못하게 되고, 더 많은 사회 문제를 일으키는 위험한 행동을 하기 시작하며 그렇게 시작된 '문제아'와 정서적, 인지적으로 건강한 또래들 사이의 틈은 계속해서 벌어지게 된다. 문제아는 문제 있는 성인으로 성장하고, 그들의 모든 장애와 잘못된 선택들, 위험한 행위, 부적응 행동들은 신체 질환, 장애, 만성 정신 건강 문제, 그리고 결국은 조기 사망으로 귀결된다.

나는 학생들에게 질병관리센터의 '어린 시절 부정적인 경험'에 대한 설문을 받게 했다. 설문은 길지 않다. 시간을 재면 십 분 정도 걸린다. 나는 질문을 큰 소리로 읽은 다음, 답을 작성하는 아이들의 연필 소리를 듣는다. 맹세하는데 아이들이 설문을 직접 작성할 때는 그보다 두 배 이상의 시간이 걸린다. 아이들이 자신의 삶을 돌아보고, 그들의 고통으로 빈칸을 채우는 걸 지켜보는 건 정말 쉽지 않은 일이다.

1. 부모나 가정의 다른 어른이 자주 당신을 욕하고, 모욕하고, 비하하고, 당신에게 굴욕감을 주었는가? (혹은) 당신이 신체적으로 상해를 입을 수도 있을 것 같다는 두려움을 느끼게 행동하였는가?

그렇다 / 아니다

7. 당신의 어머니 혹은 의붓어머니가 자주 밀침, 멱살 잡힘, 구타를 당하거나 누가 던진 물건에 맞았는가? (혹은) 때로, 혹은 자주 발로 차이고, 물리고, 주먹으로 맞고, 단단한 물건으로 맞았는가? (혹은) 적어도 몇 분에 걸쳐 반복적으로 맞거나 총이나 칼로 위협을 당한 적 있는가?

그렇다 / 아니다

어린 시절의 공포에 관한 기억에 점수를 매기는 건 이상한 기분이다. 마치 청소년 잡지 사상 최악의 퀴즈를 집행하는 느낌이랄까. 그러나 매 질문마다 각각 점수가 누적되고, 나는 학생들의 짧은 인생에서 가장 길고 가장 트라우마가 극심했던 순간들에 대해 알게 되고, 그 아이들이 자기 파괴적 행위를 하고, 때리고, 고함치고, 도피할 수밖에 없는 이유에 대한 통찰을 얻게 된다.

내 학생들이 맨정신이 된 첫날, 나는 그 아이들을 만난다. 화학 물질로 도피하는 비상구가 닫히고 아이들에겐 그동안 쌓여온 고통의 무게를 있는 그대로 다 느끼는 것 외에는 다른 선택지가 없는 상황이다.

오랜 시간 부정되어 오고 무디어진 아이들의 감정이 맹렬하게 되살아나고 여차하면 다 때려 부술 준비가 되어 있는 상태. 그런 아이들은 이미 비좁은 교실의 산소와 공간을 더 많이 잡아먹는다. 그러나 고맙게도 알렉사와 같은 학생들과의 경험 덕분에 내가 배운 게 있다. 내가 공감 능력을 발동하면, 시간과 공간은 아이들을 통제해야 하는 나의 요구 사항과 자기 목소리를 내고 싶다는 아이들의 욕구를 모두 수용할 수 있을 정도로 확장된다는 것이다. 그리고 불이익과 무력함을 겪어온 아이들에게 내가 손쉽게 얻은 권력과 혜택은 상당히 거슬린다는 것도 깨닫게 됐다.

내가 알렉사를 가르치는 데 실패한 건, 3년 전, 그리고 2백여 명의 학생들을 만나기 전의 일이었다. 그때 나는 아주 짧은 순간에 잠재된 어마어마한 가능성에 대해 배웠다. 비록 그 순간이 분노, 원한, 반항심으로 가득 차 있다고 해도 말이다. 만약 내가 그 순간에 온전히 집중하고 충분히 공감하기만 한다면, 아토초라는 찰나의 순간도 아주 많은 걸 담고, 아이들의 고통스러운 과거를 포용하고, 우리가 미래를 함께 만들어갈 수 있을 만큼 확장된다.

몇 달 전, 카일(가명)이 소년원에서 막 나와 재활치료소에 입소했다. 분노, 증오, 슬픔으로 가득 찬 상태였다. 부모가 살아 계시긴 했지만 계속 교도소를 드나들었기 때문에 카일은 어린 시절 내내 수용 시설들을 전전했고, 짐 가방은 풀지 않는 편이 낫다는 깨달음을 얻었다. 아이는 조용했지만 속에선 분노가 끓어오르고 있었다. 카일은 끈이 풀린 무거운 운동화를 질질 끌며 남자아이들이 앉아 있는 쪽으로 가더니 책상 하나에서 의자를 끌어내 한숨과 신음이 섞인 듯한 소리를 내며 털썩 앉았다. 다른 학생들이 자리에 앉는 동안 그 아이는 가슴 위로 팔짱을 끼고 창밖을 내다보았다.

우리는 첫 수업의 어느 시점에서 우리의 미래를 결정지을 중심축이 될 만한, 중대하고도 결정적인 아토초를 보내게 될 것이었다. 내가 정말 잘하지 않으면 그 아이를 잃을 것이었고 잘해낼 수 있는 유일한 방법은 그 아이를 이해하는 거였다.

카일의 외모만으로도 이미 이해할 부분이 정말 많았다. 카일은 자기 머리를 직접 잘랐거나 엄청나게 취한 누군가가 잘라준 것 같았다. 뒤통수 쪽의 긴 머리 사이로 짧은 부분이 군데군데 뒤섞여 있었다. 청바지는 무릎과 발목 부분이 거의 해어졌고 허리 부분은 심하게 컸다. 본인에게 편하게 맞을 정도로 큰 게 아니라 누구에게 물려받았거나 중고 옷가게에서 구한 것이라는 걸 암시할 정도로 컸다. 운동화의 앞코 부분은 닳아서 실밥이 드러났고 운동화 끈의 끝부분도 해어져 있었다. 카일은 작은 더플백 하나에 자기가 가진 전부를 담아 이곳에 온 것 같았다.

나는 그 아이에게 다가가 내가 누군지 소개했다.

"안녕, 나는 너를 가르칠 제스야. 이 교실에서 첫 번째로 거쳐야 할 순서는 이 질문이야. 너, 읽을 책 있니?"

"난 책 안 읽어요." 카일은 여전히 창밖을 보며 말했다.

나는 잠시 멈추고 아이가 나를 볼 때까지 기다렸다. 내게 눈길을 주지 않자 나는 그 애 앞에 쭈그리고 앉았다. 우리 눈높이가 얼추 맞을 수 있도록. 나는 무슨 말이라도 해서 이 불편한 공기를 채우고 싶어 죽을 지경이었지만 그러지 않았다.

나는 기다렸다. 조용히, 서로가 불편해질 정도로 오래.

카일은 고개를 돌려 나를 쳐다봤다.

"못 읽는다는 건 아니에요. 안 읽는다는 거지."

"그래, 그럼 다른 질문으로 시작해보자. 너는 지어낸 이야기를 좋아하니? 실화를 좋아하니?"

"둘 다 싫은데요." 카일은 이렇게 대답하고 다시 고개를 창 쪽으로 돌렸다.

나는 일어서서 아이에게 공간을 내어주었다. 나중에 다시 시도할 생각이었다. 어떤 사람에게 꼭 맞는 책을 골라주는 걸 나만큼 잘하는 사람은 또 없다고 자부하므로.

그날 수업의 주제는 관점이었다. 우리는 일인칭과 삼인칭 시점에 대해 얘기했다. 하나의 사건에 대해 사람들이 얼마나 다른 관점을 가질 수 있는지. 나는 학생들에게 지역 신문 기사를 두 편 읽어줬다. 하나는 자기 집 근처의 풍경을 자연적인 상태로 복구하기 위해 비버들이 쌓은 댐을 허물어버릴 권리가 있다고 생각하는 어떤 남자의 관점에서 쓴 글이었고, 나머지 하나는 그 기사에 대한 반박으로, 비버의 관점에서 적어 편집자에게 보낸 편지였다. 아이들은 비버가 펜을 잡고 편집자에게 편지를 쓰는 모습을 떠올리며 한바탕 웃고 난 뒤, 비버가 자기 땅의 소유권을 주장한 것도 타당하고, 땅의 '자연적 상태'의 진정한 의미가 무엇인지 의문을 제기한 것이 신의 한 수였다는 데 동의했다.

토론을 마무리하며 나는 학생들에게 자기 자신에 대해 묘사하는 글을, 본인의 관점과 타인의 관점에서 각각 써보라고 했다. 타인은 형제자매, 이웃, 상담사, 교사 등 누구든 괜찮다고 했다.

얼마간의 망설임 끝에 모두가 글을 쓰기 시작했다. 카일을 뺀 모두가.

카일은 계속 창밖만 내다볼 뿐이었다. 나는 그 아이의 책상으로 다가가 쪼그리고 앉아 물었다.

"카일, 글을 좀 써보면 어떨까? 선생님은 네 얘기를 들어보고 싶은데."

"난 싫어요."

지지

"그럼 우선 쉬운 것부터 해보자. 두 가지 글 중에서 어느 걸 쓸 수 있을 것 같니?" 나는 물었다.

"내 관점에선 쓸 수 있지만 다른 사람 관점에선 못 쓰겠어요." 카일이 대답했다.

격려

"그래. 그럼 너의 관점에 관한 글부터 써보자. 그리고 그다음에 다른 것도 해보면 어떨까?" 내가 말했다.

"봐서요." 카일이 대답했다.

방향 전환

"자. 종이랑 연필 여기 있어. 잠깐 생각해보고 그다음에 쓰기 시작해봐."

십 분 후 카일은 내가 준 종이에 두세 문장을 적은 뒤 다 했다는 의미로 멀찍이 밀쳐두었다.

"그럼 이제 다른 글도 써보자. 타인의 관점에서 본 너의 모습." 나는 내가 뽑아낼 수 있는 가장 자신 있고 낙천적인 목소리로, 아이가 연필로 문장 세 개를 써낸 추진력을 더 밀어붙여 보았다.

"그건 못 써요." 카일이 말했다.

"왜지?" 내가 물었다.

"왜냐하면 사람들은 나에 대해 아무 생각이 없으니까요. 사람들은 나도 우리 집 어른들처럼 계속 중독자로 살아갈 거고, 감방에 들락거릴 거라고 생각하니까요." 카일은 얼굴과 목덜미까지 벌게진 채 나를 똑바로 쳐다봤다.

나는 카일이 총 몇 년간 수감 생활을 했는지 더해보며 머릿속으로 ACE 점수를 계산해 보았다. 그리고 교실 뒤편 보조 교사의 위치까지 확인하며 다시 아이 옆에 쪼그리고 앉았다.

그리고 물었다. "너희 집 어른들 중에 재활치료소에 와서 다시 시작할 기회를 가졌던 분들도 계시니?"

"아뇨." 카일은 코로 길게 한숨 들이쉬었다.

"그래. 그럼 너는 그분들보다는 운이 좋았구나. 몇 달 후에 네가 여길 나갈 때 그분들이 본 너의 모습에 대해 써보면 어떨까?" 나는 이렇게 말하고 카일이 대답할 틈을 주지 않고 다른 학생들의 질문에 답을 해주러 갔다.

십 분 후, 교실 앞쪽으로 돌아가다가 카일이 책상에다 무언가를 쓰다가 아닌 척 벽 쪽으로 몸을 돌리는 게 보였다. 카일은 커다란 심장에 화살이 꽂혀 있는 모습을 그렸다. 그리고 그 정중앙에 '고통'이라고 사인펜으로 커다랗게 써 놓았다. 카일은 내가 보고 있다는 걸 알아차리곤 어깨가 딱딱하게 굳었고, 두 주먹을 꼭 쥐었다. 그리고 우리의 '지금'이 찾아왔다.

내가 맞이한 순간에는 카일이 있었다. 그리고 알렉사를 비롯해서 내가 챙기지 못하고 두고 온 아이들도 전부 있었다. 그렇게 시간은 계속, 계속 늘어나 우리 모두를 품을 수 있을 만큼 넉넉해졌다.

"이리 와. 휴지랑 클리너가 어디에 있는지 알려 줄게. 그리고 그다음에 너의 글을 다시 써보자."라고 나는 말했다.

카일이 재활 치료를 마치고 다음 단계의 시설로 옮겨갈 때까지 우리는 석 달을 함께 보냈다. 삐죽삐죽 괴상했던 카일의 머리카락도 다 자라 다시 잘랐다. 이번에는 전문 자격증이 있고 상식도 있는 사람이 가위를 잡았다. 나는 카일이 어쩌다가 여기까지 오게 됐는지 좀 더 잘 알게 됐고, 카일은 나도 알코올 중독 치료를 받고 있다는 걸 알게 됐다.

최근에 나는 학생들과 '나는 몇 살일까요?' 게임을 했다. 내가 먼저 아이들 나이를 (정확히) 맞힌 다음, 아이들에게 내 나이도 맞혀 보라고 했다. 대부분의 아이들이 나의 원래 나이보다 적게 불렀다. 내가 특별히 동안이기 때문이 아니라 고작 열셋에서 열

일곱에 불과한 아이들의 관점에선 마흔일곱이 정말 늙은 아줌마의 영역이기 때문이다.

　나는 내가 늙었다고 느끼진 않지만 경험은 제법 많다고 느낀다. 끝내 카일이 타인의 관점에서 본 자기 모습에 대해 쓰게 만들지는 못했다. 그렇지만 약간의 운과 충분한 건강 관리, 상담치료사, 그리고 삐딱한 태도는 눈감아 주고 그 아이의 고통을 살필 의지가 있는 교사 몇 명만 함께할 수 있다면, 카일은 자신의 목소리를 찾아 자기 이야기를 할 수 있을 거다. 앞날이 창창한 그 아이에겐 아직 충분한 시간이 남아 있으므로.

제시카 레이히

JESSICA LAHEY

교사, 작가, 그리고 엄마이다. 매사추세츠 주립대학교에서 비교문학으로 문학 학사 학위를 받았고 노스캐롤라이나 로스쿨에서 법학 박사 학위를 받았다. 《애틀랜틱》, 《버몬트 퍼블릭 라디오》, 《뉴욕타임스》에 교육, 육아, 그리고 아동 복지에 관한 글을 기고하고 있고, 뉴욕타임스 베스트셀러 『실패라는 선물: 자녀의 성공을 위한 부모의 내려놓기The Gift of Failure: How the Best Parents Learn to Let Go So Their Children Can Succeed』의 저자이기도 하다. 아마존 스튜디오의 '생각 리더 위원회Thought Leader Board'의 회원이기도 한 그녀는 아마존 키즈의 'The Stinky & Dirty Show'의 커리큘럼을 쓰기도 했다. 남편, 두 아들과 뉴햄프셔에 살고 있으며 버몬트의 고등학교에서 영어와 작문을 가르치고 있다.

마흔이 되어 나에게 허락한 것이 있다면?

베로니카 체임버스 "일찍 잠자리에 드는 것. 허핑턴 포스트의 창립자 아리아나 허핑턴 말은 백번 옳았다. 잠은 원더우먼의 혈청 같은 것이다."

KJ 델 안토니아 "마흔이 되어 나 자신에게 허락한 것은 다음과 같은 말들이다. '싫어.', '안 돼.', '못 해.', '사과할 일은 아냐. 그냥 그렇게 됐어.' 아, 이건 좀 경우가 다른 것 같다. 그냥 예전만큼 많이 사과하진 않는다."

리 우드러프 "부정적인 사람들을 내 삶에서 끊어내는 것. 우울한 아주머니들과의 점심 식사는 이제 끝. 인생은 짧다."

소프로니아 스콧 "내가 사랑하는 사람들과 함께하는 방법을 더 찾아볼 것. 비록 그것이 장거리 여행을 더 자주 해야 한다는 의미일지라도. 멀리 사는 친구들과는 페이스북으로 소식을 전하면 된다고 생각한 적도 있으나 그건 전혀 다른 얘기다. 나는 어쩔 수 없다고 그냥 안타까워하고 말았지만, 어쩌다 보니 나이를 먹으면서 대담해졌고, 이젠 그냥 모든 걸 어쩔 수 없다며 주저앉지 않게 됐다."

케이트 볼릭   "머리 기르기. 손톱 깨무는 버릇은 절대로 고칠 수 없다는 걸 받아들이기. 운동화도 신발로 인정하기."

11

지금의 나를 있게 한 사람들

줄리 클램

이만큼 살아보니 알겠다. 사람들이 어른으로 사는 것이 힘들 다고 말하는 이유는 진짜 힘이 들기 때문이다. 나이를 몇 살 먹었건 간에 정말 엄청난 일을 당하면 누군가가 달려와 나를 도와주길 바라게 된다. 엄청난 일이라면, 감옥에 갈지도 모르는 상황 같은 거? 지금으로부터 몇 년 전, 겨우 마흔일곱에, 내게 그런 일이 일어났다. 집세를 내야 하는데 당장 수중에 수표가 없었던지라 은행 수표로 냈다. 다들 알다시피 돈을 받은 사람이 언제 은행 수표를 돈으로 바꿀지는 내가 알 수 없다. 돈은 이미 내 계좌에서 빠져나간 상태이므로, 그저 수취인이 잘 받아서 돈으로 바꾸고, 모든 게 잘 끝났겠거니 생각할 수밖에. 그런데 그게 아니었다. 멍청하고도 사악한 우리 집주인은 차에 탄 채로 수표가 든 봉투를 열어보았는데, 그걸 잃어버리고는 수표를 받았다는 사실조차 잊어버린 다음, 나를 쫓아내기로 작정했다.

애석하게도, 나는 예전에도 이런 유의 일을 겪었다. 이혼 후, 딸과 단둘이 침실 하나짜리 아파트에서 지내고 있었는데 밤 아홉 시에 누가 현관문을 두드리더니 대뜸 퇴거 통지서를 내밀었다. 삼십 일 안에 집을 빼라는 얘기였다. (우리가 세 든 건물의 주인들이 소유권을 기업체에 넘기기로 결정하면서 우리를 내보내야 했던 거다.)

이번에 우편으로 퇴거 통지서를 받았을 때 나는 집주인에게 전화를 해서 그의 음성 사서함에 상황을 설명했고 (나는 어쨌든 집세를 냈으므로) 그렇게 일을 해결했다고 생각했다. 그뿐만 아니라 당시엔 그 문제 말고도 힘든 일이 너무 많았기 때문에 거기에 더 이상 신경 쓸 여력도 없었다. 어떤 일은 — 바로 이런 일 — 저절로 해결될 거라 생각할 수밖에 없는 상황이었다.

그러나 내게 그런 운은 없었다. 그로부터 몇 주 후, 그 통지서에 별 신경을 쓰지 않은 죄(재활용으로 분류한 것 외에는)로 나는 감옥에 가야 했다. 뭐, 사실 진짜 감옥은 아니었다. 하지만 뉴욕시 민사 법원으로 출석해야 했는데 그곳은 매일 버스에 재소자들을 가득 태워 데려오는 뉴욕시 형사 법원에서 멀지 않은 곳에 위치해 있었다. 나는 공포에 질려 뉴욕시에 사는 매티 이모에게 전화를 걸었다. 처음엔 본능적으로 버몬트에 사시는 엄마에게 전화를 할까 했지만 엄마는 일 때문에 전화를 못 받을 때가 많았다. 이모에게 자초지종을 얘기하자 이모는 이렇게 말했다. "그냥 집주인한테 전화 걸고, 어떻게 나오나 봐." 이모는 바삭바삭한 뭔가를 씹고 있는 것 같았다. "이모!"

"왜?" 이모는 여전히 내가 얼마나 심각한 상황인지 전혀 파악하지 못하고 있었다.

"제발! 나 좀! 도와줘!" 나는 애원했다. 그때 나는 브로드웨이에서 개를 산책시키던 중이었는데 무릎이 달달 떨렸다.

"알았어." 이모는 그제야 상황을 파악한 듯 말했다. 이모는 집주인의 전화번호와 통지서에 적혀 있는 번호를 물어봤다. 나는 번호를 불러준 후 빨리 나에게 다시 전화를 달라고 했다.

여러분이 '이 히스테릭한 여자 얘기는 더 이상 못 읽겠어.'라고 생각하기 전에 해명을 좀 해보려고 한다. 그러면 여러분도 나의 이 히스테릭한 모습을 이해해주시리라.

나는 당시 매우 고통스러운 이혼 과정을 밟는 중이었고, 아주 힘들어하는 딸과 단둘이 살고 있었다. 내가 쓰던 책의 마감 기한을 이미 훌쩍 넘긴 상태였는데, 그것만 끝내면 정말 많은 일들을 해결할 수 있었다(금전적으로도 그렇고 무능한 인간이라는 자괴감도). 하지만 그렇게 못 하고 있었던 이유는 하루하루가 너무 불안한 나머지 늘 와인을 마시고 몽롱해져 있었기 때문이었다. 이제 문제가 뭔지 잘 아셨으리라.

그리하여 나는 어린 아이의 상태로 퇴행을 해서 발을 구르며 다른 사람 — 아무라도 — 이 문제를 대신 해결해주길 바라고 있었던 거다. 나는 원래 엄청나게 책임감이 강한 사람이지만 동시에 무언가에 압도당하면 정신을 잃는 특징이 있다. 나는 매일 아침 엄마와 이모에게 전화를 건다. 우리는 우리가 무엇을 먹었고, 먹을 것인지에 대해 얘기하고, 정치 얘기도 하고 내가 어떤 일로 힘들 땐 두 분에게 조언을 구한다. 물론 그 조언을 따르는 건 그 다음 문제지만.

이모와 전화를 끊고 얼마 지나지 않아 개들을 데리고 집 앞에 도착했을 때 전화가 왔다. 이모가 법원에 계신 어떤 친절한 남자분과 통화를 했는데 나는 그 통지서를 무시하면 안 되는 거였고, 무조건 그곳에, 그러니까 민사 법원이란 곳에 가야 한다고, 이게 보통 심각한 상황이 아니라고, 그러니까 지금 당장 달려가야 할 만치 심각한 상황이라고 했다. 이모는 세컨드 애비뉴에 주차되어 있는 차를 몰고 와서 나를 태우고 로어 맨해튼으로 갔다. (가는 내내 우리 엄마는 마치 〈미녀 삼총사〉의 수다쟁이 찰리처럼 스피커폰으로 쉴 새 없이 조언을 쏟아냈다.) 우리는 주차를 하고 우리가 찾아가야 할 창구로 갔고, 창구 직원은 그런 통지서를 무시하다니 정말 바보 같은 짓을 한 거라고 했다. 그리고 기소된 그대로 유죄라고 말해주었으며 그다음 주에 내가 법정에 출석할 날짜를 정해주었다.

그 사이에 나는 그 빌어먹을 수표의 행방을 알아보기 위해 은행을 찾아갔다. 아주 친절한 은행 직원이 열심히 찾아보았지만 무슨 이유에선지 요즘 같은 컴퓨터 시대에 찾기가 엄청 복잡한 모양이었다. 그는 여러 곳에 전화를 걸고 통화한 끝에 그 수표는 현금으로 바꾸어가지 않았다는 사실을 확인해 주었다. 은행 직원은 내가 발행한 날짜가 찍혀 있는 원본 수표의 복사본을 주었고, 나는 그걸 스캔해서 집주인에게 보냈다. 그리했건만 집주인은 내가 수표를 지불했다는 어떤 기록이나 영수증도 찾지 못했다. 나는 수표를 정지하기 위해 30달러를 지불해야 했다. 그러나 그 수표는 은행 수표였기 때문에 그 돈이 다시 내게 돌아오려면 90일이나 걸렸다. 나의 집세는 악명 높은 뉴욕의 집세였으므로 내 은행 계좌 안에 다음 달 집세까지 들어 있을 리 없었다. 그

돈을 지불하려면 꼼짝없이 석 달을 기다려야 했다. 나는 이미 집세를 냈단 말이다! 이쯤에서 여러분도 울화통이 터지시는가? 왜냐하면 나는 그랬다. 나는 잘못한 게 하나도 없었다. 애초에 은행 수표를 쓴 것도 내가 지나치게 성실한 탓이었다. 왜냐하면 우리 집주인은 수표가 그 달의 10일 이후에 들어오면 100달러를 추가로 부과했기 때문이었다. (여러분은 맨해튼에 살지 않아 진짜 다행이지 않은가!)

은행에서 집으로 돌아오는 길에 나는 엄마와 이모에게 차례로 전화를 걸고 내게 꼭 필요한 걸 받았다. 커다란 위로와 공감. 엄마는 "이런 꼴이나 당하라고 내가 너를 애지중지 키운 게 아닌데 말이다!" 같은 말들을 했고, 이모는 "정말 딱해 죽겠네!"라고 했다. 그로부터 일주일 후, 이모는 나를 태우고 로어 맨해튼에서 법원으로 갔고, 이번에도 역시 가는 내내 스피커폰에서는 엄마의 목소리가 울려 퍼졌다.

내가 원래 이 정도로 약해 빠진 사람은 아니라는 걸 다시 한번 강조해야겠다. 그러나 그때 나는 이미 몇 달에 걸쳐 용기를 완전히 잃은 상태였고, 정신적으로도 겨우겨우 지탱해 나가던 중이었다.

나는 정말 별걱정 없이 성장했다. 우리 집은 안정적이었다. 아버지는 유능한 금융 설계사였고, 엄마는 가족에게 정성을 다하는 전업주부였다(그것이 뼈 빠지게 일하고 낮은 하나도 안 나는 일이라는 걸 우리는 이제야 알게 됐다). 내가 엄마한테 가진 유일한 불만이라면, 내 삶을 편하고 쉽게 해주려고 너무 많이 애썼다는 것뿐이다. 그래서 내 문제들을 스스로 해결해나가는 경험을 별로 해보지 못했다는 것. 엄마는 우리 집의 해결사였다.

나는 결혼을 하면서 내 삶도 엄마의 삶처럼 될 거라 기대를 했던 것 같다. 남편은 나가 돈을 벌어오고 나는 아이를 낳아 기를 거라고. (결혼 전에 나는 성공한 저널리스트였고, 두 개의 TV 프로그램으로 에미상 후보에 두 번이나 오른 작가였음에도 그랬다.) 내가 무얼 기대했건 그렇게 되진 않았다. 남편은 TV 프로듀서였고, 일이 있다 없다 했다. 그래서 우리는 경제적으로 늘 불안정했다. 스트레스는 극심했고, 그건 내가 그려온 결혼 생활이 아니었다.

결혼 열 달 만에 나는 아이를 가졌다. 남편은 평생 보아 온 상사들 중에 가장 폭군 같은 사람 밑에서 프로그램을 만들고 있었다. 지금도 그 인간의 이름만 떠올리면 SNS에서 그를 색출해서 악플을 달고 싶은 심정이다. 그건 그렇고 나는 임신 7개월 차에 임신중독증 진단을 받았다. 정말 무섭고 끔찍한 일이었다. (진단을 받은 날은 2003년 뉴욕시 전체가 정전된 날이었고, 나는 깜깜한 어둠 속에서 밤새 커다란 플라스틱 통에 소변을 보아야 했다. 게다가 에어컨도 작동되지 않았다!) 2주 후 유도분만을 한 후, 아기를 신생아집중치료실에 넣고, 회복실에 누워있는데 나의 작은 폴더 폰에 음성 메시지가 도착했다. 전화를 걸어 온 보험회사 직원의 말인즉슨, 내가 지금 분만을 했기 때문에, 보험 가입 시점에 임신 사실에 대해 거짓말을 한 것으로 의심되는 바(우리 딸은 두 달 일찍 태어났다), 병원비를 전혀 보상해줄 수 없을 것 같다는 거였다. 남편은 집에 가서 자고 있었고 나는 혼자 체중 미달인 나의 아가와 병원에 있었다. 출산으로 비롯된 합병증이 너무 많아 몸 상태도 별로 좋지 않았다. 더 구체적으로 말하자면, 혼자 일어날 수도 없었고, 한쪽 손은 축구공 크기로 부풀어 올랐다. 솔직히 열여덟 시간 동안 분만과 제왕절개 과정을 거치고 나면 육체적으로나 정신적으로나 여유가 남지 않는 법이다. 비록 기분은 더러웠지만 내겐 이 작은 아기가 있었다(사실 나는 아기의 폴라로이드 사진을 갖고 있었다. 아이를 직접 볼 수 없었기 때문이다. 아이가 태어난 후 스물두 시간이 지나고 나서야 아이를 내 품에 안을 수 있었다). 그리고 내가 이 아가를 보살펴야 하며 그 무엇도 아이를 해칠 수 없게 지켜야 한다는 걸 알았다. 남편은 나를 도울 수 있었을 수도 있고 그럴 수 없었을 수도 있다. 솔직히 잘 모르겠다. 그러나 내가 나

자신을 믿을 수 있다는 건 알았다. 나는 무엇이든 할 수 있었고, 할 거였다.

나는 아기를 병원에 남겨 두고 퇴원했고, 곧바로 일을 시작했다. 그리고 잡지사에 일을 부탁하고 다녔다. 우리 딸이 내 의자 주변을 기어 다니는 동안엔 책 기획안을 썼다. 우리 부부 관계는 딸이 태어난 무렵부터 이미 삐걱거리기 시작했지만 딸이 여덟 살이 될 때까진 헤어지지 않았다. 그럼에도 불구하고 나는 이미 많은 걸 나 혼자 책임지는 것에 익숙해져 있었다. 나의 결혼 생활이라는 게 원래 그랬기 때문이다. 그리고 이혼 과정에는 매티 이모와 엄마의 마법 같은 특효약이 있었다. 다양한 이유로 무너져 내리던 순간들, 그러니까 이혼 조정관과 함께 만나거나, 양육 일정 혹은 이혼의 이런저런 절차들을 의논한 뒤엔 엄마와 이모에게 전화를 했다. 이모는 내 머리를 쓰다듬어주며 다 괜찮다고, 지금 일어나는 나쁜 일들 때문에 죽진 않는다고 했고, 엄마는 내 삶을 힘들게 만드는 사람들을 향해 분노를 폭발시켰다. 그러면 나는 또다시 링 안으로 뛰어올라 계속 살아갈 수 있었다.

내가 남편과 갈라서던 즈음에 37년간 이모의 남편이었던 남자가 다른 여자와 사랑에 빠졌다고 통보해왔고, 이모네 부부도 이혼 절차를 밟기 시작했다. 둘 다 비슷한 진흙탕에 빠져 있다는 사실이 서로를 가라앉지 않도록 도와주었다. 만약 어떤 형태로든 이혼을 겪어본 사람이라면, 그러니까 킴 카다시안처럼 72일 만에 이혼하는 경우가 아니라면, 이게 얼마나 끔찍한 일인지 알 것이다.

당신이 이혼을 원하는 사람이었대도 정말 끔찍한 일이고, 당신이 이혼을 원하지 않는 사람이었다면 역시나 정말 끔찍한 일이고, 이혼을 생각지도 못하고 있었다면 참으로 끔찍한 일이고, 오랫동안 생각해오고 있었다면……, 이젠 다들 답을 아시리라. 아이, 반려견, 함께 소유했던 것들을 — 심지어 빚까지도 — 전부 공유해야 하거나 나눠 가져야 하는 것도 정말 끔찍한 일이다. 그리고 사랑하는 사람과 그 일을 함께 겪어야 한다는 것 역시 엄청난 일이었다. 누군가가 어떤 경험을 회상하는 정도와는 다르다. 모든 순간들이 바로 눈앞에서 일어나고 있는 거다.

남편과 별거한 지 1년 만에 나는 누군가를 만나기 시작했다. 아이오와에 사는 댄이라는 남자였다. 우리 사이는 진지해졌고 그가 나와 가까운 곳에 살기 위해 뉴욕으로 이사를 왔다. 하지만 나는 일단 우리 딸이 이 일을 어떻게 받아들일지 먼저 알아야 했다. 그리고 그게 내가 희망했던 것보다 쉽지 않다는 걸 알게 됐다. 딸아이는 내가 연애하거나 재혼하길 원치 않았다. 나는 정말

댄을 사랑했지만 이미 내 꼴이 너무 엉망진창이었기에 모든 걸 다 말하고 싶진 않았다. 이혼 과정은 끝이 보이지 않았고, 딸아이는 우리 관계를 지지해주지 않았다. 그래서 바보 같은 집 문제로 댄에게 부담을 주기 정말 싫었다.

결국 법원 출석일이 임박한 시점에서야 댄에게 모든 걸 털어놓았다. 댄은 진작 얘기하지 않았다는 사실에 무척 화를 냈다. 일찍 알았으면 돈을 마련해주었을 것이었고 이 모든 사태는 피할 수 있었을 거라는 거였다. 댄은 그 자리에서 기한이 늦어버린 금액에 해당하는 수표를 써줬고 나는 그걸 받아 집주인에게 부쳤다. 그때의 기분이란, 마치 4년간 참고 있던 숨을 마침내 내쉬는 느낌이었다. 우리가 무언가를 견디고 있는 순간에는 우리가 얼마만큼 힘든지 잘 알지 못하는 것 같다. 그것을 인지하는 순간에는 바로 고꾸라질 수 있기 때문이다. 하지만 그 순간이 지나고 나면 모든 게 분명해진다.

엄마와 이모가 나를 안심시키고 어린 시절부터 나를 괴롭혀온 만성 불안을 잘 이겨내도록 곁에서 도왔지만 그 두 분을 빼곤, 나는 결혼 초기부터 이혼 과정에 이르기까지 오랜 시간 동안 혼자라고 느꼈다. 다른 사람들은 걱정하는 정도로 끝날 일에도 나는 굉장히 심한 공황 발작을 일으킬 수 있었다. 그런데 나는 모든 걸 혼자 해야 했다. 그러지 않으면 끝나지 않을 일이었다. 스스로 해야 하는 일이었기 때문이다. 그렇지 않은가. 이혼 조정관을 만나는 자리에 나 대신 엄마보고 가시라고 할 수도 없는 노릇이고, 편집자에게 '우리 딸의 원고가 늦어지는 걸 조금만 이해해 주세요. 애가 정신적인 문제를 좀 겪고 있어서요.'라는 편지를 엄마한테 써달라고 할 수도 없다. 또 한 가지, 누가 나를 도와주면, 어릴 적 엄마가 해결사가 되어 내 문제를 해결해줬던 것처럼 사실상 내 문제가 진짜 해결된 게 아닐 거란 생각이 들었다. 혹은 그러면 스스로 문제를 해결하는 능력이 도태될 거라 생각했는지도 모른다. 또 어쩌면 나의 '성취 기록부'에 별을 받지 못할 거라 생각했는지도. 그러나 댄은 자기 생각에 확신이 있었다. 우리는 다양한 면에서 서로 도와가며 사는 거라고. 그는 이걸 해줄 수 있고, 다음에 무슨 일이 생기면 내가 그를 위해 무언가 해줄 수 있을 거라고.

법원 출석일이 찾아왔다. 이모가 나의 기사를 자처했고, 이모와 댄이 내 뒤에 버티고 있다고 생각하니 마음이 좀 더 안정됐다. 재판정 안의 규칙이 엄격했기 때문에 이모를 계속 조용히 시켜야 하긴 했지만. 게다가 이모는 경찰이 아무도 않으면 안 된다고 한 자리에 자꾸만 앉으려고 했다. 비열한 나의 집주인이 보낸 변

지금의 나를 있게 한 사람들   215

호사는 머리를 올백으로 넘기고, 야자수가 그려진 넥타이를 맨 엄청 추잡해 보이는 사람이었다. 길가의 주차 안내판을 제대로 읽지 않았다는 이유로 자기 엄마도 기꺼이 교도소에 넣을 것 같은 그런 느낌의 사람. 심지어 필요한 서류도 잃어버리고 가져오지 않았다. 왜냐? 그의 삶의 목표는 때와 장소를 가리지 않고 다른 사람들의 하루를 망치는 것이었기 때문이다. 아무튼 그래서 우리는 그가 부리는 하인이 나의 유죄를 증명하는 증거를 가져올 때까지 추가로 한 시간을 더 기다려야 했다. 우리는 거기 앉아 사람들이 순서대로 절차를 밟는 모습을 지켜봤다. 1년간 집세를 내지 않은 남자, 스페인어 밖에 할 줄 몰라 자신의 임대차 계약을 제대로 이해하지 못한 여자, 살 집을 얻어 보려고 노력 중인 노숙자 아저씨. 그리고 판사는 정말로 훌륭한 분이었다. 그는 세입자들이 집을 지키거나 찾을 수 있는 방법을 찾아내기 위해 체계적으로, 서두르지 않고 애쓰고 있었다. 그는 어떤 남자가 좀 더 저렴한 아파트를 구할 수 있도록 협상에 나서 주었고, 예전 집주인에겐 밀린 집세(세입자가 암에 걸려 일을 쉬고 있었기 때문)의 총액을 깎아주도록 했다. 1년간 집세를 내지 않은 남자에겐 그가 도움을 청할 사람은 없는지, 돈을 구할 방법은 없는지 물었다. 그 남자는 무언가를 추진 중이라고 했고, 나조차도 그 말에 신뢰가

가지 않았지만, 판사는 그에게 기한을 연장해 주었다. 그리고 그 남자에게 정말로, 정말로 열심히 노력해야 한다고 말했다.

우리 집주인이 보낸 속물 변호사는 마침내 서류를 갖췄고, 우리는 판사를 만났다. 느낌이 나쁘진 않았다. 집세를 완불했기 때문이었다. 그리고 노숙자가 되는 상황도 벌어지지 않을 거라 생각했다. 그러나 다른 문제가 기다리고 있었다. 뉴욕시에서 집을 임대해서 사는 사람이 민사 법원에 출석하게 되면 그 재판에서 승소하든 패소하든 상관없이 블랙리스트에 올라간다는 것이었다. 그렇게 블랙리스트에 이름이 한 번 올라가면, 다시 집을 구하는 건 하늘의 별 따기라고 했다. 변호사를 고용해서 블랙리스트에서 이름을 지우려고 하는 사람들도 있었지만 백 퍼센트 보장되는 일도 아닌 데다 비용이 정말 많이 들었다. 정말 끔찍하고 불공평한 일이었다. 그런 블랙리스트의 존재는 많은 사람들이 악덕 집주인의 횡포로 고통을 겪게 만들었다. 왜냐하면 그런 집주인을 신고했다가는 다른 집을 구해 이사하는 것 자체가 불가능해질 수 있었기 때문이었다. (바로 이 점 때문에 나도 예전에 살던 집에서 9개월간 가스 공급이 안 되었는데도 집주인을 고소하지 않았다.)

나는 판사에게 우리의 상황을 설명했고, 판사는 왜 첫 번째 통지서를 무시했는지 물었다. 나는 내가 바보 멍청이였다고 대답했다. 판사는 고개를 끄덕이고, 모든 걸 바로잡은 후, 나보고 앞으로는 아무거나 내다 버리지 말라고 주의를 줬다. 나는 그에게 감사 인사를 하고, 또 했다. 그리고 이모와 함께 점심을 먹으러 갔다(클램이라는 곳이었는데, 우리는 그곳에서 랍스터 롤을 먹고 와인을 마셨다). 식당으로 가는 동안 엄마는 역시나 스피커폰으로 우리와 함께했다. 엄마는 내가 교도소에 가지 않아도 된다며 정말 기뻐하셨고, 나를 돌보아 준 이모에게 정말 고마워했다.

그리고 나는 울기 시작했다. 이모는 손을 가만히 내 다리에 얹었다. 엄마와 이모는 내가 안도해서 우는 거라고 생각할 터였다. 그런 이유도 없진 않았지만 실은, 엄마와 이모가 나를 영원토록 '돌보아' 줄 순 없을 거란 생각이 갑자기 머리를 때렸기 때문이었다. 그렇지 않은가. 나이를 마흔일곱이나 먹고도 부모님과 사랑하는 이모와 여전히 함께한다는 게 얼마나 운이 좋은 건지는 나도 잘 안다. 그들이 건강하고 정신도 맑다는 사실을 당연하게 여겨선 안 되는 것이고, 나도 절대 당연하게 생각하지 않는다. 어느 날, 그분들은 내 곁에 없을 것이다. 내게 다른 훌륭한 지원군이 없는 건 아니지만, 그분들과는 다르다. 세상천지에 엄마나 이모처럼 나를 법적으로 당신들의 책임이라고 생각하는 사람은 없다. 생각하기도 끔찍한 그 날이 오면 나는 정말 어찌해야 할지 모르겠다. 그저 나는 그분들을 너무나도 잘 알기에 두 분이 내게 무슨 말을 해줄지 짐작할 수 있을 거라고 위로할밖에. 그런데 우리 딸이 하는 말을 들어보면 내 생각이 틀린 건 아닌 것 같다. 일주일이 멀다 하고 나는 우리 딸에게 이런 소리를 듣는다. "어휴, 엄마 꼭 할머니 같아요. 목소리가 더 카랑카랑한 것만 빼면." 혹은, "으, 고마워요, 매티 이모할머니!" 딸은 칭찬으로 하는 소리가 아니지만, 나는 칭찬으로 듣는다.

친구, 선생님, 상담사, 혹은 가족. 당신을 떠받치는 시스템이 무엇이든 간에, 나이를 들어가며 얻게 되는 것 중 하나는 우리를 여기까지 오게 해준 팀에게 감사하는 마음이다. 물론, 그러다가 그들을 잃기 시작하는 때가 온다. 그러나 만약 그들이 지금의 당신이 존재하도록 도운 사람들이라면, 그들은 결코 당신을 완전히 떠날 수 없다. 당신이 어디에서 무얼 하건 그들은 늘 당신과 함께이니까. 어쩌면 삶에서 가장 중요한 건, 그런 것이리라.

줄리 클램

JULIE KLAM

다섯 권의 저서를 뉴욕타임스 베스트셀러로 만든 작가이며,
《뉴욕타임스》와 《워싱턴 포스트》, 그리고 몇몇 작지만 탄탄한
잡지들에 글을 기고하고 있다.

뉴욕에서 딸과 강아지 그리고 남자친구(그녀의 나이에 '남자
친구'보다 더 적절한 단어가 있었으면 좋겠지만)와 함께 살고
있다.

12

해볼 건 다 해봤고,
이제 나로 삽니다

수진 림

222

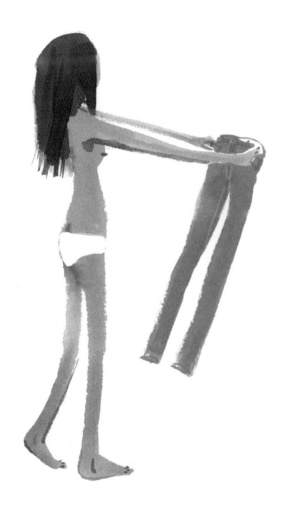

224

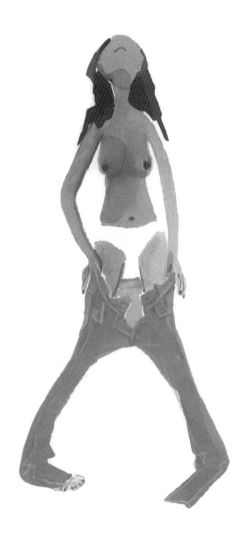

226

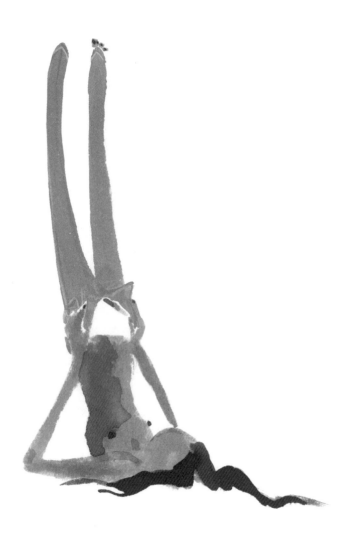

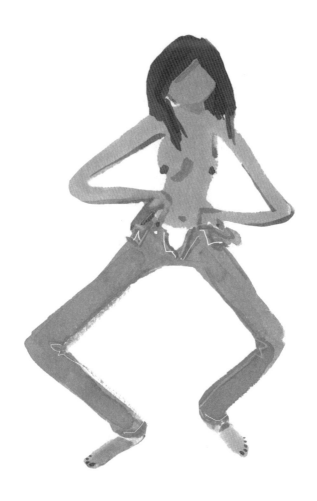

234

237

수진 림

SUNJEAN LIM

프리랜서로 활동하는 일러스트레이터이다. 티파니앤코, 유엔 에이즈계획(UNAIDS), 빅토리아 시크릿과 일했고, 동화 작가이기도 하다. 남편, 아들과 함께 뉴욕에서 살고 있다.

13

제가, 그럴 시간은 없어서요

소프로니아 스콧

> 이 세상에서 가장 무서운 사람은
>
> 그 누구의 인정도 필요로 하지 않는 여자다.
>
> _모하데사 나주미 Mohadesa Najumi

　2016년 대통령 선거가 끝난 후, 내 친구 M에게서 전화가 왔다. 나는 M이 전화를 했다는 사실이 기쁘고, 발신자 확인 창에 흔히 걸려오는 광고 전화 대신 뜬 M의 이름이 반갑다. 그래서 밝은 목소리로 전화를 받는다. "안녕, M!"

　M은 낮은 목소리로 약간 주저하는 듯, 가만히 말하는 게 마치 장례식에서 유가족을 대하는 것 같다. "어떻게 지내?" M이 묻는

다. "잘 지내!"라는 말이 내 입에서 튀어나오고 나서야 깨닫는다. 내 목소리가 지나치게 밝았다는 걸.

"진짜?"

"응."

여기서 설명이 좀 필요하리라 생각한다. 내 친구가 나를 못 믿는 건 아니니까. M의 "진짜?"는 "어떻게?"라는 질문에 가까운 말이라 생각한다. "어떻게 이 상황에서 잘 지낼 수 있어?"의 '어떻게'이다. 우리 업계 사람들 대부분이 잘 지내지 못하고 있기 때문이다. 인형 탈 같은 헤어스타일을 한 리얼리티 쇼 단골 출연자이자 부동산 사업가가 우리의 차기 대통령이 될 거라는 사실 때문이다. 완전히 바닥을 친 친구도 있고, 심각한 우울증에 빠진 친구, 심지어 몸에 정말로 병이 난 친구도 있다.

선거가 끝난 지 일주일이 지난 지금 세계 — 자유롭고 진보적인 세계, 혹은 그런 무리의 집단 — 은 여전히 도저히 믿을 수 없다는 절망감에 빠진 채 돌아가고 있다. 교수들은 수업을 취소하고, 작가들은 글쓰기를 포기하고, 소셜 미디어의 엄마들은 이번 선거 결과를 딸들에게 어떻게 설명해야 할지 모르겠다고 한탄하고 있다.

내 친구는 나를 위로하기 위해 전화를 한 거였다. 그러나 나는 비참하지도 우울하지도 않다. 그럴 생각조차 해본 적 없다. 햇빛이 나의 노란색 부엌으로 쏟아져 들어오고 있고, 내 가족은 건강하고, 수화기 너머 내 친구가 있고, 나는 친구의 목소리가 반갑다. 그래서 내가 중년이란 나이를 통과하면서 점점 더 절실히 느끼게 된 이 강력한 감정을 친구에게 완곡하게 표현할 방법을 좀 궁리해보아야 할 것 같다.

'나한텐 그럴 시간이 없어.'

나는 우울해하고 있을 시간이 없어. 이 나라를 휩쓸고 있는 이 부정적인 기운에 휘말릴 시간이 없어. 내 것이 아닌 그 기운, 내가 틈을 주면 분명히 나를 마비시켜버리고 말 그 기운에 말이야.

그렇다고 그 많은 사람들과 내 친구가 느끼고 있을 충격과 실망을 나는 느끼지 않는다는 말은 아니다. 내 친구의 슬픔을 존중하지 않는다는 말도 아니다. 우리 앞에 곧 힘들고 기상천외한 시간이 닥칠 거란 것 역시 인식하고 있다. 그러나 그런 것에 낙담하고 있을 시간은 없다. 내 머릿속엔 다른 것들이 있다.

• 열두 살 우리 아들과 함께 우리 동네 지역 커뮤니티에서 올리는 연극, 〈크리스마스 캐롤〉의 리허설. 나는 크리스마스 선물 유령 역할을 맡았다. 이쪽 경험이 전무하기 때문에 긴 치마를 입고 반짝이를 뿌리는 요술봉을 휘두르며 무대 위에

서 춤추는 법을 배우는 중이다.

- 우리 공연의 기금 모금을 돕기 위한 킥스타터Kickstarter° 캠페인 감독.

- 근처 대학교에서 학부생들을 가르치기 위해 진행 중인 작문 워크숍.

- 같은 대학에서 초빙 작가들을 위해 내가 주최 중인 행사.

- 친구가 쓴 책을 위해 진행 중인 북 투어

- 미니밴 엔진 오일 교체.

- 이미 기한을 넘긴 서평 쓰기.

- 교회 강림절과 관련된 할 일들. (교회에서 나는 이런저런 리더 역할을 맡고 있다.)

긴 목록인 거, 알고 있다. 하지만 이것만은 분명히 해야 할 것 같다. 나는 선거 결과를 생각할 시간이 없을 정도로 바쁘다는 얘기를 하고 싶은 게 아니다. 그저 그보다는 내 인생의 특별하고 놀라운 현재의 순간들에 집중하고 그 삶이 내게 주는 기쁨들을 한

° 창의적 활동에 초점을 맞춘 글로벌 크라우드 펀딩 플랫폼을 진행하는 공익 기업_옮긴이

방울도 남김없이 향유하고 싶다는 거다. 이를테면, 첫 에세이에 대해 토론하는 나의 학생들의 상기된 아름다운 얼굴이나, 내가 아주 딱 맞게 구운 닭의 바삭바삭한 껍질, 리허설이 끝난 후 연기 베테랑인 내 아들이 신참인 나에게 해준 "엄마, 진짜 잘했어요!" 라는 칭찬. 나는 이런 순간들을 음미하고 싶다. 이런 순간들은 마치 꿀을 탄 히비스커스 차처럼 내 혀 위에서 시큼하고, 생생하고, 달콤하게 흡수된다. 이런 순간들로부터 나는 감사함을 느끼고, 감사함으로부터 삶의 은총을 추출한다. 이런 은총은 내가 하나님의 자녀로 이 세상을 걸어 나갈 수 있게 해준다. 사랑받고, 보살핌을 받는 존재로 말이다.

나는 이런 기쁨과 은총의 순간들을 쉽게 포기할 수 없다. 51세라는 나이에 나는 많은 것을 겪고 알게 됐다. 비극이 일어나면, 이런 순간들은 상실이라는 모진 추위 속에서 눈 깜짝할 새에 증발해버리고, 메마를 대로 메말라버린 나의 상처받은 영혼은 그것들을 다시 움켜잡기 위해 허우적거린다는 걸. 샌디훅 초등학교에서 총으로 무장한 괴한이 내 아들이 공부하고 있던 3학년 교실 바로 옆 복도에서 총기를 난사하고, 아들의 제일 친한 친구를 포함한 스물여섯 명의 아이들을 죽였을 때, 그때도 그랬다. 나의 심장은 공포와 슬픔으로 찌그러들어 절대로 다시는 기쁨을 느낄 수 없을 정도로 작아지고 메말라버렸다고 나는 느꼈다. 최악의 상황이 벌어졌는데도 세상은, 믿을 수 없지만 놀라울 정도로 잘 굴러갔다. 내 마음속에서도 세상은 계속해서 굴러갈 것이고, 최악의 상황은 일어나고, 또 일어날 것이다. 그러면 그동안 나는 무엇을 해야 할까? 긍정적인 것, 빛과 삶이 충만한 것들을 내 힘닿는 데까지 붙들고 있어야 한다. 왜냐하면 내 손에서 그런 것들이 빠져나가는 건 정말 순식간이란 걸 잘 알기 때문이다.

최근에 나는 인종 문제에 대해 심도 있게 연구 중인 백인 친구와 얘기를 나눴다. 그는 요즘 이 문제에 대한 자료를 많이 읽고 있으며, 더 나은 동맹이 되기 위한 그의 관점, 경험, 그리고 질문을 다양한 사람들과 나누고 있다고 했다. 나는 그의 이 모든 노력에 박수를 보냈지만, 그의 어투에는 M의 목소리처럼 동정이 담겨 있었다. 어느 대목에서는 내가 흑인 여성으로서 평상시에 수시로 당하는 일들을 언급하며 고개를 절레절레 흔들며 한탄했다. 그의 이런 말들이 사랑과 염려에서 나온다는 걸 나는 알고 있다. 그러나 나는 매일 당하며 산다는 생각은 하지 않는다고 어떻게든 잘 설명해주었다. 만약 내가 그렇게 살았다면 '언제나' 좌절하고, 화가 난 채 살아야 한다. 그 정도로 인종 문제가 흔하기 때문이다. (플로리다에 사는 친정 오빠 집엔 누군가가 스프레이 페인트로 욕설을 써놓고 가기도 했다.) 그리고 우리 사회 전체가 흑인 인권 운동이 왜 꼭 필요한지 이해하는 속도는 당황스러울 정도로 느리다. 나는 이 세상을 행복하게 살아가며 나의 글을 쓰고, 부정적인 것들보다는 긍정적인 것들에 집중하는 것이 더 중요하다고 느낀다.

『미셸의 의미The Meaning of Michelle: 시대의 아이콘이 된 영부인과 우리에게 영감을 주는 그녀의 여정에 관한 작가 16인의 글』이라는 책에서도 내가 느낀 것과 같은 감정, 그리고 그 중요성에 대해 얘기하고 있다. 이 책의 편집자인 베로니카 체임버스는 서문에서 이렇게 말한다. "미셸 오바마는 우리 사회 안팎의 역경에도 불구하고 검은 피부가 결코 부담이 아니며, 우리 역시, 다른 모든 인류처럼 기쁨을 타고난 권리로 누려야 한다고, 그러기 위해, 어쩌면 매일, 노력해야 한다고 주장한다."

이 기쁨을 누리기 위해서는 노력이 필요하다. 때론 어떤 면에서 내가 아웃사이더가 되기도 하고, 어색한 순간을 감내해야 할 때도 있다. 내 친구와의 통화에서 그랬던 것처럼. 나는 뉴스를 보지도 않고 최근에 가장 핫한, 필히 정주행할 가치가 있는 TV 프로그램을 봐야겠다는 필요도 느끼지 않는다. 그런 아웃사이더가 되는 건 충분히 가치 있는 일이다. 대신 아주 놀라운 일이 일어나기 때문이다. 중년이란 나이가 내게 안겨준 수정처럼 깨끗한 렌즈의 도움으로, 지금 당장 좋은 것들에 집중하면, 삶이 확장된다. 이제는 대선 결과 같은 도움 안 되는 일로 좌절하지 않는 것도 쉬워졌다. (쉽지는 않다, 하지만 쉬워지긴 했다.) 그리하여 큰 이슈가 되는 문제들에 대한 나의 철학은 이렇다. "저한텐 그만한 시간이 없어서요."

나의 페이스북 계정에는 내 친구가 올린 〈바로네스 본 스케치 쇼Baroness von Sketch Show〉°의 영상이 있다. "사십 대 입성을 축하합니다. 피트니스 센터에서 남의 이목 따위 신경 안 써도 되는 세계죠."라는 제목이 붙어 있다. 그 동영상에서 피트니스 센터 직원은 한 회원이 사십 대가 되자 그녀를 탈의실의 다른 구역으로 안내한다. 그곳은 사십 세 이상 여성들만의 전용 공간이다.

아무도 옷을 걸치지 않고 있다.

그 여자들은 자신의 몸을 너무나도 편하게 생각하게 된 나머지 몸에 감고 있던 수건이나 조심스러운 걸음걸이 같은 건 일찌감치 던져버렸다. 건너편 다른 방의 젊은 여자들은 사색이 되어 그들을 쳐다본다. 그리고 영상의 끝부분에서 벌거벗은 여자들

° 캐나다의 TV 코미디 프로그램_옮긴이

중 하나가 이렇게 말한다. "자, 그럼 이제 사우나에 가서 이십 대 애들 겁 좀 주고 올까?" 대답은? "그럽시다!"

나는 이 동영상을 보고 큰소리로 웃었다. 나는 이 여자들이 코 믹하게 표현한 해방감과 유쾌함이 정말 좋았다. 나도 그렇게 밝 고, 자유롭게 살아가고 싶다. 이 나이쯤 되면 예전에 비해 대담해 지기도 쉽고, 정신만 산만하게 만드는, 하등 중요하지 않은 것들 은 밀어내거나, 거절하기도 쉬워진다.

헬스클럽의 나체 여성들 중 하나가 말했듯이 "원치 않는 것들에 신경 쓰지 않음으로써 마음속에 생긴 여유가 어떠냐고요? 꿀맛이 죠." 어느 날, 나를 본 사람은 내가 고삐 풀린 망아지 같다고 생각할 수도 있다. 그렇게나 강하고 자유로운 모습이다. 때로는 공기 중에 감도는 향기에서 흙냄새가 물씬 나고, 그것이 너무 아름답고 생생 해서 갑자기 엄청난 허기가 느껴지기도 한다. 마치 그 날카로운 각 성의 순간이 나를 반으로 갈라 내 속이 얼마나 텅 비어 있는지, 내 안에 채워야 할 빈 공간이 얼마나 많은지 입증하기라도 하려는 것 같았다. 나는 그 안을 무엇으로 채워야 할까? 흙이든 공기 속을 채 우고 있는 것이 무엇이든 나는 그걸 다 먹고 흠뻑 느껴도 모자랄 것만 같다. 너무 들떠서 머리가 아찔하다. 나는 날아오르고 싶다.

내가 이런 균형을 갖추기까진 오랜 시간이 걸렸다. 9/11 테러가 일어났을 때 나는 서른다섯이었고 뉴욕에 살고 있었다. 저널리스트였던 나는 소설도 쓰는 중이었다. 나도 그때 내 안의 모든 말들을 잃어버렸기 때문에 지금 절필한 사람들의 마음을 통감한다. 무역센터 건물이 무너져 내린 지 10주 만에 나는 유산까지 했고 글을 쓰지 못하는 날들은 몇 달로 늘었다. 그때 사실 나는 내가 원하는 삶을 살고 있지 않았다. 출퇴근 시간에 얽매이지 않고 아이를 직접 키울 수 있도록 어디에 고용되지 않고, 집에서 글을 쓰며 살고 싶다는 말을 입에 달고 살던 때였다. 결국 넘어진 김에 내 인생의 항로를 변경하기 시작했다. 그러나 서둘지는 않았다. 삼십 대까지는 내게 아직도 시간이 많이 남아있다고 생각했다. 서른여덟에는 아이를 갖는 데에도 성공했고 소설도 한 권 출간하긴 했지만 그때에도 나만의 글쓰기에 대해서는 별로 생각하지 않고 시간을 보냈다. 적어도 내 삶의 1순위라고는 생각하지 않았다. 편집, 대필 작업을 하느라 남의 책 쓰는 데에만 몰두하고 있었다. 당연히 돈을 버는 데 집중하느라 그랬다. 어디 안 그런 사람도 있나요? 한 해 한 해 지나갈 때마다 어떻게든 다음 소설을 쓸 시간을 내야겠다고 생각했지만 뜻대로 되진 않았다.

그러던 2011년, 나의 마흔다섯 번째 생일 직전에 내 여동생이 세상을 떠났다. 몇 년 전에 비만대사 수술을 받은 후 줄곧 건강이 좋지 않긴 했지만 동생은 겨우 마흔셋이었다. 슬픔도 슬픔이었지만 충격이 너무 컸다. 우리는 이곳에서의 시간을 보장받지 못한다. 예전에 이 사실을 몰랐던 건 아니다. 그로부터 육 년 전인 2005년 10월 2일, 극작가 오거스트 윌슨이 예순의 나이로 생을 마감했다. 그로부터 넉 달도 채 못 되어 극작가이자 작가인 웬디 와서스타인 역시 세상을 떠났다. 그녀는 겨우 쉰다섯이었다. 두 작가의 팬인 나는 그들이 남긴 작품들의 깊이와 무게에 대해 종종 생각한다. 『펜스Fences』, 『피아노 레슨Piano Lessons』, 그리고 나의 최애인 『투 트레인스 러닝Two Trains Running』을 포함해서 오거스트 윌슨의 『센추리 사이클Century Cycle』 시리즈의 작품 열 편은 내 책상 위 컴퓨터 바로 옆에 놓여 있다. 그 정도 수준의 작품을 그렇게 여러 편 써내고 싶다는 열망이 조금이라도 있다면 당장 열심히 노력해야 한다는 것도 알고 있었다. 그러나 나는 서른아홉이었고, 행동하지 않고 있었다.

마흔다섯에 여동생의 죽음을 슬퍼하고 있자니 갑자기 그동안 내가 낭비한 시간이 절절히 다가왔다. 마치 딱딱하게 메마른 땅에 소중한 물을 다 쏟아버린 것 같은 느낌이었다. 그리고 그때부터 행동하기 시작했다. 2011년, 마침내 나는 의뢰를 받아도 거절하기 시작했고, 문예 창작 석사 학위를 따기 위해 다시 학교로 돌아갔다. 내 꿈을 이루기 위한 과정에는 많은 노력과 희생이 필요했다. 대학원을 다니는 동안에는 돈을 벌기 위해 학교 버스 운전도 했다. 나는 나의 시간과 나의 관심사에 치열한 편이다. 내가 석사 과정을 시작한 지 두 달 만에 휘트니 휴스턴이 세상을 떠났다. 2009년에 그녀가 오프라 윈프리와 했던 인터뷰에서, 마치 귀신을 본 것 같은 휘트니 휴스턴의 표정은 내 마음 깊숙이 남아있다. 그날 그녀는 약물 중독 문제에 대해 입을 열었다. 자신의 가수로서 실패했다는 것도 인정했다. "저는 하나님이 제게 주신 선물을 기억하지 못하고 살았어요." 그때 그녀의 표정을 떠올리면 심장이 찢어지는 것 같다. 나는 정말 그런 표정을 짓고 싶지 않다. 휘트니 휴스턴이 세상을 떠난 후, 나는 도저히 그녀의 음악을 들을 수 없었다. 비상하는 듯한 그녀의 신성한 목소리는 슬픔으로 내 심장을 뚫는다. 나는 그 목소리를 애도했다. 그 목소리가 사라졌기 때문이 아니라 휘트니 본인이 이 지구를 떠나기 한참 전에 사라졌기 때문이었다. 내가 받은 선물을 낭비하고 싶지 않다는 관점에서 보면, 내 신념대로 살기가 더 쉬워진다. 그래서 내 머릿속엔 캘리앤 콘웨이°를 위한 공간은 없다.

° 트럼프 정부의 백악관 선임고문_옮긴이

가끔 나는 로지 이모를 생각한다. 엄마의 큰언니였던 로지 이모는 최근에 여든셋의 나이로 돌아가셨다. 이모는 아주 까칠한 성격이었다. 때로는 나도 이모 같은 사람이 될까 봐 무섭다. 할 말을 하실 때는 내용을 거른다거나 주저하는 경우가 없었다. 내가 갓 결혼한 뒤 이모를 뵈러 갔을 때 이모는 아주 진지하게 내게 속삭였다. "애, 그 남자랑 사는 게 행복하지 않으면 언제든지 떠나도 되는 거야. 알지?"

농담이 아니었다. 나는 고개를 끄덕였다.

이모의 장례식에 모인 이모의 자식들과 손주들이 이모가 끊임없이 전파하려고 했던 지혜에 대해 — 그리고 그 말씀을 듣지 않은 건 자기들 손해였다고 — 얘기하는 것을 듣고서야 나는 비로소 깨달았다. 이모가 살아생전에 그렇게 까칠했던 이유는 이모가 마음이 급했기 때문이었다고. 이모는 많은 걸 보고, 경험한 분이었다. 이모는 오십이라는 나이에 고졸 학력 인증서를 따고 커리어를 시작한 분이었다. '젊은 여성 멘토링'은 수제 빵 굽기 같은 이모의 다른 관심사들과 함께 이모의 사망 기사에 실렸다. 결혼에 대해 내게 해주셨던 조언을 비롯해서 이모가 지혜를 전파할 때 이모는 늘 시간을 생각하고 계셨다는 걸 이제 나는 알겠다. 이모는 우리가 시간을 낭비하지 않길 바랐다. 물론 본인의 시간도 낭비하지 않길 바랐다. 그러나 이모는 자신의 조언이 흡수되지 않는 걸 지켜보아야 했다. 자식들이 삶이 뒤집히는 실수를 저지르는 걸 보고만 있어야 했다. 그런 일로 종종 씁쓸해하셨다. 나는 조언이나 충고를 많이 하는 사람은 아니지만 이모가 느꼈던 조바심의 느낌이 뭔지 알 것 같다. 세상의 비애에 너무 익숙해지면 그런 감정을 느끼게 된다. 역사가 끊임없이 반복되고 같은 사건들이 일어나고 또 일어날 때 특히 그렇다. 나도 조심하지 않으면 내 안에도 비애가 뿌리내릴 것임을 나는 알고 있다.

그렇다고는 하나, 세상의 비애로부터 나를 완전히 끊어낼 생각은 없다. 그건 내가 세상을 등지지 않는 한 가능하지도 않은 일이다. 대신 나는 조지프 캠벨이 『신화의 힘』에서 다룬 '세상의 슬픔 속에서 행복하게 살아가는 법'을 연마하는 쪽을 택했다. 그는 책에서 이렇게 말했다. '모든 삶은 슬프다. 하지만 슬픔에서 빠져나오는 방법이 있다. 그 탈출구는 열반이다. 열반이란 천당 같은 장소의 개념이 아니라 마음이나 의식의 상태를 가리킨다. 열반은 혼란한 삶의 한 가운데에 있다. 당신이 강렬한 욕구나 공포, 사회적 책임에 휘둘리며 살아가지 않을 때 도달할 수 있는 상태이다. 자유의 중심을 발견하고 그에 따라 선택을 해나가며 살아갈 수 있을 때.'

이런 삶은 어떤 것에는 신경을 쓰지 않는 걸 의미하지만, 대신 다른 것들에 깊이 신경 쓸 수 있음을 의미하기도 한다. 나는 언제, 무엇을 내려놓아야 하는지 알만큼은 세상사에 관심을 두고 있다. 그렇다는 건, 힘든 일이 일어났을 때 무작정 대중이 움직이는 대로 덩달아 움직이지는 않겠다는 의미다. 나는 이미 사람들이 한 말을 되풀이할 생각이 없으며, 이미 포스팅한 내용을 다시 포스팅하지 않으며, 이미 혹은 앞으로 메아리의 방이 될 그룹에 참여하고 싶지 않다. 어려운 시기에 내가 품게 될 질문의 답을 좀 더 명확하게 보기 위해 나는 한 발짝 물러날 수 있다. "나는 무엇을 해야 할까?" 누군가 해야 할 일이 있을 것이고, 나의 성격이나 기회, 환경 덕분에 내가 가장 잘할 수 있는 일을 찾을 것이다. 나라는 사람, 그리고 나의 신념과 가장 긴밀히 연결되는 대답을 나는 찾고 있다.

이것이, 이 나이의 여성으로서, 내가 세상과 관계를 맺는 방법이다. 이것이 전화를 걸어온 친구에게 하고 싶은 말이다. 그러나 나는 잠깐 삐끗했다간 고삐 풀린 망아지처럼 날뛸 가능성이 농후한 사람이라는 것도 잘 알고 있다. 나는 아무것도 깨뜨리고 싶지 않다. 누군가와의 유대나 누군가의 마음은 특히나. 나는 누구도 놀라게 하고 싶지 않다. 사우나에서 만난 이십 대 아가씨들조

차도.

그렇다고 냉담하거나 무신경한 것처럼 보이기도 원치 않는다. 그러니 이 이야기를 어떻게 해야 좋을까? 어떻게 하면 내 친구를 이 공간 안으로 초대할 수 있을까? 그 친구는 나보다 몇 살 더 많으니 그녀 역시 이 공간 안에서 잘 살아갈 것이다. 어떻게 하면 내가 깨달은 이 교훈을 나눌 수 있을까?

고심 끝에, 나는 친구에게 아주 다정하고 부드러운 목소리로 말했다. "이 세상은 선거 전에 이미 망가졌어. 지금 또 한 번 망가졌고." 하지만 내가 취할 수 있는 가장 굳건한 태도는 온전한 세상을 희망하고 기도하는 것이라는 걸, 그리고 무슨 일이 벌어진다 해도 그런 온전한 세상이 가능하다는 나의 믿음을 보여주며 묵묵히 걸어가는 것임을 이제는 알고 있다. 그것이 나의 시간을 후회 없이 제일 잘 쓰는 법이다.

소프로니아 스콧　SOPHRONIA SCOTT

코네티컷 샌디훅에 살며 화단의 잡초들과 이기지 못할 싸움을 계속하며 살아가고 있다. 《타임》과 《피플》의 편집자였으며, 하버드 대학교에서 영어를 전공했고 버몬트 예술대학에서 작문, 픽션, 크리에이티브 논픽션으로 석사학위를 취득했다. 소설 『내게 필요한 모든 것All I Need to Get by』, 『용서할 수 없는 사랑Unforgiveable Love』과 수필집 『러브스 롱 라인Love's Long Line』, 그리고 아들 테인 그레고리와 함께 쓴 종교 회고록 『신앙의 아이: 속적 세상에서 영적인 아이로 키우기The Child of Faith: aising a Spiritual Child in a Secular World』의 저자이다. 레지스 대학교 석사과정, 배이 패스 대학교 석사과정에서 창의적 글쓰기와 크리에이티브 논픽션을 가르치고 있다.

14

젊음의 물방울

리 우드러프

엄마는 마흔 번째 생일을 몇 주 앞두고 전혀 엄마답지 않은 일 두 가지로 우리 세 자매를 깜짝 놀라게 했다. 첫 번째는 당시 겨우 열두 살, 열 살, 아홉 살 먹은 우리 셋을 얼굴이 레몬처럼 생긴 꼬부랑 할머니한테 맡겨놓고, 뉴욕으로 출장 가는 아버지를 따라나선 거였다. 그 할머니가 기우뚱거리며 걸음도 제대로 못 걸었고 성격은 또 얼마나 까칠했으며, 턱 선에는 무려 지우개만 한 사마귀가 있었다는 얘기를 우리는 지금까지 한다. 그리고 아이들에 대해 아는 게 전혀 없는 사람에게 우릴 맡긴 엄마에 대한 배신감에 대해서도.

그러나 우리 엄마를 잘 아는 사람이라면 두 번째 사건이 훨씬 더 당황스러웠을 거다. 엄마는 그 여행에서 돌아오며 수십만 원에 달하는 에스티로더 화장품을 사 왔다. 다른 사람도 아니고 우리 모친께서 뉴욕의 고급 백화점에 걸어 들어가 생판 모르는 남한테 얼굴을 내밀고 앉아 만지게 하고, 사치품에 일주일 치 식비를 과감하게 질러버리고 돌아온 거였다!

엄마의 짐 가방에서 나온 금테를 두른 우아한 청록색 상자들은 마치 달에서 캐온 월석처럼 아름다웠지만 어쩐지 이상하고 불길했다. 우리 세 자매는 엄마를 중심으로 초승달 모양으로 둘러앉아 엄마가 강낭콩 모양의 화장대 위에 새로운 아이템들을 정렬해 놓는 걸 넋 놓고 구경했다. 액상 파운데이션, 파우더 블러쉬, 그리고 화려한 금색 리본으로 완성된 '유스 듀Youth dew' 향수 한 병.

그로부터 몇 주 동안 우리들은 부모님 방에 숨어 들어가 향기로운 로션의 신비한 향을 들이마셨고, 부드러운 솔로 우리 얼굴을 문질러보았으며, 자국이 남지 않도록 조심하며 아이섀도를 만지고 놀았다.

화장대에 값비싼 화장품을 늘어놓은 이 새로운 버전의 마흔 살 엄마를 보며 나는 혼란스러웠다. 엄마는 자연스럽고 실속 있는 스타일로 늘 예쁜 모습이었다. 그렇지만 화장은 하지 않았고,

'얼굴을 단장'한다거나 마스카라를 사 본 적도 없었다. 외모를 위한 엄마의 유일한 투자라면, 1950년대부터 여성들이 지키며 살던 계명의 자취인 빨간 립스틱을 집 나서기 직전에 쓱 바르는 것 정도였다.

어떤 면에서 우리 엄마는 시대를 앞서간 여성이었다. 술과 담배는 멀리했고, 자외선도 차단했다. 룰루레몬이 요가계를 패서 너블하게 만들기 전에 이미 초창기 요가 신봉자이기도 했다. 엄마는 내성적인 성격으로, 늘 단정했으며 세균에는 거의 공포에 가까운 반응을 보였다. 새해 전야 파티에서는 자정에 낯선 사람과의 키스를 피하기 위해 화장실에 숨어 있었다는 유명한 일화를 들려주기도 했다.

그러므로, 검소함이 몸에 밴, 허튼짓이라고는 모르는 우리 엄마에게, 쿠킹 포일마저 열심히 재활용해 쓰고, 비누 하나도 작은 조각이 될 때까지 다 쓰고 버리는 살림꾼 엄마에게 대체 무슨 일이 일어났던 걸까? 뉴욕에서의 쇼핑은 단순히 충동적인 행동이었을까, 아니면 내면에 소용돌이치는 격정에 대한 힌트였을까? 아마도 끝내 확실히 알 순 없을 것 같다.

나는 다른 친구들의 엄마들을 부러워했다. 학교 끝나고 집에 가면 같이 남의 험담을 하고, 딸들의 짝사랑과 패션에 참견을 해

대고, 최근 가십을 모두 꿰고 있는, 마치 〈길모어 걸스〉°의 옛날 버전 같은 그런 엄마들 말이다. 우리 엄마의 내면의 풍경이라든가, 엄마의 욕망과 좌절은 내겐 언제까지나 미스터리로 남을 거다. 엄마는 나를 대학교 기숙사에 데려다주고 돌아설 때 처음으로 내게 우는 모습을 보여줬다.

"내가 마흔이 된다니 정말 안 믿긴다." 엄마가 이런 말을 딱 한 번 했던 기억이 난다. 그것이 십 대인 내게, 저 나이가 심란한 나이일 수도 있겠구나, 라고 느끼게 한 유일한 힌트였다. 엄마의 마흔 번째 생일에 대해서도 또렷이 기억나는 게 없다. 요란법석 떠는 걸 원치 않는 엄마의 바람에 아주 충실했는지 어떤 특별한 기념 이벤트도, '이젠 정말 꺾였네.' 같은 초조한 대화 같은 것도 기억나는 게 없다.

나는 1970년대의 혼란 속에서 까치발을 들고 소녀 시절에서 청소년기로 넘어갔다. 작은 우리 집의 질서정연한 울타리 밖에서는 페미니즘과 평등, 여성과 권력, 아름다움과 노화에 대한 메시지들이 소용돌이쳤다. 그 소리를 듣지 않고, 변화를 요구하는

° 2000년에 시작된 미국 인기 드라마. 단둘이 살고 있는 친구 같은 엄마와 딸의 이야기_옮긴이

그 모든 목소리에 동하지 않는 것은 불가능한 일이었다.

십 대의 좁은 시각으로 볼 때도, 우리 엄마의 삶은 제한된 역할, 의무와 헌신, 반복과 집 안에서의 삶이었다. 아빠는 매일 집을 나섰고 더 큰 세상에서 살아갔다. 아빠에게는 커리어와 일정한 수입이 있었고, 다른 도시나 다른 나라로 여행 다닐 기회도 있었다. 나도 그런 삶을 원했다. 그리고 엄마는 내게 나도 그런 걸 원해야 한다고 격려했다.

"언제라도 혼자 힘으로 살아갈 수 있어야 해." 엄마는 간절하게 말했다. "직업을 가져." 그리고 나는 엄마의 말을 들었다. 엄마에겐 언어병리학 석사학위도 있었지만 내가 태어나자 곧 일을 그만두었다.

엄마의 삶에는 일정한 패턴이 있었다. 이런저런 집안일을 처리하고, 청소와 식사 준비를 하고, 연로한 부모님을 돌보았다. 그리고 아빠가 퇴근할 시간에는 집으로 돌아와 채소를 씻어두고, 밥물을 맞추었다. 마치 두 손을 붙여 펼쳐놓은 형태의 닭가슴살은 이미 오븐 속에서 익고 있었다. 늦은 오후의 햇볕을 받아 공기 중에 춤추고 있는 먼지 조각들이 반짝거리는 가운데 엄마가 거실에 앉아 책을 읽고 있는 모습을 나는 지금도 그려볼 수 있다.

마흔 살 생일을 목전에 두고 맨해튼의 5번가를 보무도 당당하게 걸어가는, 그리고 에스티로더 화장품 코너에서 점원들에게 둘러싸여 있는 엄마는 평소의 엄마와는 완전히 상극의 모습이다. 그 나들이 이후, 독립심이라든가 흥분감은 몇 달에 걸쳐 서서히 사그라졌다. 예쁜 통에 담긴 크림과 아이섀도는 거의 손이 가지 않은 채 자리만 지키고 있었다. 마치 엄마는 자신이 그런 일상의 사치를 누릴 자격이 없다고 생각하기라도 한 것처럼. 그래도 유스 듀 향수만은 꾸준히 줄어들었다.

그로부터 많은 세월이 흐른 어느 날, 나는 우리 엄마는 상상도 못 했을 다양한 로션과 크림에 둘러싸인 채 우리 집 화장실 거울 앞에 서 있었다. 마스카라로 마지막 터치를 하고 머리를 빗으며 나는 나도 모르게 입을 동그랗게 벌렸다. 립글로스를 한 번 쓱 바르고 그 전체적인 효과를 거울로 확인한 후, 우리가 '모든 파티의 어머니'라 이름 붙인 이벤트의 음식을 차리기 위해 아래층으로 향했다.

나의 남편 밥과 나는 그날 밤, 축하할 일이 정말 많았다. 갓 태어난 우리 쌍둥이 딸들, 눈앞에 다가온 런던으로의 이사, 그리고 나의 마흔 번째 생일, 방송사 기자인 밥은 ABC 뉴스의 해외 특파원으로 발령을 받은 터였다. 그건 남편의 꿈이었지만 나도 그 모험에 기꺼이 참여할 예정이었다. 나는 결혼이라 불리는 이인 삼각 경주의 적극적인 파트너였다. 자주 이사를 다니고, 남편 부재 시엔 나의 글쓰기 커리어의 불씨를 힘겹게 지켜가며 혼자 아이들을 돌보았다. 무엇보다 우리는 팀이었으니까.

워싱턴DC 우리 집 뒷마당의 벚꽃들은 거센 비로 이미 떨어진 지 오래였지만, 철쭉은 주위를 빨강, 하양, 분홍, 주황빛으로 물들이고 있었다. 나는 며칠에 걸쳐 애피타이저와 디저트를 만들었고, 몇 달 전부터 유리병들을 세척하고 병목에 얇은 전선을 둘러 랜턴으로 만드는 작업을 했다. 그 랜턴들은 작은 촛불들과 함께 나뭇가지 사이에서 반짝이고 있었다. 깊어가는 보랏빛 하늘 아래, 그 황홀한 풍경이란!

손님들이 하나둘 도착하기 시작했고, 우리는 와인 잔을 채우고, 접시의 포일을 벗기고, 누군가가 블론디의 음악 볼륨을 높였다. 마당은 이웃과 친구들, 기자 동료들, 우리 삶의 다양한 시기와 장소에서 온 사람들로 가득 찼다. 어린 시절 여름을 함께 보내던 친구들, 캘리포니아에서부터 비행기를 타고 날아온 커플도 보였다.

아홉 살, 여섯 살이 된 우리 큰애들은 사람들을 헤치고 다니며 뿌듯한 모습으로 핑거푸드 쟁반을 날랐고, 어른들은 그런 아이들을 칭찬하며 함박웃음을 지었다. 아기 띠 안에 자릴 잡은 우리 딸 노라는 나의 가슴팍에서 뒤척였다.

마당 저쪽 구석에서 남편은 똑같은 아기 띠를 하고 노라의 쌍둥이 자매 클레어를 안고 있었다. 쌍둥이 자매는 우리 심장박동 소리와 우리의 규칙적인 움직임, 그리고 신나는 파티의 백색소음에 평안을 얻어 깊이 잠들어 있었다. 내 나이 서른아홉이 끝나갈 무렵 대리모를 통해 한 달 일찍 세상으로 나온 우리 쌍둥이는 우리의 기적 같은 아가들이었다.

'나는 정말 넘치게 행복하구나.' 마당을 가득 채운 친구들을 둘러보며 나는 생각했다. 그 순간엔 내 삶의 모든 것들이 탄탄하게 상향곡선을 그리고 있었다. 얇은 치마를 걸치고 가죽 샌들을 신은 나는 마치 어머니 대지가 된 듯, 잠든 아가를 꼭 안을 때마다 뜨거운 만족감을 느꼈다. 벌새처럼 손님들 무리를 왔다 갔다 하다 보니 마치 삶의 중심에 선 것 같은 느낌과 더불어 새로운 시작을 앞두고 있다는 느낌이 동시에 들었다.

그러다가 밥과 눈이 마주쳤고 우리가 주고받은 표정은 통역이 필요 없었다. 사랑의 감정이 곧바로 나를 따끈하게 데웠다. 희석되지 않은 원액의 기쁨. 우리도 마음만은 다음 모험을 위한 준비를 마친, 행복하고 정처 없는 집시였다. 12년 전, 우리는 결혼하면서 물질적인 것보단 여행과 경험을 귀하게 생각하자는 약속을 했고, 그렇게 살아왔다. 그것이 우리가 원하는 삶의 신조였고, 그 때까지는 잘 지키며 살고 있었다.

노라는 그 자그마한 등을 동그랗게 구부리고 조약돌 같은 주먹을 뻗어내며 아기 띠 안에서 칭얼댔다. 어린 딸의 작은 엉덩이에 손바닥을 갖다 댈 때의 느낌은 정말 요즘 말로 '심쿵'이 따로 없다. 마치 전기 오르듯 사랑이 타닥타닥 온몸을 통과했다. '나는 마흔이야.' 그 숫자가 어떻게 들리는지 실험해보듯 나는 속으로 말했다. 묵직하고 벅찬, 젊고, 현명한 느낌. 완벽한 나이.

현실은 대본대로 전개되지 않는다는 걸, 우리의 통제를 벗어나는 것들이 아주 많다는 걸 나는 알고 있다. 하지만 마법 같은 사고와 정의감이 남아있는 나의 마음 한구석에선 우리가 깊이 사랑하고 열심히 노력한다면, 만약 우리가 함께 일군 삶에 책임을 다한다면 우리는 대부분 좋은 것들로 보상받을 것이고, 비극을 막아낼 수 있을 거라 믿고 싶었다.

ABC 뉴스의 국장이 내게 전화를 했을 때 나는 디즈니월드에 있었다. 이라크전을 보도 중이던 밥이 사제 폭탄에 중상을 입었다고 했다. 그가 속한 군 호송대가 공격을 받았고, 밥이 탄 차량으로부터 7미터 떨어진 곳에서 폭탄이 터졌다고 했다.

플로리다의 이른 아침, 아이들은 아직 잠들어 있었다. 나는 대화의 파편들을 기억할 뿐이다. "머리에 파편이", "수술을 견뎌낼지 확신이 없고" 전화기를 귀에 대고 있는데 세상이 멈추는 것 같았다. 나의 흉곽 속 심장에 금이 쩍 갔고, 심장이 쪼개지는 듯한 육체적 고통, 기쁨과 상극인 어떤 감정을 느꼈다.

나는 독일로 날아가 군 병원의 남편 침대 옆에 앉아있었다. 무감각과 맹목적 희망이 교차하는 가운데, 기계음 속에서 혼수상태에 빠진 남편 위로 몸을 가져갔다. "내 말을 듣고 있다면 신호를 보내줘." 나는 애원했다. 그리고 그로부터 36일간 아무 반응도 없었다.

밥의 두개골의 일부를 플라스틱으로 교체하기 전 몇 달간 나는 밥의 머리를 만질 엄두조차 내지 못했다. 종군기자의 아내로서 과부가 될 수도 있다는 생각을 해보지 않은 건 아니었다. 그러나 남편의 신체에 장애가 생기는 것에 대해선 단 한 번도 생각해본 적 없었다. 남편은 뇌를 다쳤고, 망가졌다. 그건 내가 사랑에 빠졌던 뇌였다. 그 안에서 무언가 바뀌고, 무언가가 우리를 바꾸어 놓을 수 있다는 건 생각조차 하기 싫었다.

그러다 마침내, 어느 날 갑자기 밥이 깨어났을 때, 어떻게든 그를 회복시키고픈 마음에 세상을 보는 나의 조리개는 완전히 재조정됐다. 나는 이제 완벽한 나이는 없다는 걸, 행운이 보장된 시기 따윈 없다는 걸 확실히 알게 됐다. 나는 나의 사십 대가 대체로 행복한 육아, 결혼, 일이 적절히 뒤섞인 조합일 거라 상상했었다. 물론 어려움이 아주 없을 수는 없겠지만 우리에겐 건강한 네 아이가 있었고, 우리는 각자의 일을 사랑했고, 양가 부모님도 정정하셨다. 이런 사십 대라면 정말 멋지고, 쫄깃한 마시멜로 같은 인생의 중심이어야 마땅하지 않은가?

천진했던 나의 일부는 이제 약속된 것은 아무것도 없다는 걸 깨닫게 됐다. 삶은 진정 짧고 정말 중요한 것은 우리가 사랑하는 사람들이었다. 우리에게 유일하게 보장된 것은 오직 우리가 살아가는 순간순간일 뿐이었다. 밥이 회복되어가던 몇 주, 몇 달간 내가 가진 것은 오직 현재뿐이었다. 나는 현재를 살아가는 법을 배워야 했다. 갑자기 나의 바람은 아주 단순해졌다. 나는 오직 나의 남편이 나아지길, 회복되기만을 바랄 뿐이었다.

그리고 남편은 회복되었다. 그러나 밥의 뇌가 점차 치유되어가는 동안 친정아버지의 뇌는 조용히 시들어갔다. 몇 년에 걸쳐 알 듯 모를 듯 쇠약해지던 아버지는, 밥의 부상에 이어 알츠하이머 진단을 받았다. 엄마와 나는 같은 시간의 연속체에서 다른 방향을 향해 나아가고 있었다.

밥의 부상과 오랜 회복 기간 동안 엄마는 두 팔을 걷어붙이고 나섰다. 무조건적인 모성애로 무장하고 나를 위로하고 진정시키며 나의 기운을 북돋웠다. 그리고 아버지 병의 각 단계를 헤쳐나가며, 겸허한 모습으로 진정한 헌신과 품위가 무엇인지 몸소 보여주었다. 그런 모습은 내가 어릴 적에 가치 있다고 느꼈던 커다란 포부 같은 것과는 다른 기술이었다. 좁은 공간과 끝이 안 보이는 시간 속에서 인내심을 가지고 꾸준하게 가족을 돌보는 모습은 우리 모두의 위안이었다.

밥이 다치고 십 년이 채 안 되어 아버지가 돌아가셨다. 아버지가 돌아가시면서 엄마는 간병에서 해방되었지만 아주 깊은, 마치 습관과 같은 무언가를 잃어버렸다. 엄마는 이제 짝 잃은 백조였다.

이제는 보스턴으로 엄마를 뵈러 가면, 인내심을 가지고 질문들에 일일이 답하고 식구들이 어떻게 지내는지 말씀드리는데, 그럴 때면 우리 모녀가 살고 있는 세계의 차이에 문득 놀라게 된다. 엄마는 내가 일 때문에 가게 될 도시들과 밥이 보도를 위해 머무는 대륙들, 그리고 밥의 기적 같은 회복에 대해 얘기할 때마다 매번 믿기지 않는다는 듯 놀라곤 한다. 내가 평등한 결혼생활을 하고 있다는 걸 엄마는 자랑스럽게 생각하신다. 내가 남편을 믿고 현관 밖을 나설 수 있고 남편 역시 마찬가지라는 걸. 엄마 인생의 런웨이는 아주 짧은 선택지만 제공했다. 그러나 나의 길엔 훨씬 더 많은 가능성들이 열려 있었고 그 가능성들은 정말 흥분되는 삶의 조각보를 만들어냈다. 하지만 엄마는 한 번도 불공평하다고 느끼지 않는 것 같았다. 내가 엄마 입장이었다면 나도 그랬을 거라곤 솔직히 말 못 하겠다.

"네가 항상 걱정이야." 내가 집으로 가는 차에 오르기 직전, 마지막으로 엄마와 포옹하기 위해 다가가면 엄마의 다정한 눈가에는 걱정으로 주름이 가득 잡혔다. 엄마의 작은 아파트의 몇 개 되지 않는 하얀 방들엔 세간도 별로 없다. 엄마의 손주 아홉 명이 호숫가 부두 앞에 마치 계단처럼 나란히 서 있는 사진을 넣은 액자가 거실에 놓여 있을 뿐. 이제 엄마의 세계는 애벌레의 고치처럼 작고 안전하다.

"우리 멀티태스커 아가씨." 엄마가 한 마디 덧붙였다. "너는 너무 일을 많이 해." 여든넷인 엄마는 벌써 수십 년 이 말을 반복하고 있다. 내 안의 어린 나는 여전히 그 안에서 비난의 기색을 느끼지만, 이제는 이 말을 사랑의 한 형태로 받아들이게 됐다. 엄마는 딸들이 이 불확실한 세상에서 자기들의 길을 만들어나가는 모습을 지켜보며 자랑스러움으로 환히 웃고 있다. 삶과 커리어를 지어 올리고, 가족을 꾸리고, 결혼, 인간관계, 건강을 지키는 녹록지 않은 항해를 해나가고 있는 딸들을 말이다.

　내 인생의 중반부인 사십 대를 통과하고 이제 오십 대에 들어서니 엄마를 좀 더 부드럽고 관대한 눈길로 보게 됐다. 엄마의 성취를 경험이라는 프리즘에 비추어볼 때 예전의 내 비판적인 관점은 방향이 바뀌고 확장된다. 엄마의 삶엔 어린 내가 상상할 수 있었던 것보다 훨씬 다각도의 시각과 다양한 농도가 존재했다. 깊은 인내심, 조용한 강인함, 끈기, 그리고 남의 눈을 의식하지 않는 능력, 이런 장점들은 어린 내가 이해하긴 어려운 것들이었다.

　내 앞에 펼쳐질 시간들은 가능성들로 여전히 밝게 느껴지지만 이젠 빛이 얼룩지고 분산되는 느낌이다. 시한폭탄들은 우리 주변에서 계속 터진다. 결혼생활의 파탄, 인간관계의 문제들, 아무 설명 없이 찾아오는 질병과 진단들. 밥이 기적적으로 회복되긴 했지만 부상 이후로는 여러 가지 신경 질환들에 더 민감해졌다. 만약 나의 남편에게 무슨 일이 일어날 수밖에 없다면, 나는 내가 우리 엄마처럼 용감하길 바란다. 강하고, 진실하고, 마지막 시간을 보내는 아버지를 위해 헌신했던 엄마처럼.

마음속에서 나는 아직도 마흔이다. 여전히 젊은 엄마, 가족과 친구들에 둘러싸여 갓 태어난 쌍둥이 아가들을 안고 뒷마당에서 생일파티를 하던 그 여자. 그러나 시간은 은근슬쩍 활동하는 도둑이다. 유리창에 비친 반영을 보고 얼마 지나고서야 '아, 저게 나구나' 하고 느낄 때가 있듯이 내 삶의 스냅 사진들에 시간이 붙잡힌 순간들을 볼 수 있다. 수평선도 우리가 다가갈 때마다 어느새 위치를 바꾸지 않던가.

이제 십 대가 된 딸들이 세상을 향해 나아가 자기 자리를 만들어가는 걸 보고 있으면 이런 느낌이 더 절실하게 든다. 지난봄에는 애들이 주니어 프롬°에 갈 준비를 하며 욕실 거울 앞에 서 있는 모습을 지켜보았다. 가는 어깨끈이 달린 드레스와 헤어 아이론, 그리고 아이라이너는 나의 아가들을 세련된 미녀들로 변모시켰다. "어떻게 벌써 여기까지 왔지?", "언제 시간이 이렇게 빨리 흘렀지?" 나는 계속 생각했다. 1년만 더 있으면 아이들은 이 둥지를 떠난다.

"엄마, 엄마 고급 페이스 크림 써도 돼요?" 클레어가 귀엽게 물었다. 아주 비싼 화장품, 영원한 젊음을 위해 내가 네게 허락한

° 고등학교 2학년 때 열리는 학교 무도회_옮긴이

사치, 크렘 드 라메르를 말하는 거였다.

"그럼." 나는 뚜껑을 열고 조금씩 바르는 법을 보여주었다.

나의 소녀 시절, 엄마의 화장대를 생각했다. 아주 오래전, 그 화려한 화장품들을. 그런 고급 크림이, 그 '유스 듀'라는 소중한 향수병이 엄마에게 무슨 의미였는지, 나는 이제 이해한다. 그것들이 아주 작게나마 엄마를 구제하는 데 일조했다는 걸. 그것들은 엄마가 무언가를 극복하도록, 엄마가 견뎌내야 하는 시기를 통과하도록 도왔으리라.

이러한 중요한 시기를 보내고 있는 나의 딸들을 지켜보고 있노라면 종종 중대한 질문과 맞닥뜨리게 된다. 언젠가 그 답을 알게 된다 해도 앞으로 몇 년간은 알기 어려울 질문. 나의 딸들은 내 삶의 어떤 부분을 닮고자 할까? 한쪽 눈으론 항상 앞을 보며 미리 계획하고, 만일의 사태를 대비하며 집과 일에 양다리를 걸치고 가끔은 어쩔할 바 몰라 하는 삶을 아이들은 거부하려나? 어쩌면 나 같은 삶 대신에 우리 엄마의 삶을 선택할지도 모른다. 언제나 아이들 곁을 지키는, 집에 가까이 있는 삶. 혹시 내가 모든 걸 너무 쉬워 보이게 만든 건 아닐까? 아님, 너무 정신없고 매력 없이 보였을까? 아니면 삶이 얼마나 어려운지 현실적인 그림을 제공했을까? 나는 때로, 너무 정직하게, 삶에 압도당하고 격분하는 모습을 보였을까? 아님, 난 이도 저도 아닌 그저 부족한 엄마였을까?

나의 딸들이 가진 선택지는, 아이들의 몫인 그 선택들은 모두 아주 멋지고 동시에 두렵기도 하다. 어느 한쪽으로도 기울지 않는다. 난 그저 우리 엄마처럼 나도 아이들에게 내가 가진 최고의 것들을 주었길 바란다. 긴 세월을 살아오면서 얻은 경험들로 아이들을 가르쳤기를 바란다. 가끔은 우리가 지고 가는 것의 무게에 굽히게 될 때도 있지만 우리는 탄력을 갖추고 다시 튀어 오르도록 만들어졌다.

나는 중년이 되어서야 엄마와 내가 그렇게 다른 사람이 아니라는 걸 깨닫게 됐다. 한때 그렇게 생각한 적도 있었다. 하지만 우리는 둘 다 사랑과 가족을 선택했고, 우리는 보살피고 진화했으며, 다른 방식이었을지 몰라도 둘 다 기쁨과 실망을 맛보았다. 우리는 둘 다 아름다움의 진가를 알아보았고, 우리의 한계를 받아들이면서도 품위를 잃지 않고 세상을 헤쳐나갔다. 비록 우리의 선택이 달랐을지 모르겠으나, 나는 나의 삶이 엄마의 삶에서 자라나왔음을 안다. 나무의 몸통에서 가지가 뻗어 나오듯, 그렇게.

리 우드러프

LEE WOODRUFF

뉴욕타임스 베스트셀러 논픽션 회고록 『순간In an Instant』의 저자이다. 그녀는 이 책을 이라크에서 폭발 사고를 당한 저널리스트 남편과 함께 썼다. 그녀의 세 번째 베스트셀러 『우리가 가장 사랑한 사람Those We Love Most』은 그녀의 첫 번째 소설이다. 그녀는 지난 50년간 여러 편의 에세이와 글을 써왔으며 이 수필집에서 자신보다 훨씬 어린 작가들과 함께 작업한 것을 아주 기쁘게 생각하고 있다.

우드러프는 장성한 네 자녀의 어머니이고 아직도 마음은 어린이인 남편과 살고 있다. 현재 뉴욕 웨스트체스터 카운티에 거주하며, 반려견이 세상을 떠난 후에 새로 시작할 모험을 꿈꾸고 있다.

15

생일과 양자 물리학

태피 브로데서애크너

시작하기에 앞서 잠시 짤막한 물리학 강의를 해보려고 한다. 시간을 볼 때는 감정의 노예가 아닌 과학자의 눈으로 보아야 한다. 감정의 노예나 과학자나 모두 시간에 대한 타당한 논점을 갖고 있고 — 나이에도 마찬가지, 시간이 곧 나이로 귀결되는 법이니 — 두 인간 유형 모두 살날이 영원하지 않으므로 시간에 관해 충분히 깊이 숙고했을 터다. (물론, 과학자 중에는 감정의 노예들도 존재하나 이건 또 따로 다루어야 할 문제이므로.) 나는 단지 시간을 너무 감정적으로 보면 좋지 않다는 얘기를 하고 싶은 거다. 왜냐하면 감정 — 공포, 아쉬움 등 — 은 도움이 안 되기 때문이다. 감정이 과도하면 시간과 함께 일어나는 일들에 대한 판단력을 흐릴 수 있고, 나이를 먹어감에 따라 생기는 좋은 일들을 볼 수 없게 시야를 흐릴 수도 있다. 그러니 부디 과학자가 되시라. 그래야 이 글을 끝까지 읽었을 때 이 모든 것이 당신에게 좋은 소식이라는 걸 이해할 수 있으리라.

18년

삶의 후반부는 삶의 전반부보다 백만 배는 빠르게, 그리고 힘들게 흘러갈 것이다. 모든 순간이 소중하고 어쩌고 해서가 아니라 실질적인 이유 때문이다. 다시 말하지만 물리학의 문제다.

초등학교에 다닐 때엔, 사회 시간이 영원한 것처럼 느껴진다. 실제로는 겨우 45분밖에 되지 않는데 그렇다. 그 이유는 당신이 살아온 상대적 세월에 비교해볼 때 그 시간은 정말로 영원하기 때문이다. 만약 당신이 비교할 만한 세월이 12년밖에 되지 않는다면 45분이란 시간은 절대 작은 덩어리가 아니다. 그래서 당신은 수업 시간이 끝날 때까지 벽시계의 초침이 똑딱똑딱 움직이는 걸 — 가만, 지금 설마 초침이 뒤로 간 거야? — 보고 앉아 있는 거다. 그리고 숨이 넘어가기 직전이 되어서야 수업 종이 친다. 이런 상황은 꼭 우리가 싫어하는 일에만 해당되는 건 아니다. 혹시 캠프의 첫날을 기억하는가? 캠프의 첫날도 마치 백 년은 지속

되는 것처럼 느껴졌었다. 이런 현상을 우리는 '애크너의 상대성 이론'이라 부르기로 한다.

막 성년에 접어든 시기를 생각해보자. 열여덟 살쯤 되면 시간에 살짝 속도가 붙기 시작한다. 삶이 막 피어나는 시기가 끝나가는 걸 친구와 함께 슬퍼하던 그때 말이다. 그런데 슬픔과 함께 또 성인기에 접어든다는 기대감 때문에 시간에 대해 슈뢰딩거의 고양이° 효과가 작용한다. 시간은 빨리 흘러가고 있을까, 그렇지 않을까? 당신의 젊음은 죽은 걸까, 아닐까? 이런 관점에 가장 결정적인 영향을 주는 것은 그 시기에 동반되는 흥분감이다. 삶을 반 이상 살고 나면 눈에 띄게 급감하는 흥분감 말이다. 비록 열두 살 때보단 시간에 속도가 좀 붙었겠지만 그래도 다른 시기와 비교해서 열여덟은 시간이 그렇게 빨리 흐르는 때가 아니다.

나는 열여덟 생일을 이스라엘에서 갭이어°를 하며 보냈다. 그날 나는 그 지역에서 합법적으로 음주가 가능한 나이가 됐고, 그

° 밀폐된 상자 속에 고양이와 독극물을 함께 넣었을 때, 상자를 열기 전까지는 고양이의 생사를 알 수 없으므로 고양이는 '죽어있기도 하고 살아있기도 한' 상태이다. 이 실험으로 물리학자 슈뢰딩거는 양자역학의 불완전함을 설명하고자 했다_옮긴이

° 고등학교 졸업 후 대학 진학 전에 1년간 휴식기를 갖는 것_옮긴이

래서 친구들과 저녁을 먹고 춤을 추러 갔다. DJ가 상주하는 클럽이었는데, 그는 매일 밤 똑같은 플레이 리스트를 돌리곤 했다. 우리는 버스가 끊길 때까지 클럽에 있었고, 더 이상 버스가 다니지 않을 거란 것도 알았다. 밤샘을 했던 내 인생의 모든 밤들처럼, 그 밤도 한없이 늘어나고 이어졌다. 그런 밤들이면, 비록 아무 일도 일어나지 않아도 우리는 마치 우리가 신이 된 것 같은 기분을 느끼곤 했다. 우리는 춤을 추다가 잠시 멈추고 숨을 헐떡거리며 "이거 꿈 아니지?", 혹은 "정말 캡이야." ('캡'은 지금의 '대박' 정도 되겠다.) 그날 밤, 너바나의 '스멜스 라이크 틴 스피릿Smells Like Teen Spirit'을 들으며 나의 삶은 특별해질 수도 있겠다는 기분이 들었다. 나는 무언가의 시작점에 있음을 알았다. 그리고 내가 시작하기에 제일 좋은 자리에 있다는 것도 알고 있었다. 우리 집은, 그러니까 나의 가족은 상당히 종교적이었고, 내가 졸업한 고등학교도 마찬가지였다. 나는 TV를 통해 속세의 사람들이 어떻게 교류하는지 보고 밖에 나가서 어떻게 행동해야 할지 배웠고, 〈다른 세상A Different World°〉이라는 TV 시리즈를 보며 대학생들의 소통

° 1987~1993년에 NBC에서 방송된 시리즈물로 힐먼 칼리지라는 가공의 대학에서의 삶을 다루었다_옮긴이

법을 배웠다.

그리고 '서티썸싱Thirtysomething'도 봤다. 시간이 도래했을 때, 성인들이 결혼생활을 어떻게 해나가는지 알 수 있도록. 우리 부모님은 이혼하셨고, 엄마와 새아버지는 이스라엘 분이었기 때문에 두 분의 대화는 거의 이해하지 못했다. '서티썸싱'을 보면서 배운 건 막 성인이 된 그 시절 — 너바나의 노래에 맞춰 춤추던 바로 그 시절 — 이 가장 좋은 때라는 것이었다. 우리는 영원토록 그 시절을 그리워하게 되겠지. 어린 시절이 제일 좋다는 말은 사절이다. 나는 어릴 때가 제일 좋은 때라는 얘기를 자라는 내내 들어왔지만, 조금도 주저하지 않고 '지금 장난하세요?'라고 받아칠 수 있다. 어린아이의 신세만큼 최악인 것도 없다. 너에겐 엄청난 잠재력이 있어, 라며 사람들은 우리 주위를 종종거리며 정신을 빼놓지만, 그때의 감정은 기쁨이 아니라 초조함일 뿐이다. 넌 커서 뭐가 될래? 어른들을 실망시켜서야 되겠니? 어른들이 할 일을 제대로 못 해내서 너희들 앞길이 막히면 안 될 텐데! 실로 감당하기 벅찬 일이었다.

그래서 스물하나에 나는, 그래도 여전히, 내게 잠재력이 있다고 생각하긴 했지만, 무슨 일이 생기면 그것은 오로지 나의 몫이라고 생각했다. 나는 책임감을 탑재하고 있었다. 모든 것이 내 앞에 펼쳐져 있었다. 나는 그걸 믿고 가면 되는 거였다. 그날 밤, 클럽에서 플레이리스트의 마지막 곡인 '호텔 캘리포니아'가 흘러나오기 시작했을 때 우리는 클럽과는 참 어울리지 않게 자갈이 깔린 돌길 위로 기어 나왔다. 그리고 동트기 직전 밝아오는 하늘과 트럭의 배달 소리가 거리를 채우기 시작하는 광경을 지켜보았다. 밤은 밤새 지속됐다. 내 앞엔 수백만의 이런 밤들이 기다리고 있었다.

27년

스물일곱이 되면, 시간은 아주 합당한 속도로 흘러가기 시작한다. 어쩌면 이 시기가 우리 삶에서 유일하게 이런 속도가 적용되는 때일 수도 있겠지만, 우리가 시간의 속성을 어떻게 다 알리오. 아무튼 이제는 더 이상 시간의 흐름이 더디다고 생각하지 않게 된다. 왜냐하면 상당한 자유를 누릴 수 있는 나이가 됐기 때문이다. 이제는 지루한 사회 시간 같은 건 더 이상 존재하지 않고, 교실의 벽시계도 없다.

일은 일하기 적절한 시간이 지나면 끝난다. 주말은 스물일곱 살이 즐기고, 즐긴 만큼 회복하고, 일터로 돌아갈 만큼만 지속된다. TV를 보는 밤은 영원히 이어진다. 친구들과 보내는 밤은 사회의 가속도에 비해선 아주 살짝 빨리 지나가는 것 같다.

나는 나의 밤들이 예전만큼 오래 지속되지 않는다는 걸 미처 깨닫지 못하고 있었다. 나의 삶은 더 이상 미래를 내다보는 것이 아니라 지극한 순간순간의 현재에 집중됐다. 직장에 한 남자가 있었고, 그와 사랑에 빠졌기 때문이다. 왜 시인들이 시를 쓰고 가수들이 노래하는지 마침내 이해할 수 있게 해준, 그런 사랑이었다. 그에 대한 모든 감정은 내 몸속 적혈구 하나하나에 스며들더니 내가 하루를 보낼 수 있는 힘의 원동력으로 작용했다. 그런데 그가 나의 마음을 천 가지 방법으로 찢어 놓았다. 첫 오백 가지는 그가 내 마음을 아프게 할 사람임을 증명하는 방식으로, 나머지 오백 가지는 그런 줄 알면서도 헤어나오지 못하며 내가 나 자신을 괴롭히는 방식으로. 그리고 마침내 다른 남자를 만났다. 멋진 남자였고, 나는 첫 번째 남자에게서 빨리 벗어나기 위해 두 번째 남자를 해독제 삼아 서둘러 그와 아주 편한 사이가 되었다. 그 시절엔 모든 게 아팠던 것 같다. 어떠한 거부나 거절도 참을 수 없었고, 마음이 한 번 가라앉으면 그 느낌이 결코 가시지 않을 것 같았고, 뭐든 즉각적인 치료가 필요했다. 그리고 마음의 상처는 너무나 오래갔다.

나의 스물여덟 번째 생일날, 두 번째 남자였던 남자친구는 나의 간청에 못 이겨 내 생일 파티를 열어주었다. 하지만 내 생일에는 약간의 문제가 있었으니, 날짜상으로 대개 아주 중요한 야구 경기가 열리는 날과 겹친다는 거였다. 이런 이유로 내 남자친구는 스포츠 바에서 파티를 열었다. 하필 내가 들어섰을 때 경기는 아주 중차대한 순간을 맞이했고, 내 생일에 참석한 그 누구도 내게 인사를 하거나 생일 축하 인사를 할 수 없었다. 우리는 모두 경기가 끝나기만을 기다렸다. 시간이 정말로 더디게 가는 느낌을 알고 싶다면 야구 경기를 보라고 말해주고 싶다. 야구 경기는 정말이지 평생을 기다려도 끝나지 않는다. 그날 내 생일 파티에 온 누군가가 남자친구에게 내 선물로 무엇을 준비했냐고 물었다. 다음 날 아침, 우리가 잠에서 깼을 때 남자친구는 그런 무례한 질문이 어디 있냐고 했다. 나는 그게 뭐가 무례하냐고 물었다. 그는 아직 생각해보지 않았기 때문이라고 했다. 하지만 내 생일은 어제였잖아, 라고 나는 말했다. 남자친구는 아직 생각하고 있다고 했다. 생각하고 있다고. 나는 우리는 여기서 끝이라고 했다. 생일 선물이나 생일 파티 때문은 아니고 — 그러니까, 단지 그것 때문만은 아니라는 얘기다. 시간이었다. 나는 그와 이 년을 함께했다. 다른 모든 것에 보낼 이 년을 그에게만 쏟은 이 년이었다.

나는 스물여덟이었다. 그동안 시간은 내게 무척 관대했지만, 스물여덟이란 나이는 내 예상보다 조금 빨리 와 있었다. 곧 스물아홉으로 이어질 나이였다. 우리 엄마가 공식적으로 늘 머물러있길 원했던 나이 스물아홉. 바야흐로 시간의 관대함이 줄어드는 나이였다.

35년

삼십 대는 시간의 흐름에 속도가 가장 많이 붙기 시작하는 시기다. 나는 서른에 훌륭한 남자를 만나 결혼했고 서른둘, 서른넷에 차례로 아들을 낳았다. 내가 시간을 제법 잘 안배한 거라 생각한다. 두 아이 모두 계획하에 고위험 임신 검사가 필요하기 전에 가졌다. 글을 쓰는 커리어를 가진 그때, 베이비시터에게 아이들을 맡길 때면 내게 주어진 시간이 얼마나 적은지 헤아리기조차 힘들 정도였다. 그리고 아이들을 데리고 오면 시간은 다시 더디게 가기 시작했다. 아기들과 있으면 나타나는 현상인데, 꼭 좋은 쪽으로 그런 것만은 아니다. 아이들은 시간의 속도를 늦추고 늦춰서 시간에 대해 생각하게 만든다. 그래서 결국 우리는 다시 예전 사회 시간으로 회귀하는 것이다. 다만 이번에는 자기 자신을 자책하게 된다는 게 차이라면 차이다. 사회 수업은 당연히 싫어

해도 괜찮지만 자기 자식과 보내는 시간을 좋아하지 않으면 안 되는 것이기 때문이다.

어쩌다가 드물게 밤에 외출을 하거나 베이비시터에게 아이를 맡기는 때에는 고효율을 추구하며 경제적으로 움직이게 됐다. 이제는 어떤 결정을 내릴 때에도 시간은 내 생각보다 빨리 흐르며 언젠가는 끝난다는 걸 염두에 두게 됐다. 영화관에 갈 때는 그 영화가 내 인생을 바꿀 정도로 좋다는 확신이 들 때만 집을 나섰다. 외식을 하는 경우는 그 음식이 나의 우주를 흔들어놓을 정도로 좋을 경우에만 멀리 가는 수고를 불사했다. 그러나 내가 좋은 시간에 즐기는 영화나 음식, 그리고 기타의 유희들이 즐거운 이유는 그 시간이 곧 끝난다는 걸 알기 때문이다. 그러나 그 시간이 전혀 아깝지 않을 정도로 좋은 경우는 결코 없는 것 같다. 삼십 대는 정말 정신없이 지나가는 시기다.

삼십 대에도 나는 여전히 동이 터오는 걸 지켜봤다. 하지만 그건 삶이 힘들다는 징후였다. 내가 아이들 때문에 밤을 새웠다거나 나의 커리어 혹은 식구들 걱정을 하느라 밤잠을 자지 못했다는 얘기였다. 캄캄한 하늘이 창밖으로 밝아오기 시작하면 나는 일인용 안락의자나 소파에 앉아, 아니면 침대에서 그냥 창밖을 내다보고 있다가 두려움이 커져갔고 대개는 혼란스러워지곤 했다. 언제 이렇게 밤이 새버린 거지?

40년

자, 이제 올 게 왔다. 인생의 절반이 지나갔다. 그리고 우리는 이제 결코 우리의 젊음을 감사할 수 없는 시점에 도달했다. 왜냐하면 우리가 시간에 대해 생각할 때마다 우리는 그 어느 때보다도 더 나이가 들어있기 때문이다. 지금도. 그리고 지금도. 그리고 지금도. 이제 대충 알겠는가?

이런 사실을 다 알게 된 당신은, 무얼 해야 할까? 어떻게 살아가야 할까? 그야 뭐, 만약 우리가 이 끝없는, 그러나 엄청 빨리 지나가는 시간으로부터 배운 것이 있다면 어떤 상황에서건 우리는 나아간다는 것이다. 궁극적으로 나이가 들어간다는 건 그런 거다. 당신이 무얼 하고 있건 시간은 간다. 삶을 두 눈 똑바로 뜨고 바라보되, 우리가 보는 것은 그저 아주 작은 단면에 지나지 않음을 깨달아야 한다. 만약 이 개념을 머릿속에 담아둘 수 있다면 말이다. 썩 기분 좋은 일이 아닐 수도 있지만 ─ 지금껏 그렇게 살아왔다는 걸 알게 되면 우울할 수도 있으니 ─ 한편으론 해방감을 느낄 수도 있다. 그러나 이제 겨우 마흔일 뿐이다! 그 정도면 괜찮다, 안 그런가? 나는 나이는 서서히, 점진적으로 들어가는 거라 생각했다. 지금까지는 그랬다. 그렇지만 내 페이스북 친구들은 젊음에 대한 커트라인을 갖고 있었고, 그 점은 페이스북도 마찬가지였다. 갑자기 아이크림과 관 광고가 뜨기 시작했다. 농담 아니고, 진짜 관 광고. 마흔이 된 그 날은 우리 모두, 내가 젊다고 생각해주는 척하기 시작하는 날이었다. 모든 측량 단위가 내가 더 이상 젊지 않다고 가리키고 있었으므로. 나이는 숫자에 불과한 거, 맞다. 우리의 몸이 얼마나 낡았는지 가리키는 숫자.

됐다 그래, 나는 생각했다. 그리고 전화기를 꺼버렸다. 마흔이란 나이는 당신을 둔하게 만든다. 나는 잔인하게 굴려고 그러는 것도 아니고, 우울하게 만들고 싶은 것도 아니다. 그러나 이 글은 어차피 보습제 광고가 아니니 진실이 아닌 얘기는 하지 않겠다. 마흔이 되면 둔해진다. 시간은 그 어느 때보다 빨리 흘러가므로, 앞으로는 지금보다 일 분이라도 더 빠르게 시간이 흘러갈 것이라는 걸 당신은 예민하게 감지할 거다. 대신, 세월에 신경 쓰이는 강도가 둔해진다. 혹시 '둔하다'는 말이 거슬리는가? 그럼 그 대신 '느긋해진다'는 표현을 쓰기로 하자. 사십 대에는 모든 것에 자극받던 당신에게 변화가 찾아온다. 이제 당신은 살짝 더 '느긋'해진다.

나는 일어나서 테니스 치마를 찾아 입고 영화 시간표를 확인했다. 전부터 보고 싶었던 영화가 있었는데 곧 극장에서 내릴 것 같아 그걸 보기 위해 사십 분이나 운전을 해서 갔다. 영화가 어찌나 별로였는지 네 시간쯤 앉아 있는 것처럼 느껴졌다. (혹시 진짜네 시간? 위키피디아에는 러닝 타임이 두 시간 일 분이라고 나와 있던데, 하지만 뭐, 생일에는 시간 감각이 달라지는 법이니까.) 나는 집 근처 테니스 클럽에 전화해서 코치 중에 혹시 레슨이 가능한 분이 계신지 문의했다. 한 사람이 가능하다고 했다. 그곳에 도착해서 오늘이 내 마흔 번째 생일이라고 했더니 그 사람은 아주 상냥하고 친절했고 — "너무 늦은 때는 없는 거예요!" — 심지어 나를 위해 진심으로 흥분해주었다. 하지만 내게 날짜를 물어본 그는 그날이 자기 아내의 생일이기도 한데 그만 잊어버리고 있었다며, 그때부터 도저히 레슨에 집중하지 못했다. 결국 그 레슨은 보통 테니스 레슨보다 훨씬 길게 느껴졌다.

아이들을 데리러 학교에 간 뒤엔 차 안에서 기다리는 동안 근처 암벽 등반 연습장에 전화를 했고 아이들과 함께 셋이 받을 개인 레슨을 예약했다. 나는 높이 올라가면 현기증이 나고 강박적인 공포가 생기기 때문에 높은 곳을 두려워함에도 불구하고 그날 나는 벽을 타고 정말 높이까지 올라갔다. 내가 꼭대기에 올라간 뒤 종을 울리자 밑에 있던 나의 아들들과 내게 연결된 벨트를 잡고 있던 코치가 환호성을 질렀다. 마흔! 마흔 살에 이런 걸 해냈어! 마흔 살에 나는 잘살고 있어. 마흔 살이 되어서야 마침내 나는 이메일 말미에 적혀있는 좋은 글귀들을 실천하기 시작했던 거다. 나는 아무도 보고 있지 않은 것처럼 춤을 춘다. 세상에서 가장 보고 싶은 변화는 바로 나다. 프린터의 인쇄 버튼을 누르기 전에 환경을 먼저 생각하자. 나는 드디어 이 지점에 도달했다! 그것도 제시간에!

하지만 나는 금방 다시 그 벽에서 내려왔다. 우리는 집으로 오는 길에 치포텔°에 들러 타코를 먹었다. 그리고 집에 왔다. 작은 아들이 짜증을 부리기 시작했다. 큰아들은 스마트폰을 보겠다고 했다. 아, 그러니까 마흔도 서른아홉이나, 서른여덟, 서른일곱하고 똑같겠구나. 나는 여전히 그냥 나지만 마흔 살 먹은 나일 뿐이겠구나. 나는 거울로 사막 같은 내 얼굴을 들여다보았다. 나는 보조개가 한 쌍 있다. 내 얼굴의 가장 빛나는 부분이라고나 할까. 그러나 웃음을 거두면 이삼 초 후에 두 뺨 속으로 사라져버린다. 이제 머리카락은 몇 군데의 부분 염색만으로 해결하기엔 너무

° 멕시코 음식 패스트푸드 체인점_옮긴이

많이 새버렸다.

　나는 아직도 책 한 권 쓰지 못했다. 내가 이제 절대 젊지도, 여자로서의 매력이 넘치지도 않는다는 것은 기정사실이 되어버렸다. 잘하면 나이가 더 들어가면서 헬렌 미렌 같은 느낌을 풍기게 될지도 모르겠지만(그렇게 될 리도 없지만, 헬렌 미렌이 '핫'하다는 얘기에 막상 구체적인 얘기들은 빠져있다고 느낀 적 없는가? 왜냐하면 사실 우린 노인들이 '핫'하다고는 생각하지 않기 때문에?), 절대 젊으면서도 '핫'할 일은 이제 없다. 이제 파리에 가서 일 년쯤 살다 올 수 있을 것 같지도 않다. 어떻게? 구체적으로 어떻게 그런 일이 가능하겠냔 말이다! 이제 누가 나를 정말 뛰어난, 대단한 테니스 선수라고 부를 만큼 테니스를 잘 칠 수도 없을 거다. 바로 이 점이 나처럼 시간에 집착하는 사람의 아주 이상한 점이다. 시간의 흐름을 절실하게 인식하고 있고, 일 분 일 초가 흘러갈 때마다 다른 한쪽의 시간은 점점 줄어든다는 것을 느끼며 시간의 흐름을 지켜보고 있지만, 그렇다고 자극을 받아 행동하지는 않는다는 것. 그리고 나란 사람 자체가 바뀌지도 않는다. 우리가 얻은 느긋함은 우리의 야심을 조금 바꾸어 놓는다. 야심 때문에 생기는 속상함도 덜 해진다. 대신 당신이 무언가를 추구하는 방식이 바뀐다. 나의 마흔 번째 생일날, 이 깨달음을 얻은 그 순간은 그 어떤 이론의 시공간보다 오래 지속됐다.

　나는 성취감과 안도감을 소환해보려고 노력했다. 나는 마흔까지 살아냈어! 해낸 거야. 나는 스물아홉인 척하고 싶지 않았다. 심지어 서른다섯이었으면 좋겠다는 바람조차 없었다. 나의 모든 날들엔 이유가 있었다. 그리고 자랑스러웠다. 나는 지나온 모든 순간들을 빠짐없이 내 안에 모아두었고, 그 덕분에 전체적으로 볼 때 비교적 괜찮은 상태라고 자부한다. 앞으로 '핫'한 여자가 될 일은 결코 없지만, 나의 마흔 번째 생일에 나는 깨달았다. 앞으로 내가 핫하냐 아니냐 같은 무의미한 생각 따위 전혀 하지 않고 살아가도 된다는 걸. 그리고 아직까지 상반된 감정들이 남아있는 나의 예전 선택들에서 일순 놓여나는 느낌이었다. 일은 얼마나 많이 해야 할까? 아이는 몇이나 낳아야 할까? 애초에 결혼은 꼭 해야 했던 걸까? 그 선택들은 이미 과거의 일이다. 그리고 나는 여기에 있다. 나는 나의 청춘을 초반부, 중반부, 그리고 결말이 있는 책 안에 존재하는 것으로 보았다. 가죽 정장이 있어 내가 덮을 수 있는 책. 나는 결혼을 했고, 결혼생활을 유지했다. 나는 좋은 언니였고 착한 딸이었다. 나는 괜찮은 아내였고 엄마였다. 나는 아이를 둘 낳았고, 그 애들은 깔끔하고 건강하고, 십 년처럼 느껴지는 45분의 사회 시간을 버텨내며 잘 자라나고 있다. 나는 나의 커리어에 자부심을 느꼈다. 그렇지만, 그게 다 무얼 위한 것이었을까? 이제 나는 마흔인데, 그런 거 누가 신경이나 쓰나?

40년, 그리고 하루

하지만. 하지만. 하지만 나의 마흔 번째 생일 다음 날, 무언가 달라졌다. 그날은 그저 평범한 하루였다. 글을 한 편 완성했고, 다른 한 편을 편집했다. 동네 커피숍에 갔고, 거기서 만난 어떤 이에게 나는 이제 마흔이고, 그래서 요즘 문화도 이해 못 할 나이가 됐다고 말했다. 농담이었다. 내가 서른아홉이었다면 그 친구도 웃었을 거다. 하지만 나는 이제 마흔이고, 마흔은 슬픈 나이이므로 그녀는 내가 쓴 글을 막 읽었다며 어떻게 그런 분이 문화를 이해 못 하겠냐고, 나는 요즘 문화와 아주 밀접한 사람이라고 말해주었다. 나는 그런 뜻이 아니라고, 난 그냥 농담을 한 거라고 말해주고 싶었지만, 그녀는 서른넷이었다. 마흔이 된다는 건 아이를 출산하는 것과 같다. 그것에 대해 읽을 만큼 많이 읽고, 곧 닥칠 일이라는 걸 알고 있다 해도, 몸소 겪지 않은 사람에게 제대로 설명하기란 쉽지 않은 일이다.

그날 밤, 아이들에게 잠자리에 들라 하고 나는 바깥에 나가 앉았다. 이제 내겐 집이 있고, 앉아 있을 자리도 있다. 그리고 애들은 잠들었는데 나는 아직 깨어있다는 사실만큼 나를 만족시키는 일은 또 없다. 비록 이 세상은, 사람들은 나의 시간이 다 끝났다고 선언할지라도, 나는 시간을 야금야금 훔쳐 쓰는 중이었다. 그리고 아이들이 잠든 후 내가 깨어 있는 그 두 시간, 혹은 세 시간은 정말 믿을 수 없이 빨리 지나간다.

마흔이 되면, 아이들이 잠든 후 내가 깨어 있는 시간은 정말 순식간이다. 두 시간은 아무것도 아니다. 한숨 한 번, 하품 한 번 할 시간. 발톱에 매니큐어를 바르고 마르기를 기다리는 시간. 모바일 결재 서비스 이용법을 읽고 이해할 정도의 시간. 영화 한 편은 순식간에 끝나고, 일 년은 한 달처럼 느껴질 거다(나는 이미 그렇다). 평일은 저녁으로 뭘 해 먹나 궁리하고 운동 시간표를 찾아본 다음 그냥 안 가기로 결정하면 끝난다. 평일 하루는 화장품을 사러 가서 판매 직원이 내 눈 밑의 피부가 마른 스펀지처럼 건조하고 황량하며 그와 비슷한 지형도를 그린다는 얘기를 최대한 좋게, 기분 나쁘지 않게(듣는 입장에선 전혀 좋지도 기분 나쁘지 않지도 않지만) 하는 걸 듣고 오면 끝나버린다. 45분은 정형외과에 전화를 걸어 아픈 무릎에 대해 문의하면 끝나는 시간이다. 그리고 주말은 주말 계획을 짜다 보면 사라진다.

한 가지 말씀드리자면, 시간은 나의 사전 동의 없이 빠르게 지나간다. 그걸 알아차리기만 하면 나는 시간의 시스템에 맞서 싸울 수 있을 거라 생각했다. 내가 '타임'을 외치고 이게 무슨 경우냐고, 따질 수 있을 줄 알았다. 그러나 그럴 수 없었다. 시간이 빨리 지나가는 건 이제 당연한 이치이기 때문이다. 시간이 빨리 흘러가는 건 내가 한가롭게 서성대지 않기 때문이다. 이제 나는 시간 사용법을 알고 있다.

나는 이제 그런 생각들을 그만두기로 했다. 도움이 되지 않기 때문이다. 나이는 우리가 그걸 정면으로 바라보기 시작하기 전까지는 존재하지 않는다. 시간의 흐름에 절망감을 느낄 땐 이 점을 기억하기 바란다. 그런데 그 점을 기억하려다 보면 또 시간을 정면으로 바라보게 되고 그러면 다시 원점으로 돌아간다. 그저 당신이 희망하는 삶의 최대치를 향해 매일 나아가고 있는 한 나이 따위는 신경 쓰지 않아도 된다.

그러니 잠깐만 멈춰도 좋다. 마흔은 잠깐 멈추어 손에 쥔 무언가를 다각도로 살펴보고 볼 수 있는 정차역 같은 지점이다. 하지만 그것도 너무 오래 끌면 안 좋다. 왜냐하면 시간은 또 갑자기 막 빨리 흘러갈 것이므로. 손에 쥔 것에 집착하지 말고 그냥 살펴보고 내려놓으면 된다. 그게 또 꼭 나쁜 일도 아니다. 왜냐하면 현대 여성, 그러니까 적어도 마흔이 된다는 것에 대한 수필집을 찾아 읽는 여성이라면, 곧 마흔 살의 수수께끼에 직면하기 때문이다. 어떻게 이렇게 많은 걸 갖고도 만족 못 할 수 있을까? 가진 것이 이렇게 없으면서 어떻게 만족할 수 있을까? 스스로에게 이 질문을 던지고 나면 그에 대한 답을 찾을 수 없단 것도 알게 된다. 그러나 답을 찾지 못해도 괜찮다고 마음먹기 바란다. 질문마저 잊어버린다 해도 그 역시 괜찮다.

나의 마흔 번째 생일을 보낸 그날 밤, 나는 바깥에 나가 앉았고, 뉴저지의 하늘은 마치 동 틀 무렵이란 착각이 들 정도로 붉게 빛났다. 황혼이었다. 아, 나는 황혼과 사랑에 빠졌다. 바로 그거다. 만약 당신이 젊은 시절의 박명 속에 살아가길 멈춘다면, 여러 가지 이유로 새벽을 더 이상 사랑하지 않게 된 자기 자신을 더이상 싫어하지 않게 될 거란 것. 이제는 당신이 가진 모든 황혼을 자축하게 되리니. 그때의 황혼이 얼마나 아름다운지는 정말 믿기 어려우리라.

태피 브로데서애크너 TAFFT BRODESSER-AKNER

《뉴욕타임스 아트》와 《뉴욕타임스 매거진》의 특집 기사 작가로 활약 중이다. 2019년, 소설 『사랑 이후의 부부, 플라이시먼』을 출간했다.

Q. 내 인생의 바로 지금 이 순간
가장 심장에 꽂히는 인용구나 좌우명은?

제시카 레이히　"내 인생에 관한 논쟁의 주체는 내가 되기로 결정했다."_알버트 아인슈타인

슬론 크로슬리　"천재란 자기 자신을 가장 사랑하는 사람이다."
_델로니어스 몽크

베로니카 체임버스　"내 삶의 사명은 생존이 아니라 멋지게 잘 사는 것이다. 약간의 열정과 약간의 배려, 약간의 유머와 약간의 스타일을 가지고 잘 사는 것."_마야 안젤루

KJ 델 안토니아　"어쩌면 모든 것이 아주 간단하다. 우리는 태어나고, 행복과 슬픔을 경험하고, 죽는다. 그게 다다."_패트리샤 드 마르텔레르

소프로니아 스콧　"아무리 힘들다고 해도 희망 속 환상이라는 불

안정한 마차에 오르는 대신, 나는 내 발로 현실을 향해 뚜벅뚜벅 걸어갈 배짱이 있다." _조라 닐 허스턴

· 감사의 글 ·

이 책은 멋진 사십 대 여성, 크리스틴 프라이드와 브리트니 블룸이 없었다면 세상에 나오지 못했을 것이다. 두 분과 함께 일하는 것은 큰 기쁨이었고 아무나 누릴 수 없는 특권이었다. 관대한 마음으로 이 책을 출판까지 이끌어나가 주고, 개인적으로 나에게 영감까지 주신 것에 대해 큰 감사의 마음을 전한다.

이 책에 이야기와 생각을 공유해주신 분들은 이 책의 심장이고 영혼이다. 그 이야기들로 나는 웃었고, 울었고, 너무나 내 이야기 같아 고개를 설레설레 젓기도 했다. 간단히 말해서 그 이야기들은 정말 좋은 글의 역할을 했던 거다. 내가 영 혼자는 아니라는 느낌을 주고 나를 둘러싼 세상과 연결시켜 준 것. 이 작가들과 함께 일한 것은 정말 큰 영광이다.

나의 친구들, 특히 프롤로그에서 언급한 친구들에게도 감사한다. 이렇게 풍요롭고, 경이롭고, 또 때론 진을 빼기도 하는 사십대를 공유한 동료들의 존재에 제대로 감사를 표시하는 것 자체가 불가능할 것 같다. 이십 년이 넘는 세월 동안 그대들이 내 곁에서 하루하루를 보내고 있다는 사실 자체가, 그대들의 유머와 변함없는 지지, 그리고 깊은 지혜가 나의 삶을 얼마나 풍요롭게 해주었는지, 말로는 다 표현할 수 없다.

마지막으로 나의 가족에게 감사한다. 엄마, 그리고 힐러리, 두 사람 모두 복잡다단함과 엄청난 부담, 그리고 기쁨들을 안고 살아가는 중년 여성들의 좋은 본보기이자 동료가 되어주었다. 매트, 당신은 나의 시작이고 나의 가장 큰 조력자이며, 이 길을 함께 걸어갈 사람으로 당신 말고는 아무도 떠오르지 않는다. 그레이스와 휫, 너희는 내가 아침에 일어나는 이유란다. 풀타임으로 일하며 파트타임으로 작가 노릇까지 하는 사람이 엄마라는 사실은, 기대만큼 너희에게 몰두하고 너희를 챙겨주지 못한다는 뜻이겠지. 그럼에도 불구하고 많이 참아주고 많이 사랑해주어서, 그리고 삶의 단맛 쓴맛의 묘미를 깨닫게 해주어서 고마워. 마지막으로, 얼마 전 세상을 떠나신 아버지, 감사합니다. 아버지가 제가 사십 대가 되는 걸 보셔서, 이 책에 대해서도 알고 가셔서, 그게 참 고맙습니다. 저는 사십삼 년간 아버지의 딸이었다는 게 정말 좋았어요. 저의 남은 모든 날마다 아버지를 그리워할 겁니다.

린지 미드